SINA BLACKWOOD

DER SPIEGEL DES AURËUS

Bibliografische Informationen der Deutschen Nationalbibliothek: Die Deutsche Nationalbibliothek verzeichnet diese Publikation in der Deutschen Nationalbibliografie; detaillierte bibliografische Daten sind im Internet über http://dnb.de abrufbar

© dieser Ausgabe: Sina Blackwood 2016
© Layout Sina Blackwood 2016
© Coverbild: fotolia 103218572 - Woman eye and cosmic space and planet earth, with light circle. Eye contact. epia color. © jozefklopacka

www.reni-dammrich-geschichtenzauber.de
www.facebook.com/pages/Reni-DammrichSina-Blackwood-Die-Geschichtenzauberseite

Die Personen und Namen in diesem Buch sind frei erfunden. Ähnlichkeiten mit heute lebenden Personen sind rein zufällig und nicht beabsichtigt.

Herstellung und Verlag:
BoD – Books on Demand, Norderstedt
ISBN: 9783741261916

Das Dimensionstor

Hätte Marc geahnt, was hier im Verborgenen lauerte, hätte er das verlockende Angebot mit Sicherheit ausgeschlagen. Nun hing er mit der rechten Hand in etwas fest, was auf den ersten Blick wie ein Spiegel ausgesehen hatte.

Ein antiker Spiegel, dem schweren Rahmen aus Ebenholz nach. Die gläserne Fläche, oder was auch immer es sonst war, hatte eine ovale Form, war etwa zwei Meter hoch und achtzig Zentimeter breit. Ein wolkiger Schleier lag auf dem Glas, was den jungen Mann veranlasst hatte, mit seinem Fensterleder einen Versuch zu unternehmen, einen makellosen Glanz herzustellen. So wie er die Fläche berührte, tauchte seine Hand in selbige ein und hing seitdem fest wie genietet. Das war nun schon eine halbe Stunde her.

In den ersten Minuten kroch Marc Panik an. Dann gewann Neugier die Oberhand. Der Alte musste wohl ein Zauberer aus dem nahe gelegenen Varieté sein. Marc kam einfach nicht dahinter, wie der Trick funktionierte. Er beschloss, in aller Ruhe zu warten, denn irgendwann würde sein Auftraggeber ja wieder auftauchen und ihn aus der misslichen Lage befreien. Marc nutzte die Zeit, um sich den Raum, in dem er eigentlich nur die Fenster putzen sollte, anzusehen.

Er begann mit dem Rahmen des Spiegels, der ihn festhielt. Fast zwanzig Zentimeter breit, über und über mit Blumenranken verziert, aus denen wundersame Geschöpfe heraus sahen. Der Schnitzer war ein Meister gewesen. Seine Figuren wirkten so lebendig, als würden sie jeden Moment aus den Ranken hervor kriechen. Marc erkannte Schmetterlinge mit zarten Flügeln, Marienkäfer, Vögel, Eichhörnchen, Libellen und sogar zierliche Elfen. Das Möbelstück passte zu seinem Besitzer, wie Marc amüsiert feststellte.

Dabei war seine Körperhaltung nicht gerade entspannt. Er stand schon eine kleine Ewigkeit mit erhobenem Arm, konnte sich kaum bewegen und langsam begann der ganze Körper zu schmerzen.

Sein Blick glitt am Rahmen des Spiegels hinunter. In der unteren Hälfte änderte sich das Aussehen der nicht minder kunstvollen Schnitzereien.

Dort tummelten sich Einhörner, Greife, Zwerge, Schlangen, Wölfe, Bären und – Marc versuchte, das untere Ende des Rahmens zu erkennen – etwas, das er nicht identifizieren konnte. Es nahm genau den untersten Punkt ein, war mindestens zehnmal größer dargestellt, als alle anderen Wesen auf dem Rahmen. Marc wurde unbehaglich zumute.

Er spähte, so gut es ging, auf den Ständer des schweren Spiegels. Die Bronze schimmerte matt. Marc zuckte zusammen. Vier riesige, schuppige Klauen, mit scharfen Krallen bildeten den Fuß!

„Ein Drache", flüsterte der junge Mann tonlos.

Jetzt war er sicher, dass die untere Schnitzerei auch einen Drachen darstellte. Marc umfasste mit der linken Hand seinen rechten Unterarm und zerrte mit ganzer Kraft daran. Weder der Arm noch der Spiegel bewegten sich auch nur einen einzigen Millimeter. Marc hütete sich, der gefährlichen Spiegelfläche mit dem Körper oder gar dem anderen Arm zu nahe zu kommen.

Ein kurzer Blick auf die Uhr. Nun hing er schon über eine Stunde hier fest. Es wurde langsam Zeit, dass der alte Mann erschien. Marc konnte sich Besseres vorstellen, als hier herumzuhängen. Außerdem meldete sich der Hunger. Seine Freunde aus der Uni saßen jetzt sicher bei Luigi, um die Ecke, und schlugen sich die Bäuche mit Pizza voll.

Er hatte die Wahl gehabt, heute bei Luigi zu kellnern oder bei dem Alten die Fenster zu putzen. Der wunderliche Alte hatte ihm fünfhundert versprochen und ihm dreihundert davon gleich vorab in die Hand gedrückt.

Komischer Kauz, hatte sich Marc gedacht, das Geld und den Job genommen. Gut bezahlte Studentenjobs waren rar und dieser Betrag eine Verlockung der besonderen Art.

Der Fremde war mit Marcs Pinnwandzettel, mit dem Putzangebot, in der Pizzeria erschienen. Hausmeister Willy hatte ihm den Tipp gegeben, bei Luigi nach Marc zu fragen. Nun hing

Marc hier und wusste sich keinen Rat mehr. Von der Straße drang Verkehrslärm herein. Er hätte um Hilfe rufen können. *Blödsinn!* Es musste ja nicht gleich die halbe Uni erfahren, dass er sich dämlich angestellt hatte. Marc grinste bei diesem Gedanken.

Sein Blick huschte über die löwenfüßigen Eichenmöbel des alten Mannes. Alles hier schien, aus dem vorigen Jahrhundert zu stammen. Außer dem elektrischen Licht gab es keinerlei moderne Technik. Ungewöhnlich für einen Varieté-Künstler, fiel es Marc ein.

Plötzlich stutzte er. Irgendetwas hatte sich in den letzten Minuten verändert. Nur was? Dann erblasste der junge Mann. Die Figuren vom Spiegel-Rahmen waren verschwunden, als hätten sie nie existiert, gleichzeitig zupfte etwas an den Fingern seiner rechten Hand. Sein Herz begann zu rasen. Was hier passierte, war keinesfalls nur Illusion. Was geschah mit seiner Hand? Ihm fielen die Bären und Wölfe ein.

„Scheiße", murmelte Marc.

„Ach du Scheiße!", etwas lauter, als er merkte, wie eine Kraft an seiner unsichtbaren Hand zog und ihn immer näher mit dem Körper an den Spiegel brachte. Der Unterarm verschwand. Marc drückte den Kopf zurück. Angst, ersticken zu müssen, überfiel ihn, wenn sein Gesicht in die milchige Fläche eintauchte. Dann riss ihn eine Kraft von den Beinen.

Ehe er einen klaren Gedanken fassen konnte, tauchte er in die Spiegelfläche ein. Ein heftiger Schmerz durchzuckte seinen Körper. Marc war auf der anderen Seite ungebremst auf den steinernen Fußboden geknallt. Sein erster Blick galt seiner rechten Hand. Sie war noch da, sah aus wie immer und hielt sogar noch das Fensterleder fest. Marc steckte es in die Tasche seiner Jeans.

Steinerner Fußboden? Marc fuhr herum. „Das gibt es doch nicht!"

Der Spiegel hatte frei im Raum auf einem dicken orientalischen Teppich gestanden. Da konnte kein Steinfußboden sein! Hier gab es weder einen Teppich, noch Fenster und erst recht keinen Spiegel.

„Ich glaube, ich werde verrückt." Marc fuhr mit der Hand über die Augen. Das Bild blieb das gleiche. Mauern aus grob behauenem Stein, zwei Pechfackeln in ehernen Haltern, neben einer niedrigen Tür aus groben Brettern.

„Wenigstens keine Gummizelle – bin wohl doch nicht in der Klapse", stellte er einigermaßen beruhigt fest, vorsichtig das Ohr an die Tür legend. Nicht ein einziger Laut war zu hören. Marc drückte langsam die Klinke herunter, spähte dann durch den Türspalt. Genau gegenüber der Tür war eine schmale Öffnung in der Mauer. Er huschte hinaus, um einen Blick durch das winzige Fensterchen zu werfen, und prallte zurück. Alles was er sehen konnte, war ein gähnender, bodenloser Abgrund.

„Ich muss wohl doch schlimmer auf den Kopf gefallen sein. Hoffentlich bleibt das nicht so", seufzte Marc, setzte sich mit dem Rücken an die Wand und wartete. Er wartete lange, sehr lange. Schließlich raffte er sich auf. „Wer sagt eigentlich, dass ich verrückt bin? Das gehört sicher zum Trick des alten Mannes. Irgendwo wird schon der Ausgang zur Straße sein."

Marc begab sich auf die Suche. Stufe für Stufe stieg er die steile Wendeltreppe hinunter, die einfach kein Ende nehmen wollte. Bald hörte er auf, die Schritte zu zählen. Hin und wieder streifte sein Blick eines der kleinen Fensterchen. Endlich kam das Ende der Treppe in Sicht, die genau auf eine große Tür zuführte.

Marc legte die Hand auf die Klinke, zögerte aber, sie herunterzudrücken. Was würde ihn wohl draußen erwarten? Vielleicht stürzte er hinter der Schwelle gar in den Abgrund, den er gesehen hatte? Marc lachte auf. Jetzt glaubte er schon an den ganzen Scheiß, den er hier zu sehen bekam.

„Wir haben das Jahr 2008, ich bin in der Wohnung eines alten Mannes und putze Fenster", murmelte er, um sich selbst zu beruhigen. Der Trick funktionierte nicht. Marc stand definitiv vor einer großen Tür, in einem wahnsinnig hohen Turm und fürchtete sich vor dem, was draußen war.

„Leckt mich doch sonst wo!", stieß er wütend hervor und öffnete die Tür mit einem kräftigen Ruck. Grelles Sonnenlicht drang herein. Marc musste die Augen zukneifen. Es dauerte einige Sekunden, ehe er wieder sehen konnte. So weit das Auge reichte sanfte Hügel, bewachsen mit saftigem Gras und unzähligen Blumen.

„Jetzt fehlen nur noch Bambi und Klopfer. Rapunzel hat soeben ihren Turm verlassen." Kichernd strich Marc mit der Hand über seine Haare. Die Kulisse hätte aber auch durchaus in einen russischen Märchenfilm gepasst. Jedenfalls hätte es ihn nicht erstaunt, wenn jetzt eine Ziege vorbei gekommen wäre, die meckernd nach Wasja oder Aljonuschka gerufen hätte. Marc beschattete die Augen mit einer Hand und schaute sich um. So macht es die Hexe bei Väterchen Frost, fiel ihm grinsend ein. Seine Situation war aber auch wirklich märchenhaft. Neugierig, was wohl als Nächstes käme, ging er einfach geradeaus. Nach ein paar Metern drehte er sich noch einmal um.

„Das ... das ... das gibt es doch nicht", stotterte er verwirrt. Der Turm war verschwunden. Einfach so. Marc wandte sich um und trabte weiter.

„Er ist anders als die anderen", wisperte es vor ihm.

„Er ist stark."

„Und er sieht gut aus."

Marc blieb stehen. Da war niemand. Offensichtlich hatte er doch einen Treffer weg, wie er es nannte. Jetzt hörte er schon Stimmen. Vielleicht waren auch Durst und Hunger schuld an seinem Zustand. Marc schaute in die Ferne. An einer Stelle sah das Gras noch saftiger aus. „Vielleicht gibt es dort Wasser", flüsterte er, sofort seine Marschrichtung ändernd.

„Kluges Köpfchen."

„Er könnte es schaffen."

„Ich sag doch, er ist anders", meldete sich die erste Stimme wieder.

„Und er sieht gut aus."

„Du wiederholst dich."

„Na und? Es ist die Wahrheit."

Marc achtete kaum darauf. Sein Durst trieb ihn vorwärts. Nach einer Viertelstunde erreichte er sein Ziel. Ein leises Murmeln bestätigte seine Vermutung, dass es hier Wasser geben musste. Er folgte dem Gesang des Wassers. Tatsächlich fand er einen schmalen Bach, der sein Silberband durch die Wiese schlängelte. Schnell kniete er sich ans Ufer und schöpfte mit beiden Händen das rettende Nass, welches er mit gierigen Zügen trank.

„Wohl bekomm‘s!", wisperte es an seinem Ohr.

„Danke", antwortete Marc nach alter Gewohnheit und schöpfte noch einmal nach.

„Wohlerzogen", sagte wieder ein Stimmchen.

Marc ließ sich ins Gras sinken. *Ich bin völlig fertig*, hämmerte es in seinem Gehirn. *Fix und fertig. Kein Wunder, dass sich meine Gedanken mit sich selber unterhalten.* Er drehte den Kopf zur Seite, um etwas bequemer zu liegen. Ein Binsenstängel kam in sein Blickfeld, auf dem drei große Schmetterlinge saßen. Die fast durchsichtigen schillernden Flügel funkelten bei jeder Bewegung.

Marc stutzte und schaute genauer hin. Vorsichtig setzte er sich auf. Das waren mitnichten Schmetterlinge! Das waren … das waren… ja was war es denn nun? Was dort saß, gab es eigentlich nicht!

„Elfen." Rutschte es ihm einfach so heraus.

„Sehr richtig", antwortete das mittlere dieser Wesen und schwebte auf ihn zu.

„Du bist tatsächlich ein erstaunlich kluges Kerlchen." Mit diesen Worten setzte es sich auf sein Hosenbein.

Marc traute sich kaum, noch zu atmen. Er fürchtete, dass die kleinen Wesen dann verschwinden würden. Die beiden anderen Elfen schwebten ebenfalls lautlos auf ihn zu, um auf seinem Hosenbein Platz zu nehmen.

Mit einer gewissen Ehrfurcht wartete Marc darauf, dass die Elfen das Gespräch weiterführen würden.

„Wie nennt man dich?", fragte die erste Elfe.

„Marc – man nennt mich Marc."

„Freut mich, dich kennen zu lernen, Marc. Ich bin Scilla, hier links neben mir sitzt Galantha und rechts das ist Hellebora", antwortete das zarte Wesen.

Marc lächelte. „Blaustern, Schneeglöckchen und Schneerose."

Die Elfen lachten glockenhell. „Erstaunlich! So nennt man uns in deiner Welt tatsächlich. Was führt dich zu uns?"

Marc wurde ernst. „Das ist eine wirre Geschichte, die ich selber nicht ganz begreife." Er erzählte den drei Blumenelfen, was bisher geschehen war.

Scilla wiegte den Kopf. „Nun – der Spiegel kann nicht zwischen guter und böser Absicht unterscheiden."

„Wie meinst du das?", fragte Marc erstaunt.

Hellebora seufzte. „Alle, die bisher mit dem Spiegel Kontakt hatten, versuchten, ihn zu stehlen oder ihn gar zu zerstören. Er weiß nicht, dass es Menschen gibt, die es gut mit ihm meinen, also bestraft er alle, indem er sie ins Reich des schwarzen Drachen wirft."

„Des schwarzen Drachen?", echote Marc fragend. „Was ist denn das?"

Galantha streichelte mitleidig seine Hand. „Wenn die Nacht kommt, wirst du es vielleicht verstehen."

„Dann regiert hier das Grauen", erklärte Scilla. „Zwerge reiten auf dem Rücken von Wölfen und Bären durch die Wälder. Sie versuchen, die magischen Einhörner zu töten."

„Warum?", fragte Marc verständnislos.

Scilla winkte ab. „Das ist wohl der uralte Kampf des Bösen gegen das Gute. Manchmal siegt die eine und manchmal die andere Seite."

„Und was ist mit dem Drachen?", wollte Marc wissen.

„Das weiß keiner", murmelte Galantha. „Denn von dort ist noch niemand wieder zurückgekehrt."

Marc dachte eine Weile nach. „Vielleicht ist dort der Ausgang aus eurer Welt. Das würde zumindest erklären, weshalb keiner mehr zurückkam."

„So eine verrückte Idee!" Scilla schüttelte missbilligend den Kopf.

„Und wenn er Recht hat?", fragte Galantha zaghaft und fing sich einen strengen Blick von Scilla ein.

Hellebora lachte. „Du kannst ihn ja dorthin begleiten und uns anschließend erzählen, was du gesehen hast."

„In welche Richtung muss ich gehen?" Marc stellte die Frage mit fester Stimme.

Galantha zog etwas aus ihrem Gewand. Sie legte es ihm in die Hand.

„Ein winziger Kompass." Marc betrachtete ihn vorsichtig. In die silberne Fläche, auf der sich die Nadel bewegte, war ein Drache eingraviert.

„Wenn die Nadel auf den Kopf des Drachen zeigt, bist du auf dem richtigen Weg", erklärte die Elfe. „Das ist das Letzte, was wir für dich tun können. Wenn die Nacht kommt, endet unsere Macht. Dann liegt es ganz dir, ob du dem Bösen widerstehen kannst oder nicht."

Die Elfen flogen auf und verschwanden irgendwo in der Ferne.

Marc sah ihnen lange nach.

„Wir können ihn doch nicht mitten in der Wildnis allein lassen." Galantha war außer sich.

„Was willst du? Das ist ein Mensch, er gehört nicht hierher", erwiderte Scilla.

„Eben. Wir sollen ihm helfen, den Ausgang zu finden", konterte Galantha.

„Warum?", fragte Hellebora gelangweilt.

„Weil – weil – weil er nichts Böses getan hat!", rief Galantha. „Er ist durch ein Missverständnis hier!"

„Könnte es sein, dass du dich in den Fremden verguckt hast?", mutmaßte Hellebora.

„Ja." Galantha zuckte zusammen, als sie merkte, was sie soeben gesagt hatte. „Nein, nein", versuchte sie erfolglos, klarzustellen.

Scilla und Hellebora begannen zu kichern. „Wie kann man nur so naiv sein, sich ausgerechnet in einen Menschen zu vergaffen?"

„Der kann weder zaubern noch fliegen", lästerte Hellebora.

„Und wenn die Nacht kommt, wird er die Zwerge um Gnade anwinseln", setzte Scilla hinzu.

Galantha wurde blass. „Ihr seid herzlos. Er hat nicht gewinselt, als er im Spiegel festhing und er ist nicht verzweifelt, als der Turm verschwand. Er hat auch nicht nach uns geschlagen, wie die anderen und trotzdem wollt ihr ihn im Stich lassen? Schämt euch!"

Galantha funkelte ihre Gefährtinnen wütend an, drehte sich um und flog, die untergehende Sonne im Rücken, zurück zu der Stelle, wo sie Marc verlassen hatten.

„Galantha!!!", rief ihr Hellebora hinterher.

Die Elfe Schneeglöckchen drehte sich nicht einmal um.

„Lass sie." Scilla schaute der Davoneilenden nach. „Wenn die Nacht anbricht, kommt sie von ganz allein wieder. Dann merkt sie nämlich, dass sie den Menschen nicht beschützen kann."

Ein Luftzug streifte Marcs Nacken. Er fasste hinter sich, um sein Haar zu ordnen.

„Au!", wimmerte ein Stimmchen an seinem Ohr.

Marc zog erschreckt die Hand zurück. Zwischen seinen Fingern hing ein zappelndes Etwas.

„Galantha?!" Ungläubig bestaunte er das zarte Wesen, das auf seiner Handfläche lag und sich mit schmerzverzerrtem Gesicht den Arm hielt.

„Tut mit leid. Ich konnte nicht ahnen, dass du auf meinem Kragen landen wolltest", sagte er schuldbewusst.

„Geschieht mir recht", winkte die Elfe ab. „Ich hatte vergessen, dass man sich Menschen nicht von hinten nähern darf."

Marc lachte. „Hunden auch nicht."

„Was??", fragte Galantha verstört. „Warum Hunden??"

„Die beißen, wenn man von hinten kommt", erklärte Marc mit todernstem Gesicht.

„Bin ich froh, dass du kein Hund bist", erwiderte die Elfe, immer noch ihren Arm haltend, dabei sah sie Marc amüsiert an.

Marc musste die Hand sehr nah vor die Augen halten, um in der einsetzenden Finsternis die Elfe überhaupt noch erkennen zu können. „Welcher Wind hat dich zu mir zurück geweht?"

„Ich möchte dir helfen, das Tor in deine Welt zu finden", flüsterte Galantha, während die sich an seinem Finger festklammerte.

„Einfach so? Ohne Hintergedanken?", fragte Marc.

„Wie meinst du das?" Galantha schaute ihn aus großen unschuldigen Augen an.

„Hat Scilla nicht was von Wölfen und Bären erzählt? Vielleicht soll ich als Abendbrot für die netten Tierchen enden?" Marc zog die Augenbrauen zusammen.

Die Elfe schüttelte ganz langsam den Kopf. „Ich weiß nicht, ob ich dir wirklich etwas nütze, aber glaube mir, ohne mich bist du wirklich verloren."

„Was verlangst du für deine Hilfe?", wollte der junge Mann wissen.

Galantha hob den Kopf. „Dass du es schaffst, wieder in deine Welt zurückzukehren und dass du ab und zu an mich denkst, wenn du wieder zu Hause bist."

Marc lächelte. „Komm, versuchen wir beide, diese Nacht zu überstehen."

„Was hast du vor?", fragte Galantha.

„Ich will den Wald erreichen und die Nacht auf einem Baum verbringen. Da kommen zumindest die Wölfe nicht hinauf", entgegnete Marc zuversichtlich.

Unangefochten überquerten sie die Wiese, erreichten den Waldrand und fanden sogar einen Baum, den Marc mit etwas Mühe erklimmen konnte.

„Ich konnte noch nie gut klettern", sagte er entschuldigend, als sie es sich auf dem dicksten Ast gemütlich machten.

„Dafür war es doch ganz gut", lobte die Elfe.

Marc lächelte dankbar.

Das blasse Licht des Mondes ließ Galanthas Gestalt geheimnisvoll schimmern.

„Wie geht es deinem Arm?", fragte Marc.

„Morgen wird alles wieder in Ordnung sein", flüsterte Galantha. „Viel schlimmer ist, dass ich furchtbar friere."

Nachdenklich betrachtete Marc die zierliche Gestalt, die ein Bustier und ein Art Lendenschurz trug. Etwas wenig für die nächtlichen Temperaturen.

„Komm her." Er fasste sie vorsichtig mit zwei Fingern um die Taille, öffnete zwei Knöpfe seines Hemdes und ließ die Elfe langsam an seine Brust gleiten. „Du bist ja schon halb erstarrt", stellte er besorgt fest, als der eiskalte winzige Körper seine warme Haut berührte.

„Das tut gut", murmelte Galantha, kuschelte sich an und schlief auf der Stelle ein.

Marc lächelte still in sich hinein. Erst fraß ihn ein Spiegel und nun hatte ihm das Schicksal eine Kuschel-Elfe geschickt. Morgen früh würde er in seinem Bett aufwachen, feststellen, dass alles nur ein wirrer Traum war, in die Uni gehen und mittags seinen Freunden eine Pizza bei Luigi spendieren. Dann übermannte ihn der Schlaf.

Etwas drückte an Marcs Ohr. Das konnte nur der Rand des Nachtschränkchens sein. Marc fasste danach. Seit wann hatte das Möbelstück eine Rinde? Er riss die Augen auf. Die Wirklichkeit kehrte brutal wieder. Er saß auf einem Baum. Noch immer. Unter seinem Hemd bewegte sich etwas. Ein kleines, verschlafenes Gesichtchen tauchte auf. Galantha.

„Guten Morgen. Hast du gut geschlafen?", fragte er fröhlich.

Die Elfe schlüpfte aus seinem Hemd. „Wundervoll", seufzte sie. „Weich, warm und sicher. Und du? Blöde Frage", murmelte sie einen Augenblick später. „Wie solltest du auf einem Ast wohl geschlafen haben?"

„Wir leben noch. Das ist wohl die Hauptsache", schmunzelte Marc.

„Und das soll auch so bleiben. Du bist ein guter Mensch. Ich mag dich." Galantha gaukelte wie ein kleiner Schmetterling vor ihm in der Luft, trieb auf ihn zu und küsste ihn. „Ich darf dir heute einen kleinen Wunsch erfüllen", sagte sie dann bedeutungsvoll. „Überlege gut. Die Wirkung hält nur vierundzwanzig Stunden."

„Oh je." Marc seufzte, als er endlich von dem Baum herunter gestiegen war. „Meinen größten Wunsch kannst du mir nicht erfüllen, weil du den Weg ja selber nicht kennst", stellte er schulterzuckend fest. Dann ging ein Strahlen über sein Gesicht. „Ich wünsche mir, dass du so groß wirst, wie ich bin."

Galantha lachte silberhell. „So soll es sein."

Sie drehte sich einmal um ihre Achse, und begann zu wachsen. Marc staunte nicht schlecht. Was sich seinem Auge bot, war nicht von schlechten Eltern. Da saß alles an der richtigen Stelle. Der Augenaufschlag unter den langen dunklen Wimpern hervor, trieb ihm einen wohligen Schauer über den Rücken.

„Habe ich jetzt auch einen Wunsch frei?", fragte sie lachend, als er sie anstarrte, wie ein Kind einen hohen Kirschbaum voller süßer Früchte.

Marc nickte mit strahlenden Augen.

„Küss mich", bat Galantha.

Nichts lieber, als das. Marc nahm sie liebevoll in die Arme und erfüllte ihren Wunsch. Seine Hände huschten streichelnd über ihre nackte Haut zwischen den beiden Stoffbahnen. Erstaunt stellte er fest, dass ihre schillernden Flügel auch in dieser Größe äußerst filigran aussahen.

Galantha löste sich seufzend von ihm. Sie wirkte etwas verstört. „Ich wusste nicht, dass ihr Menschen so zärtlich sein könnt."

„Und ich habe nicht geahnt, dass ihr Elfen so anschmiegsam seid", gab Marc lächelnd zurück.

„Du bereust deinen Wunsch?", fragte Galantha zaghaft.

„Ganz im Gegenteil."

Sie schaute ihn prüfend an. „Warum hast du dir gerade das gewünscht?"

„Ganz einfach, so ist das Risiko nicht so groß, dass ich dich versehentlich verletze, wie es gestern geschehen ist. Außerdem finde ich es schöner, meinem Gesprächspartner in die Augen sehen zu können", erklärte Marc.

Galantha schwieg beeindruckt. So hatte noch keiner der Menschen reagiert, die der Spiegel hierher gebracht hatte.

Marc fasste nach ihrer Hand. „Komm. Wir müssen Wasser und wenigstens ein paar essbare Früchte finden. Ich habe seit gestern früh nichts mehr gegessen. Mit ist schon ganz schlecht."

Auch jetzt reagierte Marc anders, als Galantha erwartet hatte. Er schaute auf den Kompass. „Suchen wir in dieser Richtung."

Galantha lief neben Marc her. Nach ein paar Metern gab sie auf. „Ich schaffe es nicht. Meine Füße schmerzen." Sie bewegte ihre Flügel und schwebte einige Zentimeter über dem Boden an seiner Seite. „Da! Beerensträucher!", jubelte sie plötzlich.

Sie half ihm beim Pflücken.

„Isst du keine Beeren?", fragte Marc.

„Ich lebe vom Nektar aus den Blüten", entgegnete sie.

„Das dürfte heute schwer werden", meinte Marc, während er eifrig den Früchten zusprach.

„Oh. Daran habe ich nicht gedacht", sagte Galantha niedergeschlagen.

„Probier doch einfach", ermutigte sie Marc.

Die Elfe nickte. „Gar nicht so übel", stellte sie nach der ersten Kostprobe fest. „Etwas sauer, aber durchaus schmackhaft."

Auf der Suche nach Wasser durchquerten sie langsam das kleine Wäldchen. Ständig blieb die Elfe mit ihren Flügeln an Bäumen und Sträuchern hängen.

„Lass mich zurück. Ich bin doch nur eine Last für dich", seufzte sie niedergeschlagen.

„Vergiss, was du gerade gesagt hast." Marc legte ihr einen Finger auf den Mund, nahm sie auf die Arme, um sie sicher zwischen den Bäumen hindurch zu tragen. Dabei stellte er fest, dass sie erstaunlich leicht war.

„Ich habe verlangt, dass du so groß wirst, also bin ich auch verantwortlich, dass dir dadurch kein Leid geschieht. Wir beide werden es schon schaffen."

Galantha legte ihren Kopf an seine Wange. Sie träumte mit offenen Augen.

„Schau an, da drüben ist ja endlich ein Bach", sagte Marc erfreut.

Am Ufer setzte er Galantha vorsichtig ab. Neugierig schaute sie zu, wie er Wasser schöpfte und aus der Hand trank.

„Hast du keinen Durst?", fragte er erstaunt.

„Habe ich. Ich traue mich nur nicht so nah an das Wasser. Es ist gefährlich", entgegnete sie.

„Der Bach?", Marc sah sie erstaunt an. Ganz offensichtlich war es für Galantha schwer, sich an die neue Größe zu gewöhnen. Schnell rollte er ein großes Blatt zusammen, schöpfte es voll und reichte es ihr. Dankbar nahm die Elfe die Gabe an.

„Wie weit ist es eigentlich bis zur Höhle des Drachen?", fragte er plötzlich.

„Morgen Abend werden wir die Berge erreichen", antwortete Galantha ausweichend, ohne ihn anzusehen.

Marc nahm ihr Gesicht in beide Hände. „Du weinst?"

„Kannst du nicht für immer hierbleiben?" Galantha wischte die Tränen weg.

Marc schüttelte den Kopf.

„Dann wartet deine Liebste zu Hause auf dich?", fragte die Elfe leise.

„Nein. Es gibt keine Liebste, nur viele gute Freunde und Verpflichtungen, die ich zu erfüllen habe", gab Marc zurück. „Vergiss nicht, dass ich nur ein Mensch bin. Ich kann weder mit dir über die Wiesen fliegen, noch zaubern."

Galantha fuhr entsetzt zurück.

„Habe ich etwas Falsches gesagt?", fragte Marc.

„Hellebora hat die gleichen Worte gebraucht, als sie mich von dir fernhalten wollte", murmelte sie verstört.

Marc lächelte wieder. „Es scheint ihr aber, nicht gelungen zu sein. Warum kommst du nicht mit in meine Welt?"

Galantha schaute betreten zu Boden. „Dort gehöre ich einfach nicht hin", sagte sie so leise, dass er sie kaum verstand.

„Willst du es nicht einmal versuchen?", fragte Marc. „Wenn es dir bei mir nicht gefällt, führe ich dich zu dem alten Mann. Sein Spiegel bringt dich bestimmt wieder hierher."

Die Elfe legte ihm beide Hände auf die Schultern. „Aurëus sollte niemals erfahren, dass du das Geheimnis seines Spiegels kennst. Er würde sicher sehr wütend werden."

„Du kennst den alten Mann?" Marc war erstaunt.

„Ja natürlich. Jeder hier kennt den weisen Zauberer Aurëus", entgegnete sie.

„Ach, sieh an", sagte Marc sarkastisch. „Aber niemand von euch weiß angeblich wo das Tor in meine Welt ist. Sonderbar."

„Warum bist du auf einmal so böse? Wir wissen wirklich nicht, wo das Portal in andere Gefilde ist. Aurëus gibt niemals seine Geheimnisse preis", verteidigte sich die Elfe. „Er lebt irgendwo zwischen den Dimensionen, kommt und geht, wann und wie es ihm gefällt. Das ist schon seit Anbeginn der Zeit so."

Marc nahm Galantha in die Arme. „Ich wollte dich nicht kränken. Tut mir leid."

Galantha schmiegt sich verzeihend an. „Wir sollten weiterziehen", hauchte sie ihm ins Ohr. „Hier ist Zwergenland. Wenn wir vor Anbruch der Dunkelheit den nächsten Wald nicht erreichen, sind wir sicher verloren."

„Ich bin verloren", präzisierte Marc. „Ich verlange nicht, dass du bei mir bleibst, wenn es gefährlich wird."

„Immer noch böse?", fragte Galantha traurig.

„Nein. Realist", antwortete er.

„Realist? In unserer Welt?" Die Elfe begann herzhaft zu lachen. „Wer sagt dir, dass das, was du hier gerade siehst, wirklich eine blumenübersäte Wiese ist? Der Turm ist einfach hinter dir verschwunden und der vermeintliche Spiegel war auch keiner."

Marc holte tief Luft. Galantha machte sich auf bittere Vorwürfe gefasst, als er grinsend sagte: „Schon gut, ich gebe mich geschlagen." Der Unsinn seiner Worte vom Realismus, ausgerechnet in der Welt der Elfen, war kaum zu überhören gewesen.

In den nächsten beiden Stunden schwebte Galantha an seiner Seite, strahlte mit der Sonne um die Wette und beantwortete, so gut es ging, seine Fragen über ihre Welt.

„Woher weißt du eigentlich so viel über uns?", fragte sie nach einer Weile erstaunt.

„Aus Büchern", erklärte Marc.

„Zauberbüchern?" Galantha sah ihn neugierig an.

„Märchenbüchern!", lachte Marc.

Die Elfe wurde ernst. „Die Menschen, die sie geschrieben haben, waren bestimmt einmal hier. Das Tor, welches sie zu euch zurückgebracht hat, muss es einfach geben und ich bin sicher, dass wir es finden werden."

„Wirst du auch ein Buch schreiben, wenn du wieder zu Hause bist?", fragte sie nach einer Weile.

Marc schüttelte den Kopf. „Ganz bestimmt nicht. Was ich mit dir hier erlebe, geht nur uns beide etwas an."

„Danke" Galantha hauchte ihm einen Kuss auf die Wange.

„Allerdings werde ich oft von dir träumen", erklärte Marc. „Von deinem langen Haar, das so rot und so seidig ist, wie das Fell eines Eichhörnchens, von deiner fast milchweiß schimmernden zarten Haut, die ich ohne Unterbrechung streicheln möchte und von deinen Augen, die so unergründlich tief und grün wie Bergseen sind. Bei jedem Schmetterling, der mir in meiner Welt begegnen wird, werde ich mich an deine glitzernden Flügel erinnern."

Galantha seufzte hingerissen. „So etwas Wundervolles hat noch niemand zu mir gesagt."

Marc sah sie ungläubig an. „Nicht?"

„Mm – mm", Galantha schüttelte den Kopf.

„Verstehe ich nicht", murmelte Marc. „Das musst du mir wohl erklären."

Die Elfe überlegte. „Du kannst nicht besonders gut klettern, was in deiner Welt sicher völlig egal ist. Ich kann nicht besonders gut zaubern, was in meiner Welt ein böser Makel ist. Kein Elf, der etwas auf sich hält, lässt sich freiwillig mit so einer Versagerin ein."

„Und wenn er dich wirklich liebt?"

„Versuche gar nicht erst, mich zu trösten. Man hält sich von mir fern, als hätte ich eine ansteckende Krankheit", flüsterte Galantha traurig.

„Und da komme ich daher, pfeife auf alle Zauberkraft und wecke Begehrlichkeiten, die ich nicht erfüllen kann", sinnierte Marc.

„Ich fürchte, das stimmt." Galantha ließ den Kopf hängen.

Plötzlich zuckte sie zusammen, schaute sich wie gehetzt um.

„Was ist passiert?", flüsterte Marc.

„Zu spät", jammerte die Elfe. „Die Zwerge sind schon unterwegs."

Kampf ums Überleben

Die Sonne war tatsächlich schon fast untergegangen. Ein schauerliches Jaulen erklang in der Ferne.

„Flieg weg! Rette dich!", rief Marc. „Schnell!"

„Nicht ohne dich", sagte die Elfe mit fester Stimme.

Der junge Mann gewahrte ein Funkeln in der Ferne. „Was ist das da hinten?"

„Ein sumpfiger See mit vielen Inseln", antwortete Galantha.

„Beeilen wir uns! Vielleicht können wir dort unsere Spuren verwischen." Marc fasste ihre Hand und rannte los.

Hinter ihnen war deutlich das Hecheln mehrerer Wölfe zu hören. Etwas zischte an ihnen vorbei. Es blitzte und krachte. Ohne Vorwarnung zog es Marc den Boden unter den Füßen weg. Eis! Überall Eis. Er stürzte, riss Galantha mit und schlitterte mit ihr rasend schnell auf die Wasserfläche zu.

Kurz vor dem Ufer ließ er ihre Hand los. Galantha flatterte wild mit den Flügeln. Voller Entsetzen musste sie mit ansehen, wie Marc in Wasser rollte, unterging und nicht wieder auftauchte.

Einer der Zwerge schoss einen zweiten Eispfeil ab. Er traf auf die leicht gekräuselte Oberfläche des Sees, die sich augenblicklich mit einer Eisschicht überzog. Galantha schrie auf. Im fahlen Mondlicht bot sie ein gutes Ziel.

Der dritte Pfeil traf ihre Flügel. Wie ein Stein fiel sie dem See entgegen, das Eis brach und die Elfe Schneeglöckchen versank in den eisigen Fluten.

„Die haben genug", kicherte der erste Zwerg schadenfroh. „Ein Mensch und eine nutzlose Elfe weniger."

Ohne sich noch einmal umzusehen, verschwanden die Wolfsreiter in der Dunkelheit.

Marc hatte die Luft angehalten und sich mit den Händen kurz unterhalb der Wasseroberfläche am Ufer entlang gezogen. Ihm war auch nicht entgangen, was mit Galantha geschehen war. In dem Augenblick, als sie fiel, war er bereits auf dem Weg zu ihr. Im dunklen Wasser bekam er einen ihrer Flügel zu fassen.

Wenige Sekunden später zog er sie auf einer kleinen Insel an Land. Einen Moment lang glaubte er, eine Tote vor sich zu haben, so bleich und steif lag die Elfe vor ihm. Marc begann jämmerlich zu frieren. Die Eispfeile hatten die Luft ungewöhnlich abgekühlt und die nasse Kleidung tat das Übrige.

Er folgte der Stimme der Vernunft, als er sich mühsam aus der nassen Jeans schälte, die unangenehm am Körper klebte. Dann widmete er sich Galantha, die noch immer reglos, mit geschlossen Augen am Boden lag.

„Es geht leider nicht anders", flüsterte er, als er auch ihr die nassen Kleider abstreifte. So gut es ging, presste er mit beiden Händen das Wasser aus ihrem Haar. Dann begann er, ihren Körper zu massieren, um den Kreislauf anzuregen. „Ich habe zwar keine Ahnung, ob Elfen so etwas haben, aber schaden kann es ja nicht, wenn sich die Haut etwas erwärmt", brummte er, um sich Mut zu machen. Die Behandlung zeigte einen Erfolg. Galantha schlug die Augen auf.

„Es ist so furchtbar kalt", hauchte sie mit zitternden Lippen und Marc schien es, als ob ihr Körper durchsichtig würde. So vergehen Elfen, schoss es ihm durch den Kopf. Das durfte nicht sein!

„Galantha! Bleib bei mir!" Marc legte sich zu ihr, um sie mit seinem Körper zu wärmen.

„Erfüllst du mir einen letzten Wunsch?", flüsterte Schneeglöckchen.

Marc nickte. Seine Kehle war wie zugeschnürt.

„Schenke mir ein wenig Zeit, wie es Menschen mit ihrer Liebsten machen", wisperte die Elfe kaum hörbar.

Marcs Augen füllten sich mit Tränen. Ob er es wahrhaben wollte oder nicht – Galantha war ihm in den wenigen Stunden, die sie sich kannten, so lieb und vertraut geworden, als wären sie schon ewig gemeinsam durch das Elfenland gezogen.

Marc beugte sich über die kaum noch sichtbare Gestalt, seine heißen Lippen berührten die eiskalte Haut der zierlichen Elfe. Bald vergaß er alles um sich herum, die Gefahren am Ufer, die Kälte und auch, dass er einer Sterbenden den letzten Wunsch erfüllte.

Seine streichelnden Hände huschten über den schlanken Körper, wobei sie Spuren ihrer Wärme hinterließen.

Wie lange er so versunken war, wusste Marc nicht zu sagen, als ihm Galantha plötzlich wohlig aufseufzend die Arme um den Nacken legte und: „Ich liebe dich", flüsterte.

Die ersten Sonnenstrahlen weckten Marc, der vorsichtig die Augen öffnete, überaus erfreut feststellte, dass Galantha noch da war und zudem eng an seinen Körper gekuschelt lag. Andächtig betrachtete er diesen fast zerbrechlich wirkenden Körper, der um ein Haar die Nacht nicht überstanden hätte.

Sie schlug die Augen auf. „Woran denkst du?"

„Daran, dass ich gern dort beginnen würde, wo wir heute Nacht aufgehört haben", antwortete er lächelnd.

„Du vergisst, dass die Zeit gleich um ist", erwiderte die Elfe milde, mit einem leichten Anflug von Röte.

„Welche Zeit?", fragte Marc verständnislos.

„Die, in der ich deine Größe haben darf", erklärte Galantha, während sie ihren Lendenschurz anlegte und in ihr knappes Oberteil schlüpfte.

Kaum hatte sie den letzten Handgriff getan, schwebte sie bereits wie ein großer Schmetterling in der Luft. Marc hob hilflos die Hände. Um seine Enttäuschung zu verbergen, wandte er sich seiner Kleidung zu, die noch immer zum Trocknen auf einem Strauch hing. Die Boxershorts, die Socken und das Hemd waren trocken, die Jeans und die Schuhe noch genau so nass wie am Abend zuvor. Er faltete die Wäsche zusammen, stellte die Schuhe obenauf, dann hielt er das Paket hoch über seinen Kopf, während er bis zum Hals im Wasser versank, als er mit Galantha die Insel verließ. Am Ufer zog er wenigstens die Shorts an und streifte das Hemd über. Dann betrachtete er bekümmert seine Hose.

Die Elfe setzte sich auf seine Schulter. „Du, Marc, habe ich dir eigentlich schon gesagt, dass du zwei Wünsche frei hast?", wisperte sie.

„Gleich zwei Wünsche?" Er wandte ihr sein Gesicht zu. „Wirklich?"

Galantha nickte.

Marc überlegte nicht lange. „Dann werde bitte wieder groß", lautete sein erster Wunsch.

Die Elfe drehte sich um ihre Achse. Bevor sie dazu kam, auch nur ein Wort zu sagen, zog Marc sie in seine Arme und küsste sie, als wolle er sie nie wieder loslassen.

„Wie lautet dein zweiter Wunsch?", fragte sie etwas später, als sie wieder zu Atem gekommen war.

„Warum eigentlich zwei Wünsche?", antwortete Marc mit einer Gegenfrage.

„Weil du ein Leben gerettet hast, selbst wenn es ein völlig nutzloses ist", erklärte Galantha.

Marc fasste sie am Handgelenk. „Für diesen Satz müsste ich dir eigentlich den Hintern versohlen."

„Bitte was??" Die Elfe schaute ihn mit großen Augen an. „Was ist das?"

„Ich müsste dich über das Knie legen und dir mit der Hand ein paar kräftige Schläge auf die nackte Kehrseite geben", erklärte er lachend.

Galantha zog die Augenbrauen zusammen. „Das tut sicher weh."

„Ja na klar! Das ist ja der Sinn der Aktion. Vielleicht vergeht es dir dann, solchen Unsinn zu reden. Von wegen *nutzloses Leben* und so." Marc ließ sie wieder los.

Die Elfe schaute zu Boden. „Würdest du mich wirklich schlagen?"

„Unsinn. Weder dich noch andere. Ich pflege meine Kontrahenten, mit Worten zu besiegen." Er streichelte ihre Wange.

„Und wenn dich jemand mit einer Waffe bedroht?", fragte Galantha.

„Dann würde ich mich sicher dagegen wehren – oder davonlaufen – käme ganz auf die Waffe an", sagte Marc, während er noch einmal seine Jeans untersuchte. „Einen kleinen Wärme- oder Trockenzauber hast du nicht zufällig parat?"

Galantha senkte schuldbewusst den Blick. „Ich kann mir ja nicht einmal selber helfen."

„Was hältst du davon, wenn wir es gemeinsam versuchen?", schlug der junge Mann vor.

„Wie?", fragte die Elfe und hob die Schultern.

Marc zog die Mundwinkel herunter. „Na zum Beispiel: Ich nehme deine Hände – oder noch besser – wir setzen uns gegenüber, schieben die Schuhe in die Mitte, dann nehme ich deine Hände und wir stellen uns vor, dass sie Wärme ausstrahlen."

„Etwa so?", die Elfe ließ sich im Lotossitz nieder.

„Warum nicht?" Marc holte die Schuhe, setzte sich ebenfalls auf den Boden, um seine Handflächen an die von Schneeglöckchen zu legen. „Kannst du die Wärme meiner Hände spüren?", fragte er.

„Ja", hauchte die Elfe.

„Dann befiel der Wärme sich zu verdoppeln und in meine Schuhe zu kriechen."

„Es geht nicht", jammerte Galantha. „Ich kann es einfach nicht."

„Schließe die Augen", riet Marc. „Kannst du dich an die Wärme erinnern, die du in der vergangenen Nacht gefühlt hast?"

Augenblicklich flammte ein Feuerring um die Schuhe auf. Blitzschnell riss Marc sie aus den Flammen. „Jetzt übertreibst du aber", rief er erschrocken.

Galantha war aufgesprungen, sie starrte in die Flammen. Kaum merklich schüttelte sie den Kopf. „Es war eine heiße Nacht. Ich habe nur getan, was du verlangt hast. Ich konnte ja nicht ahnen, dass es funktioniert."

Er nahm sie in die Arme. „Du kannst alles, wenn du es wirklich willst. Erinnere dich noch einmal an unsere Nacht und wünsche dir, dass diese Wärme bei uns beiden bleibt, so weit, wie deine wundervollen, zarten Flügel reichen."

Langsam begann die Luft zu flimmern, dabei umschloss sie die umschlungenen Gestalten wie eine große Glocke. Zufällig bemerkte Marc, dass das Gras um sie herum zu welken begann. Galantha lächelte glücklich. Ob wegen des gelungenen Zaubers oder wegen der innigen Umarmung wusste sie selber nicht so genau.

„Perfekt", lobte Marc. „Alles trocken und Spaß hat dir offensichtlich auch gemacht."

„Vergiss deinen zweiten Wunsch nicht", mahnte die Elfe. „Bis zur Mittagsstunde musst du ihn aussprechen."

„Ich wünsche mir, dass dein Zauber ab sofort immer genau das macht, was er soll", sagte Marc schnell.

Galantha bekam große Augen. „Willst du dir nicht lieber etwas für dich wünschen? Ich bin nur eine Elfe, der es nicht einmal zusteht, solche Gaben zu erlangen."

„Es ist mein größter Wunsch. Wie soll ich denn in Zukunft ruhig schlafen, wenn ich immer in Sorge um dich bin?" Marc schaute ihr tief in die Augen.

Die Elfe seufzte. „Dein Wunsch wird dir erfüllt."

„Warum fällt es dir so schwer, mein Geschenk anzunehmen?", fragte er leise.

„Weil der zweite Wunsch eine dauerhafte Erfüllung erfährt, was ich dir aber nicht sagen durfte. Hättest du dir Reichtum und Glück gewünscht, dann hättest du ein Leben lang ausgesorgt", flüsterte Galantha.

Marc winkte ab. „Wenn ich mein Studium abgeschlossen habe, bekomme ich vielleicht einen Job, von dem ich zufrieden leben kann. Und Glück? Wie definiert man das eigentlich?"

„Verstehe ich nicht. Alle Menschen, die hierher gekommen sind, wollten immer nur Reichtum, Glück oder ewiges Leben haben", stellte die Elfe kopfschüttelnd fest.

„Ich bin eben anders", schmunzelte Marc.

„Das ist nicht zu übersehen", entgegnete Galantha. „Ich habe nur die Befürchtung, dass uns noch großer Ärger bevorsteht."

„Der Zeit wegen?", fragte Marc mit einem Blick auf die Sonne. „Ich dachte, sie hätte für euch Elfen keine Bedeutung."

„Hat sie auch nicht" Galantha nahm seine Hand. „Ich habe nur schreckliche Angst davor heute Nacht wieder den Zwergen zu begegnen."

„Ich bin auch nicht wild darauf, das Schicksal noch einmal herauszufordern", pflichtete ihr Marc bei. „Wir sollten uns sputen. Sag mal, wie stehen eigentlich Elfen und Einhörner zueinander?"

„Freundschaftlich. Aber warum fragst du?"

„Würden sie es auf sich nehmen, uns zum Berg zu bringen?", forschte Marc vorsichtig.

„Diese Bitte musst du ihnen schon selber vortragen." Galantha richtete sich auf und stieß einen trillernden Ruf aus.

Einen Lidschlag später war das Trommeln galoppierender Hufe zu vernehmen. Zwei wundervolle Tiere mit silberweißem Fell, stoppten genau vor ihnen ihren rasenden Lauf. „Du hast uns gerufen?"

„Mein Begleiter möchte euch eine Frage stellen", antwortete die Elfe.

Die Einhörner schauten Marc neugierig an. Erst jetzt fiel ihnen Galanthas ungewöhnliche Körpergröße auf. Irgendetwas Bedeutsames musste geschehen sein.

„Ich höre", sagte der Hengst.

„Wäre es möglich, dass ihr uns hinüber zum Drachenberg bringt? Ich bitte euch sehr. Ich bin nur ein Mensch und kann Galantha nicht vor den Zwergen beschützen."

Der Hengst ging einmal um Marc und Galantha herum. „Du bist ein bescheidener und noch dazu ziemlich ungewöhnlicher Mensch und deine kleine Elfe wird es erst in ein paar Tagen wirklich begreifen, welches Glück sie hatte, dir begegnet zu sein. Steigt auf."

Marc sprang auf den Rücken des freundlichen Einhorns, Galantha schwebte hinüber zu seiner Stute.

„Haltet euch an unseren Mähnen fest", riet der Hengst und trabte an. Nach ein paar Metern schien es, als flögen sie dahin, ohne mit den Hufen den Boden zu berühren. Der rasende Lauf endete am Fuße des schwarzen Berges, in dessen oberem Drittel der finstere Eingang zur Drachenhöhle gähnte.

„Ab hier müsst ihr selber sehen, wie ihr weiter kommt", sprach das Einhorn. „Wenigstens seid ihr hier sicher vor den Wesen der

Nacht, sie meiden den Berg des Drachen. Viel Glück!" Die beiden verschwanden schnell in der Ferne.

„Wenn ich dich doch tragen könnte", seufzte Galantha, als sie den steilen Hang hinaufschaute.

„Ohne Fleiß kein Preis. Du kannst ja oben auf mich warten", schmunzelte Marc. Nach den ersten Metern verging ihm das Lachen. Die Felswand strebte fast senkrecht vor ihm auf. Galantha flog über ihm und wies ihm den besten Weg.

„Ohne deine Hilfe würde ich ganz schön alt aussehen", gab Marc nach der Hälfte der Strecke zu. „Ich war noch nie gut im Klettern."

„Genau diese Worte habe ich noch deutlich im Ohr", erklärte die Elfe.

Marc zog sich vorsichtig an einem Felsvorsprung hoch. Plötzlich brach der Stein, auf den er soeben seinen Fuß gesetzt hatte. Marc sackte weg. Galantha gelang es, seine Hand zu fassen. Aus Leibeskräften hielt sie fest. „Ich kann dich nicht mehr halten." Tränen liefen über ihre Wangen. „Ich wünschte, dieser verfluchte Berg hätte eine Leiter!"

Ein lautes Knirschen ließ sie erschreckt innehalten. Unter Marcs Fuß und über seinem Kopf, so weit das Auge reichte, schoben sich in regelmäßigen Abständen kleine Felsplatten aus dem Gestein.

„Du bist gerettet!", jubelte Galantha.

„Vorerst. Vielen Dank für deine Hilfe" Marc machte sich mit neuer Kraft auf den Weg nach oben.

„War ich das wirklich?", fragte die Elfe ungläubig.

„Siehst du sonst noch jemanden?", schmunzelte Marc.

Nach zwei unendlich langen Stunden rollte er sich auf das Plateau vorm Eingang zur Höhle. Erschöpft schloss er die Augen.

„Marc!" Galantha beugte sich besorgt über ihn.

„Keine Panik. Die Kletterei war nur etwas anstrengend", stöhnte er, sich mühsam erhebend.

„Der Drache ist fort", sagte die Elfe leise, nachdem sie in die Höhle gelauscht hatte.

„Sonst hätte er mich schon von der Wand gepflückt", erklärte Marc. „Suchen wir das Portal!"

Gemeinsam huschten sie in die Grotte.

„Ach du lieber Himmel! Hier sieht es ja aus wie beim Trödler!", rief Marc, als sein Blick auf unzählige Rüstungen, Schwerter und Lanzen fiel.

„Komm weiter." Galantha zog ihn mit sich fort. „Das sind die Überreste der Menschen, die versucht haben, den Drachen zu töten."

„Muss wohl schon ein Weilchen her sein. Heute findest du solche Rüstungen nur noch im Museum", witzelte Marc.

„Da!", rief Galantha mit ausgestrecktem Zeigefinger.

Marc blieb stehen. „Dieser Spiegel gleicht dem des alten Mannes bis ins Detail."

„Dann ist wohl der Moment des Abschieds gekommen", hauchte die Elfe.

Marc schloss sie noch einmal in die Arme. „Ich liebe dich."

„Ich liebe dich auch", schluchzte Galantha unter Tränen. „Und nun geh, bevor der Drache zurückkommt."

„Zu spät", sagte eine tiefe Stimme hinter ihnen, während sich der Eingang verfinsterte.

„Der Drache! Lauf um dein Leben!", schrie die Elfe auf. Angstvoll presste sie sich an die Wand.

Eine lodernde Flamme rast auf Marc zu, der sich geistesgegenwärtig auf den Boden warf. Er rollte auf den Spiegel zu, kam wieder auf die Füße, taumelte ein paar Schritte beiseite, warf noch einen sehnsüchtigen Blick zu Galantha zurück, bevor er sich mit einem Hechtsprung auf den Spiegel stürzte, um der nächsten Flamme zu entgehen.

„Nun zu uns beiden." Der Drache baute sich vor der zitternden Elfe auf. „Ist es dieser Mensch wirklich wert, dass du dein Leben für ihn opferst?"

„Oh ja, er ist es wert, mehr als jeder Elf in diesem Land." Stolz hob Galantha den Kopf. „Er hat mein Leben gerettet und mir seinen Wunsch geschenkt. Selbst die Einhörner haben ihm geholfen, ohne zu überlegen."

Der Drache ließ die halb erhobene Klaue wieder sinken. Er senkte den Kopf, bis er Galantha in die Augen sehen konnte. „Hast du Angst vor dem Tod?"

„Ja", flüsterte die Elfe. „Ich habe Angst."

„Und trotzdem hast du ihn bis zu meiner Grotte begleitet?"

Galantha nickte.

„Weil du ihn liebst", stellte der Drache fest.

Wieder nickte die Elfe.

„Und du weißt, dass Liebe auch ein Fluch sein kann?", fragte der Drache.

Galantha schüttelte langsam den Kopf.

Der Drache trat ein paar Schritte zurück. „Sie wird dich immer wieder hierher zu diesem Spiegel treiben. Du wirst warten und hoffen, dass er eines Tages wieder durch dieses Tor in dein Leben tritt. Das kann schlimmer als der Tod sein."

Der Drache verließ die Grotte. Zurück blieb eine hilflose, verstörte Blumenelfe.

Marc krachte unsanft zu Boden. Genau neben seinem Putzeimer, den er fast noch umgerissen hätte. Mühsam rappelte er sich auf, als die Vorsaaltür geöffnet wurde. Geistesgegenwärtig zog er sein Fensterleder aus der Hosentasche.

Der alte Mann war zurückgekehrt. Forschend schaute er sich um.

„Gute Arbeit, mein Junge." Er zog das restliche Geld aus der Jackentasche. Dabei traf sein Blick den Spiegel. „Du hast ihn geputzt?", fragte er hintergründig.

Marc drehte sich um. „Ich habe es versucht. Schade um das gute alte Stück, wenn das Glas so trübe ist. Er hat einen wundervollen Rahmen."

„Du hast ja eine dicke Beule am Kopf. Lass mal sehen." Der Alte trat nahe an Marc heran.

„Ich hätte den Stuhl beiseiteschieben sollen, als ich das Fenster über dem Schreibtisch putzte", erklärte der junge Mann. „Bin wohl etwas unsanft auf der Kante gelandet."

„So, so", brummelte der Alte. „Würdest du denn wieder putzen kommen, wenn ich dich brauche?"

„Jederzeit. Sie haben ja meine Telefonnummer. Rufen Sie einfach an." Marc kippte das Putzwasser in den Ausguss, legte den Lappen zusammen und verabschiedete sich.

Aurëus sah den Spiegel nachdenklich an, der noch nie so strahlend sauber gewirkt hatte wie heute. Er legte die Hände um den Rahmen und starrte lange auf das Zentrum des ungewöhnlichen Glases. Wenn der junge Mann ein Geheimnis hatte, so gab er es zumindest nicht preis.

Marc blieb auf der Straße stehen, atmete tief durch, ehe er den Weg zu seiner kleinen Studentenbude fortsetzte.

Eine Stunde später traf er sich mit seinen Freunden bei Luigi.

Thomas sah den Freund mit offenem Mund an. „Hej, guckt mal! Gestern konnte er kaum den Federballschläger halten und heute hat er Muskeln wie Stahl."

„Wo warst du? Wir haben dich den ganzen Nachmittag gesucht."

„Fenster putzen – das macht Muckis." Marc winkelte den Arm an und ballte die Faust, bis sich der kurze Ärmel seines T-Shirts straff über den Bizeps spannte.

Stella

Professor Marc Wendler stand im Wohnzimmer seines schmucken Häuschens. Er betrachtete das lebensgroße Gemälde über dem Kamin. Vor achtzehn Jahren hatte er es für seine Studentenbude gemalt und seitdem gehütet, wie seinen Augapfel.

Andrea, seine Lebensgefährtin, hatte schon mehrfach verlangt, er solle diesen *kitschigen Ölschinken* ins Feuer werfen und sich jedes Mal gewundert, dass der ruhige Marc dann sehr laut wurde.

Seit vier Jahren lebten die beiden mehr oder weniger locker miteinander. In den letzten Wochen kriselt es immer öfter und immer waren Andreas Bemerkungen über das Bild am Kamin schuld. Marc fehlte die Kraft, ihr einfach den Laufpass zu geben. Stattdessen trafen sie sich immer seltener. Er schützte Arbeit vor, die einzige Ausrede, die sie gelten ließ.

Marcs Blick hing an dem schmalen Gesicht mit den seegrünen Augen, das von rötlichem, langem Haar umrahmt wurde. Die filigranen Schmetterlingsflügel funkelten im Sonnenlicht. Marc seufzte vernehmlich, als er sich langsam umdrehte und das Haus verließ.

Luigi war gerade dabei gewesen, den bestellten Tisch festlich zu schmücken, als sich die Tür seiner Pizzeria leise öffnete. Er hielt inne, drehte sich neugierig um und schaute in zwei traurige grüne Augen.

„Sie wünschen?", fragte er förmlich, obwohl ihm eher *kann ich dir helfen*, auf der Zunge gelegen hatte.

„Ich suche Marc", sagte die Fremde flüsternd und Luigi war nicht sicher, ob sich ihre Lippen dabei überhaupt bewegt hatten.

„Marc? Und weiter?", hakte er nach.

„Nur Marc." Das Mädchen hob bedauernd die Schultern. Sie mochte etwa achtzehn sein und war ziemlich attraktiv, wie der Italiener mit Kennerblick bemerkte.

„Und woher weißt du, dass er hierher kommt?" Luigi betrachtete neugierig das fein geschnittene Gesicht.

„Das hat mir der Hausmeister der Universität gesagt", entgegnete die Fremde. „Marc lehrt dort etwas über alte Völker oder so."

„Muss es ausgerechnet heute sein?", wollte Luigi wissen. Der Tisch war noch nicht fertig und ihm lief die Zeit davon. Dass sein Lokal eigentlich heute geschlossen war, fiel ihm in der Aufregung gar nicht ein.

„Bitte." Das rothaarige Mädchen sah ihn so flehend an, dass er wortlos auf einen Tisch gleich an der Tür zeigte.

„Möchtest du etwas trinken?"

Das zierliche Mädchen schüttelte den Kopf. „Ich kann dir nichts dafür geben."

„Ich bringe dir trotzdem etwas. Einen Cappuccino? Oder lieber etwas Süßes?"

„Nektar?", fragte die Fremde vorsichtig.

„Geht in Ordnung." Luigi verschwand in der Küche. Das Lächeln der Kleinen war ihm Bezahlung genug. So etwas war ihm auch noch nicht passiert. Er füllte ein geschliffenes Kristallglas mit gekühltem Nektar.

„Danke."

Der Wirt widmete sich wieder der Tischdekoration.

„Da drüben kommt Marc." Luigi deutete aus dem Fenster.

Schon öffnete sich die Tür, drei Männer und drei Frauen traten ein.

„Hallo Luigi. Du hast dich wieder einmal selbst übertroffen", sagte einer der Männer und zwinkerte dem Italiener fröhlich zu.

Er hat eine freundliche Stimme, stellte das einsame Mädchen neben der Tür fest, *sieht gut aus und die Beschreibung würde passen. Ob das wohl Marc ist?*

Unbemerkt beobachtete sie die Menschen, welche an dem festlich geschmückten Tisch Platz nahmen und die von ihr keine Notiz zu nehmen schienen.

Der Mann mit der freundlichen Stimme machte keinen glücklichen Eindruck. Die Frau, die zu ihm gehörte, war auffällig geschminkt, sprach mit schriller Stimme und nicht ein einziges Mal berührten sich ihre Blicke, während sich die anderen verliebt in die Augen sahen.

Der Wirt beobachtete von seinem Tresen aus sowohl die Feiernden als auch die Kleine an der Tür, die in winzigen Schlucken ihren Nektar trank. Er hatte erwartet, dass sie sofort zu Marc gehen werde, und war neugierig gewesen, was sie wohl von ihm wollte. Jetzt gewann die Überzeugung Oberhand, dass sie gar nicht wusste, welcher der Männer Marc war. Bisher hatten sich die sechs Gäste nur mit ihren Spitznamen angesprochen.

Interessant! Aber Luigi hatte Zeit. Früher oder später würde er schon erfahren, was es mit Marc und der Kleinen auf sich hatte. Schließlich erfuhr er immer alles – irgendwann.

Ganz offensichtlich war das Mädchen dem Professor fremd. Vielleicht eine neue Studentin, man hatte sie ja von der Uni hierher geschickt. Wer weiß? Der Wirt widmete sich den Sektgläsern, denen er altmodisch mit einem Tuch den höchsten Glanz gab.

Soeben zeterte Andrea wieder, dass ihr *Schatz* noch immer das grauenvolle Bild im Hause habe. Luigi kannte das inzwischen. Ihm ging das Genörgel furchtbar auf die Nerven. Immer wieder fragte er sich, wie Marc das aushielt, beziehungsweise, was ihn überhaupt bei dieser Furie hielt.

Marc verdrehte kopfschüttelnd die Augen, wandte sich ab und wollte aufstehen. Dabei fiel sein Blick auf das Gesicht des Mädchens an der Tür. Mit weit geöffneten Augen ließ er sich auf seinen Stuhl zurücksinken.

Ohne es zu merken, musterte er die Fremde, die seinem Blick standhielt. Eichhörnchenrotes Haar, grüne Augen, als Ohrringe trug sie silberne Schneeglöckchen. Die kleine Kerze auf ihrem Tisch zauberte einen Schatten an die Wand, der Marc so vertraut war – Schmetterlingsflügel. Das Gezeter hinter seinem Rücken hörte er nicht einmal.

Plötzlich wurde er aus seinen Betrachtungen gerissen. Andrea hatte ihn am Arm gepackt, rüttelte daran und keifte: „Marc! Die Betrachtung der Kleinen ist offensichtlich wichtiger als meine Wünsche!"

Marc schüttelte unwillig ihre Hand ab, stand auf und trat an den Tisch des einsamen Mädchens. Lange schauten sich die beiden an. Er streckte vorsichtig die Hand aus, strich mit der Fingerspitze über einen ihrer Schneeglöckchen-Ohrringe. Seine Augen füllten sich mit Tränen.

„Galantha", flüsterte er.

Die Fremde erhob sich rasch. „Du hast sie nicht vergessen."

Marc schüttelte den Kopf. „Wie könnte ich das?"

„Mein Name ist Stella." Dann warf sie sich in seine Arme. „Vater!"

Luigi ließ vor Schreck das Tablett fallen, klirrend zerbrachen die Champagnergläser.

Andrea fuhr von ihrem Stuhl hoch, starrte die beiden mit offenem Mund an. „Du hast eine Tochter? Du elender Schuft!", keifte sie, riss ihren Mantel vom Garderobenhaken und rannte aus dem Lokal.

Marc drehte sich nicht einmal nach ihr um. Er hielt das zarte rothaarige Mädchen im Arm, das ihn *Vater* genannt hatte, spürte die geheimnisvolle Elfenkraft, die sie auch in dieser Welt umgab. Obwohl er nichts über dieses Mädchen wusste, war ihm sofort klar, dass sie die Wahrheit sprach. Verblüfft beobachteten sie die Anwesenden. Marc hatte sich nie mit Frauen beschäftigt und jetzt tauchte plötzlich ein Mädchen auf, das behauptete, seine Tochter zu sein. Und wie Marc darauf reagierte, ließ nicht einmal Zweifel daran aufkommen.

Thomas stieß Mario an. „Eh! Fällt dir etwas auf?"

„Was denn?", fragte der und riss seinen Blick los.

„Die Ähnlichkeit", flüsterte Thomas hektisch.

„Womit denn?" Mario hob die Schultern

„Mit dem Bild – du Esel! Mit dem Bild, das jahrelang in Marcs Zimmer hing, jetzt über dem Kamin und das Andrea so missfällt. Kapiert?" Thomas sah Mario triumphierend an, während die Frauen nur Bahnhof verstanden.

„Du meinst …?"

„Aber sicher! Jetzt gehen mir ganze Kronenleuchter auf", sagte Thomas, sich zufrieden zurücklehnend. „Das ist keine Fantasiegestalt, das ist eine reale Person."

„Und die Flügel?", warf Mario an.

„Was weiß ich! Ein bisschen Verklärung muss schon sein, wenn man an das Objekt seiner Begierde nicht herankommt", sagte Thomas.

Mario feixte und deutete auf Marc, der noch immer stumm seine Tochter drückte. „Offensichtlich war er ziemlich nah dran. Windbestäubung wird es ja nicht gewesen sein."

„Ihr seid unmöglich", schimpfte Tina.

„Und unromantisch", ergänzte Milena. „Außerdem könnte es jetzt, wo Andrea weg ist, noch ein wundervoller Abend werden."

Marc löste sich von Stella, legte ihr den Arm um die Schulter und führte sie zu seinen Freunden. „Tina, Milena, Thomas, Mario ich möchte euch meine Tochter Stella vorstellen."

Die vier begrüßten das schüchterne Mädchen freundlich.

„Möchtest du nicht deinen Umhang ablegen?", fragte Thomas.

Stella zuckte zusammen, sah Marc hilflos an. „Aber dann …"

Marc nickte, blinzelte ihr mit einem Auge zu und sie ließ sich von Thomas den Umhang abnehmen, der plötzlich einen erstickten Laut ausstieß. Die Freunde hoben die Köpfe. Sie erstarrten. Vier glitzernde Flügel entfalteten sich auf Stellas Rücken.

Luigi hätte beinahe noch einmal den Champagner fallen lassen. Er rieb sich die Augen. Jetzt wurde der Hund in der Pfanne verrückt! Dass die Kleine anders war, als alle die sonst sein Lokal besuchten, war ihm vom ersten Moment an klar gewesen, aber was sich nun vor seinen Augen abspielte, war der Hammer.

Einzig Marc war Herr der Situation. „Du hast genau solch wundervolle, filigrane Flügel wie deine Mutter", sagte er anerkennend. „Du siehst ihr überhaupt sehr ähnlich."

Stella lächelte scheu.

„Aber sie hat dir keinen Blumennamen gegeben", stellte Marc erstaunt fest.

„Mutter sagte, Stella wäre passender, weil – na du weißt schon …" Stella wurde rot.

„Stimmt, dort gab es mehr Sterne als Blumen." Marc lächelte melancholisch bei dieser Erinnerung.

Atemlos lauschten die Freunde der Unterhaltung.

„Du bist doch sicher nicht nur hier, weil du mich kennen lernen wolltest?", fragte Marc. „Was ist passiert?"

Stella nahm seine Hand. „Du musst uns helfen. Unsere Welt schwindet – jeden Tag ein Stückchen mehr."

„Warum denn das?", fragte Thomas erschreckt.

„Weil die Menschen aufgehört haben, an uns zu glauben. Unsere Welt lebt nur durch ihre Gedanken und die Erinnerung", flüsterte die Elfe verzweifelt.

„Ich weiß", sagte Marc. „Deshalb wollte ich, dass dich alle hier so sehen, wie du wirklich bist. Das sind fünf Menschen, die sich immer an dich erinnern werden."

„Außerdem haben die Zwerge den Wandelnden Turm in ihre Gewalt gebracht. Sie können ihn zwar nicht betreten, aber das Spiegeltor ist für uns Elfen verloren. Nicht einmal Auréus hat die Macht, den Turm zurückzuerobern", erzählte Stella weiter.

„Spiegeltor?", echote Tina.

Marc nickte. „Weißt du nicht, dass Spiegel Fenster und Fenster Tore sind?"

Tina staunte. „Ich habe diesen Spruch sicher schon tausendmal gehört, aber nicht geahnt, dass er einen realen Hintergrund hat."

„Geht es Galantha wenigstens gut?", wandte sich Marc an seine Tochter.

„Sie lebt", entgegnete die Elfe.

Marc sah sie fragend an.

„Seit du gegangen bist, hat sie den Berg nicht mehr verlassen. Tag für Tag beobachtet sie den Spiegel und wartet darauf, dass du zurückkommst", flüsterte Stella. „Ich habe Mutter noch nie fröhlich gesehen oder gar lachen hören. Sie lebt – mehr nicht."

„Das habe ich nicht gewollt", murmelte Marc.

„Es ist auch nicht deine Schuld", versuchte ihn Stella zu trösten.

Marc hob den Kopf. „Wie lange kannst du bleiben?"

„Noch zwei Tage", entgegnete Stella. „Ich habe lange gebraucht, um dich in dieser großen Stadt zu finden."

„Also Freunde, ihr habt es gehört, übermorgen verlasse ich euch auf unbestimmte Zeit. Lasst uns heute noch einmal alle Sorgen vergessen. Stoßen wir auf meine Tochter und meine große Liebe an." Marc hob das Glas.

„Auf die Elfen!", riefen die Menschen und ließen die Gläser erklingen.

Marc winkte Luigi heran. „Kannst du für Stella ein Schälchen saftiges, extra süßes Obst bereiten? Wenn es geht ohne Schale?", bat er.

„Kommt sofort." Luigi eilte davon. Diesem ungewöhnlichen Gast sollte es an nichts fehlen. Bei der Gelegenheit zog er gleich noch eine Flasche Bananennektar mit aus dem Regal. Der war so süß, dass einem beim Lesen des Etikettes schon der Mund zuklebte. Schmetterlinge mochten so etwas. Elfen vielleicht auch? Luigi servierte Stella das Obst. Sein Blick hing an ihren durchsichtigen Flügeln, die so unendlich zerbrechlich wirkten. Am liebsten hätte er sie berührt.

Stella hob schnuppernd die Nase. Luigi hatte soeben die Saftflasche geöffnet.

„Einmal für wunderschöne Schmetterlinge." Verschmitzt lächelnd und mit einer Verbeugung kredenzte er ihr den Nektar.

„Ich wusste gar nicht, dass du auf Elfen eingestellt bist?", verwunderte sich Thomas.

„Steht doch groß draußen an der Tür", sagte der Wirt im Brustton der Überzeugung.

„Hä?" Mario spähte auf das Schild.

„Na da oben: Internationale Gerichte", feixte Luigi.

Alle lachten.

„Drei Punkte für den Kandidaten", kicherte Tina. „Luigi ist und bleibt der Größte."

„Zweifellos. Deshalb halten wir ihm ja auch schon die ganzen Jahre über die Treue", ergänzte Marc.

Der Italiener nickte. „Dafür bin ich euch auch sehr verbunden. Außerdem bin ich immer noch Marc dankbar, der als Student meinen Laden mit am Laufen hielt, indem er unzählige Male die Gäste bedient hat. Wenn ich mich recht entsinne, dann hast du mir nur einmal die Bitte abgeschlagen."

„Nimmst es ihm wohl immer noch übel?", amüsierte sich Thomas.

„Unsinn." Luigi lachte. „Es war nur das einzige Mal und deshalb ist es mir im Gedächtnis geblieben."

Marc klopfte Luigi auf die Schulter. „Ich habe diesen Tag auch nicht vergessen und das werde ich wohl auch niemals. Stella ist der lebende Beweis, dass ich an jenem Tag anderes im Kopf hatte, als deine Gäste."

Stella errötete wieder.

„Wo hast du ihre Mutter kennen gelernt?", fragte Mario.

„Im Reich des schwarzen Drachen", erwiderte Marc.

„Und warum hast du nie darüber erzählt?"

Marc sah seine Freunde amüsiert an. „Hättet ihr es geglaubt?"

Tina runzelte die Stirn. „Vermutlich nicht. Es ist ja jetzt schon schwer genug, zu akzeptieren, dass deine Tochter Flügel hat."

„Kannst du wirklich fliegen?", wollte Luigi wissen.

„Warum nicht?" Stella schob ihren Stuhl zurück, und schwebte eine Runde durch die Pizzeria.

„Unglaublich", murmelte Mario.

Stella setzte sich wieder neben Marc. Sie winkte mit dem Finger, worauf ihr das Nektarglas in die Hand sprang.

„Zaubern kannst du auch???" Milena ließ vor Aufregung ihren Löffel fallen.

„Hmm, hmm." Stella berührte ihre Ohrringe. Statt der Schneeglöckchen funkelten plötzlich kleine Sterne an deren Stelle.

Thomas tippte Marc an. „Wohl eindeutig Mutters Erbteil."

„Falsch", erwiderte Stella. „Das verdanke ich meinem Vater."

Marc hob erstaunt den Kopf. „Der zweite Wunsch?", fragte er kurz.

Stella nickte dankbar. „Du hast ihn zur rechten Zeit nach jener denkwürdigen Nacht ausgesprochen. So ist dein Segen auch auf mich übergegangen. Und mein Zauber hält ewig, wenn ich das möchte."

„Wer hat es dich gelehrt?"

„Meine Mutter und der schwarze Drache", erklärte Stella zu Marcs völliger Überraschung.

„Der Drache?"

„Vergiss nicht, dass wir bei ihm leben."

„Galantha ist nie wieder auf die weiten Wiesen zurückgekehrt?", fragte Marc.

„Nie. Sie sitzt in der Grotte und trauert", erzählte die Elfe.

„Wirst du mir helfen, sie dort wegzubringen? Selbst, wenn es in meine Welt ist?"

„Ich mache alles, was du verlangst, nur hilf mir, unsere Welt zu retten", bettelte Stella.

„Ich schwöre dir, dass ich alles tun werde, was ich kann." Marc streichelte Stellas Wange.

„Sagt, wie wir euch helfen können", baten Thomas und Mario.

„Versucht, euch an Märchen und Sagen zu erinnern, in denen Zwergenheere besiegt wurden. Ich bin euch für jeden noch so kleinen Tipp dankbar. Schreibt mir eine Email, ruft mich an oder rennt mir die Bude ein. Wir haben nur zwei Tage Zeit", erklärte Marc. „Ich werde ein bisschen meinen Computer quälen, vielleicht spuckt er freiwillig ein paar Informationen aus."

Stella zuckte entsetzt zusammen.

„Beruhige dich." Marc lächelte nachsichtig. „Der Computer ist so etwas wie ein Werkzeug und ihn quälen sagt man, wenn dieses ohne Unterbrechung benutzt wird."

„Interessante Erklärung", schmunzelte Mario.

„Kannst du es besser?", fragte Tina spitz. „Ich möchte mal erleben, wie du ihr deinen MP3-Player erklärst."

„Schon gut", beschwichtigte sie Mario. „Es ist für uns schon schwierig, deutsche Worte für englische Begriffe zu finden. Und jemandem diese Begriffe auf Deutsch zu erklären, der nicht einmal das Wort Technik kennt, ist fast nicht möglich. Ich ziehe also meinen Hut vor Marc und erkläre feierlich, dass seine Erklärung genial war."

„Na also – geht doch." Die beiden Frauen nickten zufrieden.

„Männer sind eben manchmal kompliziert." Tina zwinkerte Stella zu.

Die Elfe lachte fröhlich. Am späten Abend löste sich die kleine Runde auf. Alle wünschten Stella und Marc viel Glück.

Solange die Lichter im Lokal hell brannten, fühlte sich die junge Elfe sicher. Nun wo sie auf der finsteren Straße standen, drückte sie sich schutzsuchend an Marc. Das von Luigi bestellte Taxi hielt direkt vor ihnen. Marc half der zitternden Stella beim Einsteigen.

„Guten Abend, Professor Wendler, ich hatte Sie gar nicht erkannt", sagte der Fahrer mit einem ungeniert-neugierigen Blick auf das junge Mädchen. „So spät noch Privatunterricht für Ihre Studentin?"

Marc überhörte geflissentlich die anzügliche Bemerkung. „Nein. Die junge Dame ist meine Tochter. Ihre Mutter würde mir die Ohren vom Stamm reißen, wenn ich sie hier, in dieser fremden Stadt, im Hotel übernachten ließe."

Innerlich musste Marc grinsen, spätestens morgen Mittag würde das ganze Uni-Viertel von seiner hübschen Tochter wissen.

Ein paar Minuten später rollte das Taxi vor dem schmiedeeisernen Tor seines Gartens aus. Er zahlte, legte wie immer reichlich Trinkgeld drauf, dann öffnete er für Stella die Autotür.

Mit großen Augen betrachtete die Elfe das Tor und den hellen Kiesweg dahinter. „In diesem Schloss wohnst du?"

„Ja, das ist mein Haus." Marc reichte ihr den Arm.

Auf der Blumenrabatte flammten kleine Lämpchen auf, die den Weg markierten. Überrascht blieb Stella stehen. „Rosen! So wunderschöne!"

„Ich liebe Blumen. Im Frühling blühen hier tausende Schneeglöckchen."

„Und wo sind sie jetzt?", fragte die Elfe verständnislos.

„Sie ruhen in ihren Zwiebeln, bis ihre Zeit gekommen ist."
Stella tippte mit dem Finger auf die Erde.
„Was machst du?", fragte Marc erstaunt.
„Ich wecke sie. Schau!" Überall brachen zarte grüne Stängel durch die Erde. Sekunden später breitete sich ein weißer Blütenteppich unter den Rosen aus. Stella schüttelte erstaunt den Kopf. So viele Schneeglöckchen auf einem Fleck hatte sie noch nie gesehen. Hätte sie nicht schon lange gespürt, wie sehr Marc ihre Mutter liebte, wäre spätestens jetzt der Groschen gefallen.

Er legte ihr den Arm um die Schulter. „Ja, ich liebe sie, mehr als ich in Wort fassen kann."

Marc führte seine kleine Elfe in das gemütliche Wohnzimmer, wo er nur die beiden Leuchter auf dem Kaminsims anschaltete. Stella blieb wie gebannt stehen. Sie merkte nicht einmal, dass Vater ihr den Umhang abnahm, trat ein paar Schritte zurück, stieß an die Kante des Sofas und plumpste in die Polster. Schlagartig wurde ihr klar, dass von hier aus der beste Blick auf das grandiose Bild war, welches eindeutig ihre Mutter darstellte. Vater hatte sich eine kleine Welt geschaffen, wo er seinen Träumen nachhängen konnte, genau wie Mutter, die Tag für Tag in der Nähe des Portals blieb, um seine Rückkehr nicht zu verpassen. Marc setzte sich wortlos neben seine Tochter. Lange schwiegen sie, gemeinsam das Bild betrachtend.

Stella legte ihren Kopf an seine Schulter. „Du fehlst uns." Mühsam versuchte sie, das Gähnen zu unterdrücken.

„Komm, ich zeige dir, wo du schlafen kannst." Marc öffnete die Tür des schmucken Gästezimmers.

„Lässt du mich hier allein?", fragte Stella ängstlich.

„Ich schlafe gleich gegenüber. Wenn du möchtest, lasse ich die Türen offen", erklärte Marc. Er deckte Stella zu, gab ihr einen Gute-Nacht-Kuss auf die Stirn. „Träum was Schönes."

Im Gegensatz zu seiner kleinen Elfe, wie er Stella in Gedanken nannte, lag Marc noch lange wach. Ein Wunder, wie er es so lange erhofft hatte, war Knall und Fall geschehen. Zwar ganz anders als erwartet, aber er war glücklich. Das Problem Andrea hatte sich ganz nebenbei im Selbstlauf erledigt. Irgendwann schlief er zufrieden ein.

Am nächsten Morgen weckte ihn ein ungewohntes Geräusch, das er schnell als das leise Tappen nackter Füße identifizierte. Ein Lächeln huschte über sein Gesicht, da tauchte auch schon Stellas rote Löwenmähne im Türrahmen auf. Die grünen Augen strahlten wie zwei Sterne.

Sie schwebte herein und landete auf der Bettkante. „Guten Morgen."

„Dich zu sehen, heißt, dass es wirklich ein guter Morgen ist." Marc setzte sich auf. „Du hast sicher Hunger."

„Ja, wie eine dicke Raupe", entgegnete Stella.

„Dann sollte ich mich wohl beeilen." Marc sprang aus dem Bett, eilte ins Bad, kam kurz darauf ins Wohnzimmer, wo Stella wieder vor dem Bild ihrer Mutter saß.

Marc holte die Nektarflasche aus dem Kühlschrank, die ihm Luigi am vergangenen Abend in die Manteltasche gesteckt hatte.

„Hmm, es duftet." Stella schwebte augenblicklich heran. Neugierig schaute sie sich um. Marc gab gerade gemahlenen Kaffee in die Filtertüte der Maschine.

„Erklärst du es mir?", fragte Stella auf die Maschine deutend.

Marc lachte. „Mal sehen, ob es mir gelingt." Dann war er auch schon mittendrin, die einfachsten Worte zu benutzen. Stella wiederholte es so, wie sie das Ganze verstanden hatte.

„Ich bin richtig stolz auf dich", sagte er erfreut.

Stella lächelte ihn an. „Du kannst alles so verständlich beschreiben, dass man es einfach begreifen muss. Deine Studenten sehen das auch so, hat mir der Hausmeister erzählt, wo du lehrst. Alle sprechen dort mit Ehrfurcht von dir. Ist *Professor* so etwas wie ein Magier?"

„Manchmal schon", kicherte Marc. „Ich muss das Wunder vollbringen, selbst den Unbegabtesten etwas beizubringen."

„Ich habe gehört, dass du einer völlig unbegabten Elfe das Zaubern beigebracht hast", warf Stella ein.

Marc wusste nicht, ob er lachen oder weinen sollte. „Galantha hat dir wohl buchstäblich alles erzählt?"

Stella wurde puterrot. Marc winkte ab. „Was frage ich überhaupt, ich müsste es eigentlich wissen."

„Sag mir lieber, was dieses Ding dort macht", lenkte Stella schnell auf ein anderes Thema.

Marc musste nun doch lachen. „Auf alle Fälle beherrschst du die typischen weiblichen Tricks."

„Mutter hatte Recht, dir kann man nichts vormachen."

„Das hat sie gesagt?"

Stella nickte. Nebenbei beobachtete sie ganz genau, was Marc in der Küche machte und entdeckte auf dem Regal ein Glas mit goldgelbem Inhalt. „Was ist das?"

„Das ist etwas, das dir schmecken könnte. Das ist Lindenblütenhonig." Er nahm das Glas herunter, drehte den Deckel auf und reichte Stella einen Löffel. Irgendwann stand sein Kaffee auf dem Tisch, das Weißbrot war getoastet und beide frühstückten gemütlich.

Stella beäugte argwöhnisch den Kaffee. „Und so was kann man trinken??"

„Möchtest du kosten?"

Stella nickte.

„Sei vorsichtig, es ist sehr heiß", sagte Marc, als sie nach seiner Tasse fasste.

Der Geruch ließ sie angewidert das Gesicht verziehen. Aber Stella wollte es genau wissen. Tapfer nahm sie einen Schluck, schüttelte sich und schob schnell eine Portion Honig hinterher. „Nie wieder!", rief sie, als sie die Tasse zu Marc zurück schob.

Es klingelte.

„Bin gleich wieder da." Marc lief zur Tür.

Stella hörte ihn mit einem anderen Mann sprechen. Dann kamen die Stimmen näher.

„Du bist Thomas. Stimmt's?", rief sie fröhlich, als Marcs Freund die Küche betrat.

„Wie war die erste Nacht in unserer Welt?", fragte Thomas, der einen Stapel CDs auf der Küchenzeile ablud. „Frage zwei: Habt ihr einen Kaffee für mich übrig?"

„Du trinkst auch dieses furchtbare Gebräu?", fragte Stella entsetzt.

Thomas lachte. „Na klar, das ist ein wahres Lebenselixier, das weckt die müden Lebensgeister. Für so einen Süßschnabel wie dich ist das sicher nichts." Er nahm einen großen Schluck. „Habt ihr heute schon die Nase vor die Tür gesteckt?"

„Nein. Warum?" Marc hob den Kopf.

„Auf deiner Blumenrabatte da draußen ist der Frühling ausgebrochen. Die Nachbarn fotografieren wie die Irren", erklärte Thomas.

Stella und Marc sahen sich an, dann begannen sie herzhaft zu lachen.

Thomas schaute die beiden groß an, dann begriff er endlich. „Verstehe: Blumenelfe."

Marc zeigte auf den Stapel Silberscheiben. „Sag mal, hast du überhaupt geschlafen?"

Thomas schüttelte den Kopf. „Mir sind Stella und ihr Hilferuf nicht aus dem Kopf gegangen. Ich habe alles zusammenkopiert, was mir in die Finger gekommen ist." Er schaute ziemlich interessiert zu Stella hinüber, deren zierlicher Körper mit dem knappen Elfenoutfit alles hatte, um einen Mann träumen zu lassen.

„Wildern verboten." Marc klopfte ihm auf die Schulter.

„Fällt schwer", seufzte Thomas. „Bei diesem Anblick. Der ist nicht von schlechten Eltern."

„Kann ich nachvollziehen, aber sei versichert, dass ich in diesem Fall als Vater und nicht als dein Freund reagieren werde. Stella ist mein ganzer Stolz." Marc ließ keinen Zweifel daran, seine kleine Elfe gegen alles und jeden beschützen zu wollen.

Stella streichelte Marcs Hand. „Vater, meinst du nicht, dass ich alt genug bin, um auf mich selber aufzupassen?"

Marc seufzte. „Ich wollte mal nie so werden wie mein Vater und buchstäblich über Nacht habe ich plötzlich genau solche

Anwandlungen bekommen." Er fasste nach seinem Besteck. Ein vorwitziger Sonnenstrahl traf die Messerklinge, wurde abgelenkt und blendete Thomas, der die Augen zukneifen musste.

Die Suche nach einer Lösung

„Die Sonne hat gleich früh eine Kraft, dafür brauchst du glatt einen Waffenschein", brummte Thomas.

„Das ist es!" Marc sprang auf, drückte Stella und Thomas an sich, gebärdete sich wie Rumpelstilzchen, bei seinem Tanz um das Feuer.

„Was ist es?", fragten beide gleichzeitig.

Marc setzte sich wieder. „Vielleicht ist es das."

„Na was denn nun?" Thomas und Stella warfen sich fragende Blicke zu.

„Gleich, gleich." Marc rieb sich das Kinn. „Sag mal, Stella, habe ich das richtig beobachtet, dass die Eispfeile der Zwerge von Metallen abprallen oder dass sich wenigstens das Eis dort nicht bilden kann?"

„Ja. Das ist richtig."

„Gut." Marc dachte kurz nach. „Der Drache steht auf eurer Seite?"

„Auch richtig. Er ist wie ein großer Bruder für mich", erklärte die Elfe.

„Dann sollten wir dem Drachen eine zweite Haut aus Metall verpassen und mit ihm in der Nacht Angriffe auf die Zwerge fliegen", sagte Marc triumphierend.

Stella schüttelte traurig den Kopf. „Klingt gut, geht aber nicht. Nachts haben wir doch keine Zauberkraft."

„Liegen in der Höhle noch die vielen alten Rüstungen herum?", fragte Marc weiter.

„Ja natürlich. Was willst du denn damit?"

„Dem Drachen ohne Zauberkraft eine Rüstung anlegen", schmunzelte Marc.

Thomas winkte ab. „Du operierst mit unbekannten Größen. Wie willst du denn ein Schweißgerät in die Elfenwelt bringen?"

„Das ist doch schon dort", entkräftet Marc den Einwand.

Stella und Thomas sahen ihn an, wie einen Geistesgestörten.

Marc lachte aus vollem Halse. „Es ist wirklich schon dort. Der Drache hat so eine wunderbare Flamme, dass wir ohne Probleme damit das Metall verbinden können. Alle anderen Arbeiten, bei denen gezaubert werden muss, können wir ja am Tage erledigen."

„Du bist verrückt – aber genial." Thomas schlug mit der Faust in seine andere Hand. „Damit könnten wir es wirklich schaffen."

„Wir???", fragten Stella und Marc, weil sie glaubten, sich verhört zu haben.

„Ja, wir. Denkt ihr denn, ihr könnt mich hier lassen? Ich beschäftige mich nicht von klein auf mit Elfensagen, studiere nicht jahrelang alte Kulturen, um dann, wenn es an die Feldforschung geht, bei der Theorie stehenzubleiben." Thomas hatte sich in Wallung geredet.

„Das könnte gefährlich werden. Es kann sogar sein, dass wir nie wieder in unsere Welt zurückkönnen. Vielleicht beißen wir bei der Aktion sogar ins Gras", sagte Marc eindringlich.

„Scheiß der Hund drauf!" Thomas machte eine wegwerfende Handbewegung. „Dann ist es wenigstens für eine wirklich gute Sache."

„Wie ich dich kenne, setzt du so wie so alle Hebel in Bewegung. Ehe du Unsinn verzapfst, nehmen wir dich lieber mit", gab Marc resigniert nach. „Was sagt Milena dazu?"

Thomas wurde unbehaglich zumute.

Stella zupfte Marc am Ärmel. „Du, wer war die Frau gestern Abend?"

„Ein Fehlversuch des menschlichen Zusammenlebens", murmelte er.

„Fehlt sie dir?"

„Nein, ganz im Gegenteil." Marcs Miene hellte sich zusehends auf. „Dein plötzliches Erscheinen hat mir eine Menge Ärger erspart. Was mir wirklich fehlt, siehst du in meinem Garten und über dem Kamin."

Stellas Fingerspitzen berührten seinen Handrücken. „Morgen siehst du sie wieder. Falls die Zwerge nicht auch noch dieses Portal erobert haben."

„Dann Gnade ihnen Gott!", rief Marc wütend. „Ich glaube, wir sollten beginnen, die Daten zu sichten und uns mehrere Schlachtpläne zurechtlegen."

„Mutter sagt, du hasst Waffengewalt", flüsterte Stella.

„Deshalb will ich auch, dass sich diese dämlichen Zwerge selber ins Nirgendwo befördern, mit ihren eigenen Waffen", antwortete Marc. „Wir werden uns nur verteidigen."

Marc räumte den Tisch ab, griff die CDs und führte die beiden in sein Arbeitszimmer. Thomas klappte seinen Laptop auf, schob die erste CD in das Laufwerk. Marc kommentierte seine Handgriffe, in für Stella verständlichen Worten.

„Und ich?", fragte Stella, als Marc ebenfalls einen Laptop öffnete.

„Du kannst auch mithelfen. Es gibt nämlich Programme, die dir die Texte aus den CDs vorlesen können." Er installierte auf seinem großen Rechner eines dieser Programme, schob eine CD ein und startete das Programm. Stella lachte. Das war einfach zu komisch.

„Klingt ja schlimmer als Micky Maus." Thomas verzog das Gesicht.

Marc änderte ein paar Einstellungen, bis dem Vorleser wirklich angenehm zuzuhören war. „So, das hätten wir. Jetzt bekommst du noch Kopfhörer und dann kannst du dich ganz entspannt berieseln lassen."

Stella schaute erschreckt an die Decke.

Marc grinste schuldbewusst. „Tut mir leid. Ich meinte kein Wasser, sondern die Worte des Erzählers."

Stella sah ihn mit großen Augen an. „Eure Welt ist wirklich kompliziert. Ihr sagt immer etwas anderes, als ihr meint. Erstaunlich, dass ihr euch trotzdem versteht."

„Das kann man auch nur machen, wenn man sich wirklich versteht – geistig meine ich", erklärte Thomas. „Wir beide, Marc und ich, sind wie zwei alte Schuhe. Wir kennen uns schon eine halbe Ewigkeit, für menschliche Verhältnisse, da weiß der eine genau, was der andere gleich tut. Dann genügen wenige Worte, die

Fremde gar nicht verstehen würden, um das Gleiche zu denken und zu fühlen."

Marc erklärte seiner Tochter die Kopfhörer. Als er sie ihr reichte, bemerkte er, dass ihre Hände eiskalt waren.

„Du frierst?"

„Ein bisschen."

Marc holte eine flauschige Decke, rückte zwei Sessel mit den Sitzflächen zusammen und baute so ein warmes Nest für Stella, die sich bis an die Nasenspitze einkuschelte. Dann vertieften sich alle drei in ihre Datenfluten. Stella hielt die Augen geschlossen, um der Stimme aus den Kopfhörern besser folgen zu können. Nach fast zwei Stunden legten alle eine Pause ein.

„Kaffee? Nektar?", fragte Marc.

„Gern." Thomas reckte sich, um den steifen Körper wieder auf Trab zu bringen.

Stella schob die Decke weg und schwebte lautlos auf die beiden zu.

„Einmal diese Flügel berühren", sagte Thomas mehr zu sich selbst.

„Was hindert dich daran?" Stella landete direkt vor seiner Nase.

„Ein überbesorgter Vater", lachte Thomas mit Seitenblick auf Marc.

Der blinzelte Stella lächelnd zu. Sie drehte sich um, bewegte ganz langsam die Flügel, so dass Thomas gar nicht anders konnte, als mit den Händen sein Gesicht zu schützen. Seine Finger glitten über die durchsichtigen, schillernden Flächen, die sich fest aber zugleich auch elastisch anfühlten.

„Einfach märchenhaft", flüsterte er hingerissen. „Marc, du bist ein Glückspilz."

„Was haltet ihr davon, wenn wir ein halbes Stündchen in den Garten gehen? Die Sonne wird Stella guttun." Marc öffnete bereits die Tür zur Terrasse. „Ich bringe gleich die Getränke."

Stella schwebte über die Schwelle. „Ist das eine komische Wiese! Hier gibt es ja gar keine Blumen im Gras!"

„Das ist Rasen – typisch Mensch", sagte Thomas. „Da muss sogar jeder Grashalm wie der andere aussehen."

„Aha." Stella huschte durch den Garten. „Da sind sie ja. Ich habe die Blumen gefunden!", rief sie zu Thomas hinüber.

Marc tauchte gerade mit dem Tablett auf. Der Duft des Nektars lockte die Elfe sofort in die Sitzecke.

„Sie vermisst die Blumen auf der Wiese", sagte Thomas zwischen zwei Schlucken Kaffee.

„Kein Wunder." Marc schaute nachdenklich seinen Rasen an. „Du hast ja keine Vorstellung davon wie sagenhaft und unendlich weit die Wiesen in ihrer Welt sind. Da blüht die Pfefferminze gleich neben dem Schneeglöckchen. Die Schafgarbe neben dem Vergissmeinnicht und der Nelke. Ein Duft liegt in der Luft, wie ihn hier nicht einmal die Rosen abgeben. Die Wälder riechen noch nach Harz und nicht nach Abgasen. Aus den Bächen kannst du trinken, ohne dir eine Schwermetallvergiftung zu holen. Einhörner streifen durch die Wälder …"

„Hast du eins gesehen?", fragte Thomas leise.

Marc nickte. „Ich bin sogar darauf geritten. Sie haben Galantha und mich zum Drachenberg gebracht. Ob sie wohl noch leben?"

Thomas schaute Marc seltsam an. „Ich denke, die sind unsterblich?"

Marc nickte. „Ja, aber nicht unverwundbar und die Zwerge machen Jagd auf diese wunderschönen, sanften Tiere."

„Warum bist du nicht dortgeblieben?" Thomas schaute Marc verständnislos an.

„Weil er hier in dieser Welt Freunde hat, die er nicht einfach im Stich lassen wollte", antwortete Stella für ihren Vater.

Thomas fasste nach Marcs Arm. „Du bist nur wegen uns zurückgekommen?"

Marc nickte stumm, während sich seine Augen mit Tränen füllten.

Die Sehnsucht nach Galantha wurde von Stunde zu Stunde größer.

Stella legte ihren Kopf an seine Schulter. Wie hätte sie ihn auch anders trösten sollen. Marc streichelte ihr Haar. „Eins weiß ich ganz genau. Ich komme entweder mit Galantha oder nie mehr hierher zurück." Im selben Augenblick erblühten zu seinen Füßen mehrere Schneeglöckchen. Es waren genau die Stellen, die seine Tränen benetzt hatten.

Thomas kannte seinen Freund. Er wusste, dass der diesen Schwur niemals brechen würde.

Stella löste sich von Marc. „Es ist schön bei dir. Sie wird sich wohl fühlen."

„Und du?", flüsterte er.

Stella lächelte. „Wenn es uns tatsächlich gelingt, das Elfenland zu retten, kann ich jederzeit zwischen den Welten wandern. Haltet mir ganz einfach ein Plätzchen frei."

„Das ist jetzt schon für dich reserviert", sagte Marc mit einer einladenden Geste zum Haus hinüber. „Es ist das Zuhause, dass ich dir bieten kann."

„Ja. Ein Zuhause." Stella ließ ihre Finger über die unzähligen Blüten des Blauregens gleiten, der die Sitzecke umrankte. „Bei dir fühle ich mich wirklich zu Hause." Sie schaute sich um. „Gibt es hier überhaupt ein Zimmer, in dem keine Pflanzen stehen?"

Marc schüttelte den Kopf. „Sogar auf den Fenstersimsen der Kellerfenster habe ich Blumentöpfe. Im Winter, wenn der Schnee das ganze Land bedeckt, blühen meine Weihnachtskakteen, Orchideen, die Billbergien und das Einblatt."

„Er spricht sogar mit seinen Pflanzen", warf Thomas schmunzelnd ein.

„Das haben sie auch verdient", entgegnete Stella nachsichtig. „Und wie man sieht, danken sie es ihm mit herrlichen Blüten."

Marc schnitt Thomas über den Rand der Tasse hinweg eine lustige Grimasse, die sagen sollte: Ätsch, das habe ich dir ja schon vor Jahren erzählt.

Die Männer ließen Stella genügend Zeit, um Sonne zu tanken, bevor sie sich wieder über ihre Märchen und Sagen her machten. Die Elfe seufzte einige Male auf.

„Was ist?", fragte Marc.

„Das ist eine Liebesgeschichte – nicht so herzergreifend wie die von Mutter und dir, aber trotzdem schön", antwortete Stella. Dann streifte sie wieder die Kopfhörer über und lauschte.

Irgendwann stellte Marc fest, dass sie völlig das Mittagessen verpasst hatten. „Wir sollten uns bei Luigi Plätze reservieren und wenigstens ordentlich zu Abend essen", schlug er vor.

„Du bezahlst?" Thomas grinste breit.

„Da fragt dieser Mensch noch!", rief Marc in gekünsteltem Ärger.

„Ich hätte auch noch einen Vorschlag", warf Thomas ein. „Du solltest für Stella unauffälligere Kleidung besorgen."

„Stimmt." Marc überlegte nicht lange. „Kommt. Wir gehen einkaufen."

Unterwegs im Auto erklärten die beiden Stella, was sie zu beachten hätte. Die Elfe nickte. Man hatte ihr tatsächlich verwundert und mit dummen Bemerkungen hinterher geschaut, als sie mit ihrem Umhang durch die Straßen gelaufen war. Marc steuerte eine Edelboutique an, wo er der absoluten Verschwiegenheit sicher sein konnte. Außerdem gab es dort einen Änderungsservice, der sofort vor Ort tätig wurde und wegen der Flügel seiner Tochter unumgänglich war.

„Professor Wendler, schön Sie zu sehen. Soll es ein neuer Anzug sein?", die Besitzerin reichte ihm beide Hände.

„Nein. Ich möchte, dass Sie meine Tochter gut, aber unauffällig ausstatten."

„Ihre Tochter?"

„Ja, sie wartet im Wagen."

„Das Anprobezimmer ist frei", sagte die Besitzerin. „Ich stehe Ihnen ganz zur Verfügung."

Marc half Stella beim Aussteigen. Thomas nutzte die Gelegenheit, um nebenan im Antiquariat nach Elfenliteratur zu stöbern. Frau Rocci erwartete Vater und Tochter bereits. Sie enthielt sich eines Kommentars, über das seltsame Cape des jungen Mädchens.

Marc nahm Stella den Umhang ab.

„Ach herrje!" Frau Rocci schlug die Hände vor das Gesicht, als sie der Flügel ansichtig wurde. „Das wird nicht ganz einfach werden." Sie starrte ungläubig Stellas Rücken an.

„Vielleicht sollten Sie von unten beginnen?" Marc musste sich das Lachen verkneifen.

Die Frau nickte und eilte in den Verkaufsraum. Mit einem Arm voller Hosen kam sie zurück. Stella griff nach einer cremefarbenen Nadelstreifenhose.

„Bei diesen Modelmaßen sieht das besonders edel aus", sagte Frau Rocci. „Ich hole die Hose eine Nummer kleiner."

„Nicht nötig." Stella strich mit der Hand über die Hose, welche sich zusehends ihrem Körper anpasste.

„Aber das ist doch …", die Besitzerin der Boutique musste sich setzen. Sie war vieles gewöhnt, nur das hier sprengte alle Rekorde.

Marc schüttelte amüsiert den Kopf. „Meine Tochter ist eine Elfe, eine Blumenelfe, um genau zu sein. Da ist mit ungewöhnlichen Vorkommnissen jederzeit zu rechnen."

„Elfe." Frau Rocci erhob sich mühsam. „Elfe." Sie schaute Stella verunsichert an. Stella bewegte die Flügel, schwebte zur Bestätigung quer durch das Ankleidezimmer.

„Eine Elfe. Warum eigentlich nicht?" Frau Rocci nickte lächelnd. Sie freundete sich mit dem Gedanken recht schnell an. „Zu ihrer blassen Haut und den rötlichen Haaren würde ich eine himmelblaue Bluse empfehlen. Auf dem Rücken arbeiten wir einen Reißverschluss ein, damit sie sie von unten bis an die Flügel schließen kann."

Schnell war das Gewünschte gefunden. Frau Rocci rief die Schneiderin. Jetzt musste sich sogar Stella das Kichern verkneifen. So ein verdattertes Gesicht hatte sie noch nie gesehen. Eine halbe Stunde später betrachtete sich Stella erfreut im Spiegel. Marcs Augen leuchteten voller Stolz. Seine Tochter bot einen hinreißenden Anblick.

Söckchen und flache Schuhe waren schnell gefunden. Schwieriger gestaltete sich die Suche nach einer Jacke, die die

Flügel vollständig verdeckte, wenn selbige eng am Körper anlagen. Stella entschied sich schließlich für eine ponchoähnliche Jacke aus königsblauem dünnem Stoff.

„Du siehst umwerfend aus. Wenn dich deine Mutter jetzt so sehen könnte!" Marc strich Stella eine Haarsträhne aus dem Gesicht. Dann wandte er sich an Frau Rocci. „Packen Sie noch einen legeren Hausanzug und ein Paar Söckchen ein."

Frau Rocci lächelte reizend. „Das Oberteil mit oder ohne Reißverschluss?"

„Mit Reißverschluss im Rücken und aus Mikrofaser, die Socken ebenfalls", bat Marc. „Elfen frieren schnell, da ist das Beste gerade gut genug", setzte er erklärend hinzu.

Stella bestaunte die schmalen Silbercolliers in der Schmuckauslage.

„Die Libelle?", fragte Marc.

Stella nickte.

„Die sollst du haben." Er zückte seine Scheckkarte.

Frau Rocci legte Stella das Schmuckstück um. „Ihre Tochter scheint Ihnen sehr viel zu bedeuten."

„Sie ist mein Sonnenschein. Ich habe viel nachzuholen. Bis gestern wusste ich nicht einmal, dass es sie gibt." Marc nahm die Tasche mit dem Hausanzug in Empfang.

„Beehren Sie mich wieder, Professor." Frau Rocci öffnete die Tür. „Viel Glück, Stella."

„Auf Wiedersehen."

Thomas wartete am Auto. Er trug ebenfalls einen Beutel in der Hand. „O-la-la! Ist das ein Anblick! Stella, du siehst umwerfend aus."

Die Elfe lachte silberhell. „Das hat Vater auch vor wenigen Augenblicken gesagt."

Luigi riss die Augen auf, als Stella seine Pizzeria betrat. „Mamma, mia! Stella! Du siehst umwerfend aus! Aber wo hast du deine herrlichen Flügel gelassen?"

Die Elfe lupfte lachend die Jacke. „Der Nächste! Die Flügel sind noch genau dort, wo sie hingehören."

Luigi führte die drei an einen Tisch in einer Nische, der vor neugierigen Blicken geschützt lag. Er hatte eine flache Kristallschale auf den Tisch gestellt, in der verschiedenfarbige Rosenblüten schwammen, die einen herrlichen Duft verströmten. Stella erhielt Bananen-Nektar, die Männer wählten alkoholfreies Bier.

„Hoffentlich ist es nicht das letzte Mal, dass wir hier so beisammen sitzen", sagte Marc, als Luigi mit der Speisekarte kam.

„Ich wünsche euch alles Glück dieser Welt." Der Italiener schaute einen nach dem anderen bekümmert an. „Rettet die Elfen, holt Marcs große Liebe und kommt mit Stella gesund zurück."

„Dein Wort in Gottes Gehörgang", seufzte Thomas. „Woher weißt du eigentlich, dass ich mitgehe?"

Luigi lachte. „Ich kenne dich seit mindestens zwanzig Jahren. Reicht das als Antwort?"

Ungestört verbrachten sie den Abend bei angeregter Unterhaltung. Hin und wieder schaute Luigi vorbei, um sich daran zu beteiligen oder die Bestellungen entgegenzunehmen.

„Soll ich euch für morgen einen Tisch reservieren?", fragte er, als Marc um die Rechnung bat.

Der schüttelte den Kopf. „Wer weiß, ob wir morgen um diese Zeit überhaupt noch leben."

„Meinst du das ernst?", fragte Luigi erschrocken.

„Ja. Glaub mir, ich weiß, wovon ich rede. Ich bin in Stellas Welt zweimal knapp davon gekommen und Glück ist eine flüchtige Sache." Marc drückte ihm fest die Hand, bevor er mit Stella und Thomas das Lokal verließ.

„Ich fahr dich noch nach Hause", bot Marc Thomas an.

Thomas schüttelte den Kopf. „Mir wäre es lieber, wenn du ein Eckchen für mich frei hättest. Ich könnte aus lauter Angst, das Wichtigste zu verpassen, keine ruhige Minute finden."

Eine halbe Stunde später saßen sie vor dem Kamin, in dem ein lustiges Feuer brannte. Für Stella war es schwer, sich daran zu gewöhnen, dass ihr die Flammen hinter dem Glas nichts anhaben konnten. Sie drückte sich in die äußerste Sofaecke, ängstlich die

Glut beobachtend. Marc ließ seinen Zeigefinger über die CDs im Regal gleiten.

„Ach, da haben wir ja was." Er öffnete eine Hülle, legte die Scheibe in die Stereoanlage und drückte den Startknopf. Leise Musik erklang.

Stella lauschte. „Das ist wunderschön. Solche Musik habe ich noch nie gehört. Ich wusste gar nicht, dass es in eurer Welt so etwas gibt. Es erinnert mich an Knospen, die sich öffnen und Blüten die sich Sonne entgegenrecken."

Thomas sah Stella erstaunt an.

Marc lächelte glücklich. „Genau das soll diese Melodie auch erzählen. Sie heißt *Der Frühling*. Vivaldi heißt der Mann, von dem sie stammt. Wenn sogar eine Elfe fühlen kann, was er damit erzählen will, dann ist er wirklich ein Meister."

„Frühling?", murmelte Stella, nach kurzem Nachdenken. „Das ist doch, wenn deine Schneeglöckchen aufwachen."

„Du hast es dir gemerkt?"

„Hmm, hmm, weil du Mutter einmal *Schneeglöckchen* nanntest", entgegnete Stella. „Erzählst du mir etwas über den Frühling?"

Marc nahm einen dicken Bildband aus dem Regal. Die halbe Nacht betrachteten sie Bilder und die beiden Männer erklärten Stella den Wechsel der Jahreszeiten. Die Elfe betrachtete ihre dicken, flauschigen Socken und den kuscheligen Hausanzug.

„Woran denkst du?", fragte Marc leise.

„Daran, dass ich mir vorstellen könnte, auch im Winter hier zu leben." Stella sah ihn entschlossen an. „Du zeigst mir, was ich machen muss, damit ich nicht erfriere und dann gehen wir im Schnee spazieren."

Thomas sah die beiden amüsiert an. „Du bist wirklich eine ungewöhnliche Elfe."

Stella lächelte. „Ich habe ja auch ungewöhnliche Eltern. Vater hat so viel Pflanzen im Haus, dass mir auch vor dem Winter nicht bange ist. Ich hätte nur Angst davor, in einer Welt, ganz ohne Pflanzen, leben zu müssen." Sie kuschelte sich an Marc, schloss die Augen und lauschte wieder der Musik. Bald zeigten ihre ruhigen

Atemzüge an, dass sie eingeschlafen war. Marc trug sie in ihr Zimmer, löschte das Licht und teilte sich das Doppelbett mit Thomas.

Am nächsten Morgen weckte ihn die Sonne. Thomas war noch nie ein Frühaufsteher gewesen. Marc ließ ihn schlafen. Stella schlummerte auch noch. Zwei lange Nächte, völlig ungewohnt für eine Elfe, forderten Tribut.

Der Kaffeeduft lockte Thomas in die Küche. „Und Stella?", fragte er.

„Wir gleich hier sein", entgegnete Marc.

„Glaube ich nicht. Sie schläft ja noch wie ein Murmeltier." Thomas winkte ab.

„Moment." Marc öffnete das Honigglas, nahm eine Zeitung, mit der er den Duft in den Flur hinaus wedelte.

Ein leises Gähnen, ein Rascheln und im nächsten Augenblick schwebte Stella herein, die der Duftspur gefolgt war.

Thomas lachte Tränen. Stella stimmte ein, als Vater ihr erklärte, warum sich Thomas gar nicht mehr beruhigen konnte. Auch während des Frühstücks begannen die beiden immer wieder zu kichern, wenn sich zufällig ihr Blick traf.

„Es ist schön bei euch", sagte Stella. „So viel wie in den letzten beiden Tagen habe ich noch nie gelacht."

„Manchmal gibt es auch schwere und sorgenvolle Zeiten." Marc streichelte ihre Hand. „Dann bleibt oft nicht einmal Zeit für Fröhlichkeit."

Stella nickte. „Das weiß wohl niemand besser als ich." Sie bewegte das Glas in ihrer Hand und schaute gebannt zu, als der Nektar einen gelben Strudel bildete.

Thomas hätte ich gern etwas Tröstendes gesagt, allein ihm fehlten die rechten Worte.

Schließlich hob sie den Kopf. „Wann seid ihr bereit, mit mir durch das Tor zu gehen?"

„In einer Stunde", sagte Marc, der sich wortlos mit Thomas verstand. „Ich möchte wenigstens noch einmal die Blumen gießen." Er machte Anstalten das Geschirr abzuräumen. Thomas hielt seine Hand fest. „Lass! Das mache ich. Kümmere du dich um die Pflanzen."

Stella war Marc gefolgt. Sie streichelte die Blätter der Gewächse und murmelte unverständliche Worte.

„Was tust du?", fragte Marc erstaunt.

Stella hob den Kopf. „Ich sage ihnen, dass sie sich keine Sorgen machen sollen und dass du bald wieder da bist."

Stella hatte die menschliche Kleidung abgelegt, ihren Schurz und das knappe Oberteil angezogen. Sie strich zum Abschied noch einmal mit der Hand über den flauschigen Stoff, griff nach ihrem weißen Cape und ging, ganz bewusst die Füße auf den Boden setzend, zu den beiden Männern in den Wohnraum.

„Wo ist das Portal?", fragte Marc.

Stella warf einen Blick auf das Bild über dem Kamin. „Ich glaube, das weißt du besser als ich."

„Weiß Auröus Bescheid?"

Stella schaute Marc mit einem undefinierbaren Blick an. „Ihm bleibt nie etwas verborgen."

Auf der Straße ertönte eine Autohupe. „Das Taxi ist da." Thomas führte Stella hinaus. Marc schaute sich noch einmal um, als wäre es ein Abschied für immer. Er nannte dem Fahrer die Adresse. Als er die Rechnung beglichen hatte, blieb er stehen und schaute zur Wohnung des alten Mannes hinauf. Noch immer hingen die gleichen altmodischen Gardinen an den Fenstern. Thomas' Blick streifte die Klingel. A. Goldmann stand in schnörkeliger Schrift auf dem fast verwaschenen Schild.

„Hier ist es." Marc blieb vor einer dunklen Tür im dritten Stock stehen.

Stella klopfte. Ihm war sofort klar, dass es sich dabei um ein vereinbartes Zeichen handelte.

„Tretet ein", sagte eine freundliche Stimme und gab die Tür frei. „Wie ich sehe, hast du deinen Vater gefunden."

Marc sah den alten Mann verblüfft an, der noch genau wie vor neunzehn Jahren aussah. Nicht eine Kleinigkeit hatte er sich verändert.

Bei Aurëus lächelten nur die Augen, als er sich an Marc wandte. „Du bist der erste Mensch, der es geschafft hat, mich hinters Licht zu führen. Die Erklärung für deine Beule klang ziemlich überzeugend."

Dann nickte Aurëus Thomas zu. „Du hast ehrliche Augen. Das Portal steht auch für dich offen. Halte dich genau an das, was Marc sagt, es ist die einzige Garantie, dass du heil aus diesem Abenteuer zurückkehren kannst."

Der Alte streichelte Stellas Haar. „Ich hoffe sehr, dass sie die Welt hinter dem Tor retten können. Geht nun. Viel Glück."

„Reicht euch die Hand und lasst nicht los, egal was passiert", wies Stella die beiden Männer an. Sie fasste Marc fest an und trat vor den Spiegel. „Kommt."

Fasziniert sah Thomas zu, wie sie durch den Rahmen stieg und verschwand, wobei sie Marc und ihn mitzog. Es war ein wie ein Schweben in der Schwärze des Alls, dem ein rasender Fall folgte. Im Gegensatz zu Thomas war Marc darauf vorbereitet. Mit Stellas Hilfe gelang es ihm, auf den Füßen zu bleiben und auch Thomas vor dem Hinschlagen zu bewahren.

Marc erkannte den Ort wieder, an dem er einst Galantha zurückgelassen hatte.

„Wo sind wir?", flüsterte Thomas, als ein Jubelschrei die Grotte erzittern ließ.

Im selben Augenblick hing eine zierliche Gestalt mit Flügeln an Marcs Hals, küsste ihn, lachte und weinte zugleich.

Stella drückte glücklich lächelnd Thomas' Hand. „Beantwortet das deine Frage?"

Sie zog Thomas mit sich fort. Zumindest versuchte sie es. Thomas schien zur Salzsäule erstarrt zu sein. Mit ausgestrecktem Zeigefinger und unnatürlich weit geöffneten Augen stand er da. Stella folgte seiner Blickrichtung, lachte fröhlich. „Darf ich vorstellen: Mein großer Wahl-Bruder, genannt der schwarze Drache." Sie streichelte die Nase des Riesen.

Der Drache stupste Thomas an. „Ist der immer so schweigsam?"

Die Elfe lachte übermütig. „Nur heute. Er taut sicher in den nächsten Stunden auf."

„Ich lasse euch lieber eine Weile allein, nicht dass er vor lauter Aufregung noch tot umfällt." Der Drache schob sich ins Freie und flog majestätisch davon.

„Der ... der ... der war echt." Thomas fand langsam seine Sprache wieder.

„Ja natürlich. Ich hab dir doch von ihm erzählt." Stella führte Thomas zum Ausgang der Höhle. Sie breitete die Arme aus. „Und das da unten ist meine Welt." In der untergehenden Sonne funkelten Bäche und Seen, breiteten sich Wälder und Wiesen aus, so weit das Auge reichte.

„Märchenhaft." Thomas gebrauchte sein Lieblingswort. Nur wurde ihm hier die Bedeutung erst richtig klar. Soeben war er durch einen Spiegel in eine andere Welt gestiegen, hatte einem gigantischen Drachen gegenüber gestanden und nun sah er auf ein Land herab, wo die Natur noch wirklich eine war. Keine künstlichen Felder, keine Häuser und Straßen, die Luft so klar, dass er unendlich weit in die Ferne schauen konnte. Erst das schaurige Heulen am Fuße des Berges unterbrach jäh seine Gedanken.

„Was ist das?", flüsterte er.

Das sind die Wölfe, die den Zwergen gehorchen. „Jetzt ist die Stunde, wo die Macht der Elfen endet. Komm, gehen wir in die Grotte zurück. Dort sind wir sicher."

Galantha streichelte noch immer Marcs Gesicht. „Du hast dich verändert", sagte sie leise.

„Nun, der Mensch wird älter", antwortete Marc mit einem Schulterzucken. „Und wie schnell das geht, sehe ich an unserer Kleinen."

Stella kam soeben mit Thomas zurück. Galantha schwebte auf die beiden zu, um auch sie gebührend zu begrüßen.

„Es ist kühl hier, wenn die Sonne untergegangen ist", stellte Marc erstaunt fest.

Galantha schmiegte sich Wärme suchend an ihn. „Der Drache wird gleich wiederkommen. Mit seinem Feueratem heizt er den kalten Stein auf. Ohne ihn wären wir Elfen hier verloren."

Stella zog fröstelnd ihren Umhang enger um den Körper. Thomas fragte nicht erst. Er zog sie auf seinen Schoß und hüllte sie, so gut es ging, in seine Jacke ein.

„Jetzt wünschte ich mir meinen Kuschelanzug her", seufzte sie.

Galantha sah sie neugierig an. „Deinen was?"

Stella erzählte, was Marc alles für sie gekauft hatte.

„Und wo ist es jetzt?", fragte Galantha.

Stella seufzte noch einmal. „Ich habe es zu Hause gelassen. Es liegt in meinem Zimmer."

Galantha glaubte, sich verhört zu haben. „Zu Hause?", fragte sie verunsichert. „In deinem Zimmer?"

Stella nickte. „Ja zu Hause, bei Vater, dort wo tausende Schneeglöckchen im Garten stehen, unzählige Blumen ihre Blüten zur Sonne recken und darauf warten, dass er ihnen Wasser bringt und mit ihnen spricht." Stella beschrieb das Haus und den Garten so detailliert, dass sich die beiden Männer verwundert ansahen. Die Elfe erzählte ihrer Mutter von Mario, Luigi und natürlich Thomas, der mit in die Elfenwelt gekommen war, um die Zwerge zu vertreiben.

„Jetzt verstehe ich, warum du gehen musstest", murmelte Galantha.

Marc lächelte. „Und ich werde wieder gehen. Nur diesmal nehme ich dich und Stella mit, aber nicht, ohne vorher die Welt der Elfen gerettet zu haben."

„Zu zweit? Wie wollt ihr denn das machen?", fragte Galantha verzagt.

„Darüber muss ich noch mit dem Herrn der Höhle sprechen", entgegnete Marc. „Es sei denn, er zieht es vor, mich wieder rösten zu wollen."

Ein großer Schatten tauchte auf. Der Drache kroch in seine Höhle. Er hatte wohl die letzten Worte vernommen, schaute Marc an und sagte: „Mut hast du jedenfalls."

Marc lachte. „Du hoffentlich auch, denn ohne deine Hilfe bleiben die Zwerge Sieger. Mein ganzer Plan fußt auf deiner Mitarbeit."

„Einem wie dir helfe ich gern", versprach der Drache. Er hockte sich zu den Menschen und Elfen. „Was soll ich tun?"

Die fünf so unterschiedlichen Wesen steckten ihre Köpfe zusammen, um gemeinsam zu beraten. Die Existenz des Elfenreiches stand auf dem Spiel und sie wussten, dass sein Schicksal ganz allein in ihren Händen lag.

Drachenritt

„Du weißt wohl für jedes Problem eine Lösung?", fragte der Drache erstaunt, als der Mensch vor ihm auf alle Fragen eine passende Antwort gab.

„Ich hoffe es. Zumindest bestreite ich damit in der Menschenwelt recht gut meinen Lebensunterhalt", schmunzelte Marc.

Galantha, die Elfe, schaute auf. Genau das war es, was sie vom ersten Moment an so an ihm fasziniert hatte. Blitzschnell analysierte er die Geschehnisse, um genau so schnell darauf zu reagieren, dabei übertrug sich die Ruhe, die er ausstrahlte, auch auf seine Gesprächspartner. Auf diese Weise hatte er damals ihr Leben gerettet ...

Galanthas Gedanken schweiften zurück.

„Galantha? Galantha! Sie träumt mit offenen Augen. Galantha?"

„Wa – wa – was?" Die Elfe zuckte zusammen.

„Schon gut." Marc drückte sie liebevoll an sich. „Wir sollten wohl langsam schlafen gehen, die Frauen können sich kaum noch konzentrieren", schlug er vor.

Thomas sah sich neugierig um. Schlafen war gut. Bloß wo?

„So hilflos, wie du aussiehst, werde ich mich wohl um dich kümmern müssen", sagte Stella lachend.

Galantha und Marc waren bereits irgendwohin verschwunden. Thomas hatte nicht einmal bemerkt, dass sie weg waren.

„Ab ins Heu!"

„Wie?" Thomas schaute Stella ungläubig an.

„Na komm schon! Oder willst du hier Wurzeln schlagen?" Sie zog ihn in einen kleinen Seitenraum der Grotte, auf dessen Boden eine dicke Schicht duftendes Heu lag.

„Und die anderen?" Thomas drehte sich noch einmal um.

„Wollen jetzt ganz bestimmt keine Zuschauer haben", schmunzelte Stella, tauchte in das Heu ein und baute sich ein wärmendes Nest.

„Brauchst du Hilfe?", fragte sie amüsiert, als Thomas noch immer unschlüssig vor dem Heuhaufen stand.

„Nicht wirklich." Er nahm Anlauf und hechtete neben ihr in den Haufen. Für ihn war es eine neue Erfahrung. Als Stadtmensch kannte er es nicht, im Heu zu schlafen.

„Schlimm, dass du kein richtiges Bett hast?" Stella stützte sich auf die Ellenbogen.

„Deine Anwesenheit tröstet mich." Thomas zog die Elfe an sich, schloss die Augen und schlief erstaunlich schnell ein.

Ein silberhelles Lachen weckte ihn am nächsten Morgen. Thomas wühlte sich durch die Halme und folgte den Stimmen. Die beiden Elfen bereiteten das Frühstück. Marc war nirgends zu entdecken.

„Guten Morgen, ihr Schönen", rief er fröhlich.

„Guten Morgen, Thomas. Gut geschlafen?", antworteten sie im Chor.

„Etwas ungewohnt, aber wunderbar." Er versuchte herauszufinden, welche der beiden Grazien Stella und welche nun Galantha war. Zwecklos. „Wo steckt denn Marc?"

„Dort, wo es scheppert", kicherte eine der Elfen. „Er sucht schon ein paar Teile für die Drachen-Rüstung zusammen."

„Sag ihm, das Essen ist gleich fertig", rief ihm die andere noch hinterher, als er sich auf den Weg zu Marc machte.

Thomas fand seinen Freund inmitten eines riesigen Berges verschiedener Rüstungen der unterschiedlichsten Epochen. Marc hatte bereits einige besonders glänzende Stücke herausgepickt.

„Sieht gut aus", sagte er zufrieden. „Ich habe für uns zwei komplette Rüstungen beiseitegelegt. Schließlich müssen wir auch geschützt sein, wenn wir auf dem Drachen reiten."

„Du willst wirklich …?" Thomas sprach den Satz nicht ganz aus.

„Aber sicher. Hast du schon einmal erlebt, dass der Feldherr die Schlacht nicht selber befehligt?", fragte Mark zurück.

„Ist das nicht gefährlich?"

„Das ist es. Aber das haben wir schon gewusst, bevor wir hierher kamen." Marc zog die nächste blinkende Rüstung aus dem Haufen.

Thomas nickte. „Ehe ich es vergesse, die Frauen haben das Essen fertig."

„Und das sagst du erst jetzt? Ich bin am Verhungern." Marc ließ sofort die *Blechbüchsen* fallen, wie er die Rüstungen scherzhaft nannte.

Thomas folgte ihm zurück in die Grotte. Kopfschüttelnd sah er zu, wie Marc eine der Elfen in den Arm nahm und liebevoll streichelte.

„Dann bist du Stella", sagte er zu der anderen.

„Ja, warum?"

„Weil ich euch einfach nicht auseinanderhalten kann", gab Thomas kleinlaut zu. „Wie macht Marc das nur?"

„Unsere Energien sind unterschiedlich." Stella schaute mit einem glücklichen Lächeln zu Galantha und Marc hinüber. „Ich bin froh, dass Mutter endlich zu leben beginnt."

Ein Luftzug streifte die vier. Der Drache landete, kroch in die Höhle, wobei er seine rechte Vorderklaue seltsam erhoben hatte, um mit ihr ja nicht den Boden zu berühren. Marc sprang auf. „Bist du verletzt?"

Der Drache lachte. „Nein, nein. Ich habe euch etwas mitgebracht. Hoffentlich ist es noch heil." Vorsichtig öffnete er die Faust.

„Vogeleier!" Marc nahm das Geschenk dankbar entgegen.

Galantha zog die Augenbrauen zusammen. „Was soll er denn damit?"

„Essen", entgegnete Stella. „Die Menschen können sich nicht nur von unseren Früchten ernähren." Und zu Marc gewandt: „Nur, wo willst du sie kochen? Hier gibt es keinen Strom oder wie das hieß."

„Ich zeige es dir." Er nahm eine geborstene Lanze, brach sie in kleine Stücke, häufte das Ganze zwischen ein paar großen Steinen auf, die er als Kreis zusammenlegte. Zuletzt holte er einen der flachen tellerförmigen Helme, schöpfte ihn voll Wasser und ließ die Eier vorsichtig hineinsinken. „So und nun ein klein wenig Feuer bitte, dass das Holz gerade anfängt zu brennen", sagte er zum Drachen gewandt.

„Ah! Perfekt!" Jetzt stellte er den Helm auf den Ring aus Steinen. Atemlos hatten die Elfen zugeschaut.

„Wenn es kocht, noch vier Minuten und die Eier sind so fest, wie ich sie mag", schmunzelte Marc. „Bei der Größe brauchen sie nämlich nur die halbe Zeit."

Thomas schüttelte stumm den Kopf. Nun kannte er Marc schon so lange und der brachte es immer wieder fertig, ihn zu verblüffen.

Stella strahlte über das ganze Gesicht. „Ich bin stolz, dich als Vater zu haben."

Marc war aber noch nicht fertig. Er holte von dem Fuder, wo das frische Heu lagerte, noch ein paar Blätter, die er in seinen hölzernen Becher warf, um sie mit etwas siedendem Wasser aufzugießen.

„Hm, wie das duftet!" Die beiden Elfen schnupperten.

„Riecht wie Pfefferminze", stellte Thomas fest.

„Ist auch welche." Marc fischte die Blätter wieder aus seinem Becher und nahm vorsichtig den ersten Schluck. „Super."

„Äh, Marc, könntest du bitte ...?" Thomas schaute ihn verlegen an. „Ich kann doch das Zeug nicht identifizieren. Im Aufgussbeutel sieht das alles gleich aus."

Etwas später schlürfte auch Thomas andächtig seinen *Pfeffi*-Tee. Stella, wissbegierig wie immer, kostete aus Marcs Becher. „Nicht mein Geschmack. Aber es erfrischt. Erstaunlich."

„Ich habe noch Kamille, Scharfgarbe und eine Menge andere Heilkräuter entdeckt", sagte Marc nebenbei.

Die Augen des Drachen funkelten, als er Marc mit der Nase anstupste. „Du weißt ja doch auf alle Fragen eine Antwort."

„Nicht ganz. Ich weiß zum Beispiel nicht, wie du heißt. *Drache* klingt so unpersönlich. Wie ist dein Name?"

„Aurëus hat mir den Namen *Pyron* gegeben. Ich dachte schon, du fragst nie danach. Ein Drache darf in unserer Welt nämlich seinen Namen nur selber verraten", sagte die Echse mit tiefer Zufriedenheit in der Stimme. „Was willst du noch wissen?"

„Warum sind Galantha und Stella nicht so klein, wie die anderen Elfen?"

Galantha lächelte. „Daran sind du und ich schuld. So ein kleines Menschenkind braucht viel Platz zum Wachsen. Als Stella auf der Welt war, konnte ich mich nicht mehr zurückverwandeln. Sie ist zur Hälfte Mensch, hat von dir die Größe, den Mut und den eisernen Willen geerbt."

„Das erklärt natürlich vieles." Marc drückte Galantha an sich. „Dann möchte ich Pyron besonders danken, dass er meine kleine Familie die ganzen Jahre so behütet hat."

Pyron scharrte verlegen mit der Kralle auf dem Boden. „Das war die Wiedergutmachung dafür, dass ich dich beinahe umgebracht hätte. Ich konnte doch nicht wissen, dass du Galantha so ein Andenken hinterlassen hast."

Marc sah Pyron an. „Heh, Großer, du brauchst dich nicht zu rechtfertigen. Du hast nur deine Welt verteidigt. Und weil wir gerade vom Verteidigen reden – nach dem Essen passen wir dir die ersten Teile deiner Rüstung an."

Pyron setzte sich mit ausgebreiteten Schwingen vor seine Höhle und schaute interessiert zu, wie die beiden Männer die Brustpanzer der Rüstungen herbeischleppten. Marc legte sie, mit der Wölbung nach oben, nebeneinander auf den ebenen Steinboden.

„Pyron, jetzt musst du einen nach dem andern platt treten. Aber schön vorsichtig, damit sie nicht reißen."

Der Drache machte sich ans Werk. „Gut so?"

„Nicht übel." Marc begutachtete die Bleche. Er hob eins auf, drehte es hin und her. „Verdammt schwer sind sie. Bei deiner Größe wiegt das Zeug am Ende eine Tonne. Wir sollten doch ein wenig Magie anwenden, zumal ich jetzt gar nicht mehr so sicher bin, dass sich die unterschiedlichen Materialien löten lassen."

Galantha und Stella näherten sich dem Blech. Sie ließen es auch auf dem Boden liegen, fassten an den Schmalseiten an und begannen, daran zu ziehen. Nach ein paar Minuten, war der ehemalige Brustpanzer fast dreimal so groß, nur noch ein Drittel so dick, überdies falten- und beulenlos glatt.

„Das nenne ich Frauenpower!" Thomas staunte nicht schlecht, was die zarten Wesen fast mühelos zuwege gebracht hatten.

Die Männer nahmen an Pyron Maß.

„Sechs Bleche quer könnten reichen, um die ganze Körperunterseite zu bedecken", sagte Marc zufrieden. „Wir verbinden sie mit Metallringen. Es liegen ja genug Panzerhemden rum, wo wir die Ringe abzwacken können."

Er klopfte Pyron die Schulter. „Du kannst erst einmal deinem Tagewerk nachgehen. Heute Nachmittag ist die nächste Anprobe. Wir sollten die Elfenkraft nutzen, solange sie uns zur Verfügung steht."

Mit den Worten: „Ich werde pünktlich sein", flog der Drache davon.

Marc drehte sich zu den Elfen um. „Ihr sagt, wenn es euch zu anstrengend wird. Es ist niemandem gedient, wenn ihr euch hier unnötig aufopfert."

Thomas brachte eines der Panzerhemden vor die Grotte, wo er sich mit Marc über die Demontage hermachte. Eine ziemlich anstrengende Sache, wie sie nach kurzer Zeit feststellten. Die Sonne brannte zusätzlich unbarmherzig auf das dunkle Gestein hernieder. Marc legte sein Hemd und das T-Shirt ab, welches er darunter getragen hatte. Er reckte sich. „Jetzt ein starker Kaffee…"

„Das ist seelische Grausamkeit", kicherte Thomas. „Du machst mir hier den Mund wässrig, obwohl du genau weißt, dass das ein unerfüllbarer Wunsch ist."

Stella tippte Thomas an. „Vielleicht auch nicht." Sie schwebte in die Grotte.

„Was hat sie vor?" Marc sah ihr erstaunt hinterher.

Galantha hob die Schultern. Neugierig schaute sie ihrer Tochter entgegen, die zwei Becher Wasser in den Händen hielt. Einen stellte sie ab, den zweiten drückte sie Marc in die Hand. „Schließe beide Hände um den Becher, mach die Augen zu und erinnere dich an den Geschmack deines Lieblingskaffees." Sie legte ihre Hände von der anderen Seite des Gefäßes auf die seinen.

Unter den ungläubigen Blicken von Galantha und Thomas färbte sich das Wasser dunkel, begann zu dampfen, wobei gleichzeitig würziger Kaffeeduft aufstieg. Stella ließ Marc los. „Nun musst du kosten, ob das Werk gelungen ist."

„Herrlich! Sogar der Duft stimmt." Marc trank einen großen Schluck.

Stella nahm den zweiten Becher. „Komm, der arme Thomas soll nicht darben." Gemeinsam wandelten sie den Inhalt. Thomas nahm den Becher ehrfürchtig und voller Dankbarkeit entgegen.

„Offensichtlich war es gut, dass ich einmal deinen Kaffee probiert habe", sagte Stella zu Marc, der hingebungsvoll den Duft aus dem Becher einsog.

„Ihr beide gemeinsam seid nicht zu schlagen." Galantha ließ ihre Hände streichelnd über Marcs Rücken und die Schultern auf seine Brust gleiten. „Langsam glaube ich daran, dass wir unsere Welt retten können."

Marc hielt ihre Hände fest. „Wirst du mir trotzdem in meine Welt folgen?"

Sie legte ihren Kopf an seine Wange. „Ich werde dir überall hin folgen."

Marc schloss die Augen. Eine Zentnerlast fiel von ihm ab. Nur Thomas konnte sehen, wie Stella triumphierend die Faust in die Höhe riss.

Sie stürzten sich wieder in die Arbeit. Kurz nach der Mittagsstunde machten sie die nächste Pause. Den Männern knurrte der Magen. Galantha entgingen nicht die wehmütigen Blicke, die die beiden auf die Früchte warfen.

„Vielleicht findet Pyron noch ein paar Eier", seufzte Marc.

„Ich habe etwas Besseres", antwortete die bekannte Stimme aus dem Gang zur Höhle. Pyron legte den Männern einen Hecht zu Füßen.

„Heißen Dank. Du bist unser Retter." Marc nahm den Fisch aus, steckte ihn an eine Lanze und drehte in langsam über dem Feuer, das Pyron entzündet hatte. Die Elfen schauten unverwandt zu, wie das stattliche Tier langsam garte.

Marc begegnete Stellas Blick. „Erschreckt es euch, dass wir Tiere essen?"

„Nein. Auch Pyron muss jagen, um überleben zu können. Es ist nur ein ungewohnter Anblick." Sie schien zu überlegen. „Ich bin sicher, dass ihr nur meinetwegen weder Fisch noch Fleisch gegessen habt, als ich bei euch war."

„Stimmt. Ich hatte Angst davor, dass du sonst gehen und nie wiederkommen würdest", erklärte Marc.

Stella und Galantha winkten ab. „Wir werden uns daran gewöhnen. Ein schlimmerer Anblick ist, wenn Pyron von der Jagd kommt und die Lefzen voller Blut hat."

Marc und Thomas zerlegten fachmännisch den Fisch.

„Was ist mit dem Rest?", fragte der Drache, auf den Kopf und das Rückgrat deutend.

„Das können wir nicht essen. Es ist übrig", sagte Thomas.

„Lecker!" Pyron zog mit seiner gespaltenen Zunge die Beute ins Maul. „Wer weiß, wann ich wieder einen Fisch fangen kann. Die Zwerge sind dabei, die Seen zuzuschütten."

Marc fiel das Messer aus der Hand. „Die machen was??? Und das sagst du uns so ganz nebenbei, als würde das jeden Tag passieren??" Er sprang auf. „Du bringst mich sofort dorthin, das will ich mit eigenen Augen sehen!"

„Wie willst du dich auf meinem Rücken halten?"

„Auch nicht schwer." Marc rannte zu den Rüstungen. Mit einem Arm voller Riemen von Schwertgehängen kam er wieder. Er schnallte zusammen, was immer passte, bis der lange Riemen locker den Hals des Drachen umschloss. Er sprang auf dessen Rücken. „Los geht's!"

Gehorsam trabte Pyron aus der Grotte.

„Nimm mich mit, du wirst mich brauchen!", rief Stella und ließ sich hinter Marc auf dem Drachen nieder.

Thomas und Galantha stürzten hinterher. Sie konnten gerade noch sehen, wie das riesige Tier mit seinen beiden Reitern abhob.

„Wenn das mal gut geht", murmelte Thomas sorgenvoll.

Galantha legte ihm die Hand auf den Arm. „Glaub mir, er weiß genau, was er tut." Sie dreht sich um. Es gab noch viel Arbeit, bis zum Abend. Zwischen den alten Waffen fand Galantha ein paar stiftförmige Armbrustbolzen, welche sie zu Thomas brachte. „Schau, damit können wir die Löcher für die Verbindungsringe machen."

„Du erstaunst mich." Thomas nahm ihr die Bolzen ab.

Galantha lächelte. Endlich war es ihr gelungen, ihre sich selbst eingeredete Nutzlosigkeit zu durchbrechen. „Ich habe noch etwas." Sie legte einen schweren Stein neben die Bolzen. „Anderes Werkzeug gibt es hier nicht." Sie setzte sich neben Thomas und versuchte, die Ringe des Kettenhemdes zu öffnen. „Ich schaffe es nicht", sagte sie resigniert.

„Vielleicht kannst du die Löcher machen?" Thomas zeigte ihr, wie er es sich vorstellte.

Galantha setzte mit einer Hand den Bolzen an, wuchtete mit der anderen den Stein darauf. „Scheint zu gehen. Ich suche mir nur einen anderen Stein, den ich besser halten kann."

Drei, vier Mal musste sie zuschlagen, dann ging der Bolzen durch das Blech.

„Prima", lobte Thomas. „Sei bitte vorsichtig und höre auf, wenn es nicht mehr geht. Jedes Loch hilft uns."

Schweigend konzentrierten sie sich, jeder auf seine Aufgabe.

Marc genoss indes den Rundflug mit Stella und Pyron. Der Drache zog schnurgerade nach Osten, wo unzählige kleine Seen, Tümpel und Teiche in der Sonne glitzerten. Ein paar größere braune Flächen bestätigten die Aussage Pyrons. Hier waren tatsächlich Wasserflächen mit Erde zugeschüttet worden. Der Drache ging tiefer.

„Diesen See kenne ich", flüsterte Marc plötzlich. „Hier haben uns damals die Zwerge angegriffen. Und das da ist die Insel, wohin wir uns mit letzte Kraft geflüchtet hatten."

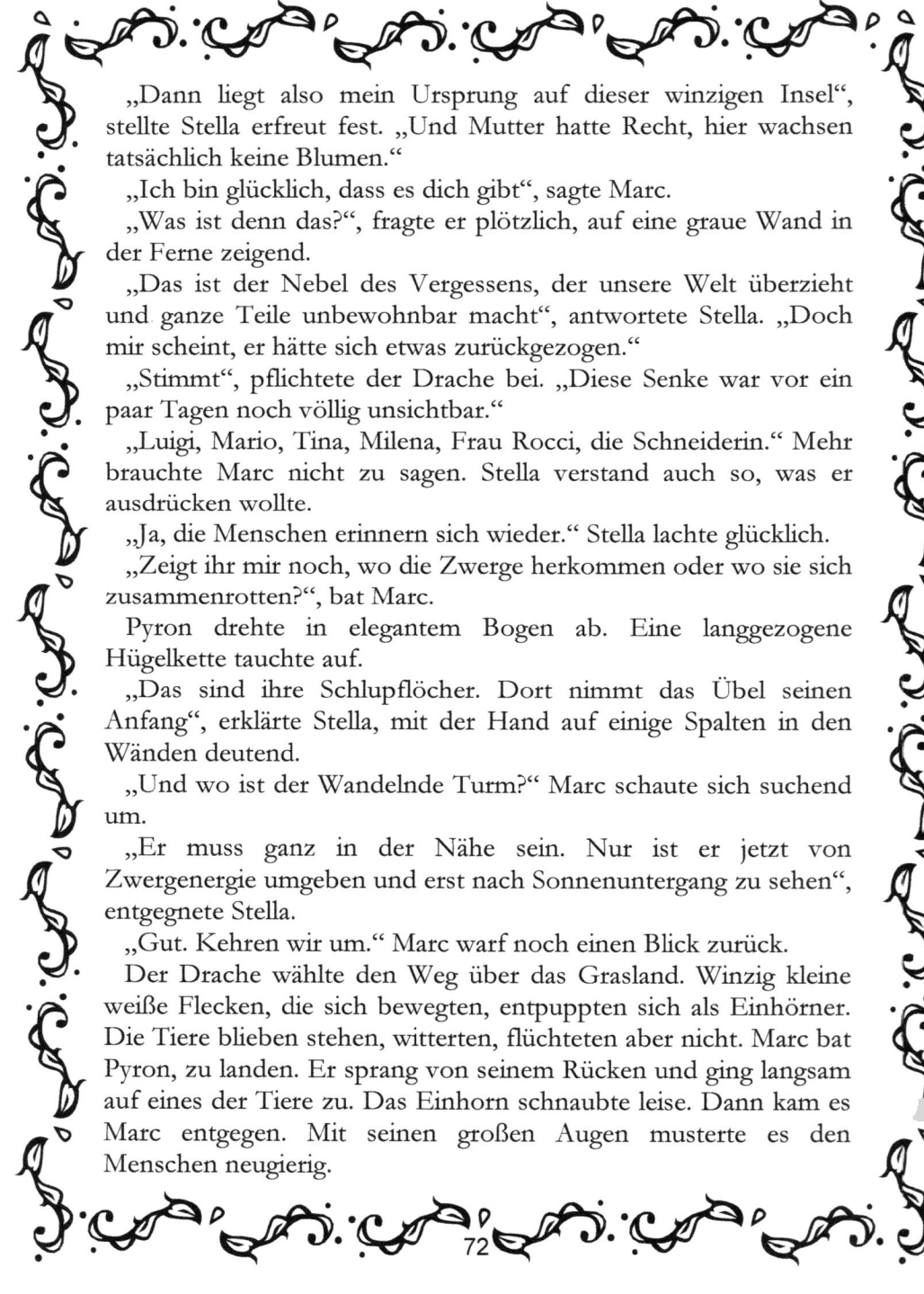

„Dann liegt also mein Ursprung auf dieser winzigen Insel", stellte Stella erfreut fest. „Und Mutter hatte Recht, hier wachsen tatsächlich keine Blumen."

„Ich bin glücklich, dass es dich gibt", sagte Marc.

„Was ist denn das?", fragte er plötzlich, auf eine graue Wand in der Ferne zeigend.

„Das ist der Nebel des Vergessens, der unsere Welt überzieht und ganze Teile unbewohnbar macht", antwortete Stella. „Doch mir scheint, er hätte sich etwas zurückgezogen."

„Stimmt", pflichtete der Drache bei. „Diese Senke war vor ein paar Tagen noch völlig unsichtbar."

„Luigi, Mario, Tina, Milena, Frau Rocci, die Schneiderin." Mehr brauchte Marc nicht zu sagen. Stella verstand auch so, was er ausdrücken wollte.

„Ja, die Menschen erinnern sich wieder." Stella lachte glücklich.

„Zeigt ihr mir noch, wo die Zwerge herkommen oder wo sie sich zusammenrotten?", bat Marc.

Pyron drehte in elegantem Bogen ab. Eine langgezogene Hügelkette tauchte auf.

„Das sind ihre Schlupflöcher. Dort nimmt das Übel seinen Anfang", erklärte Stella, mit der Hand auf einige Spalten in den Wänden deutend.

„Und wo ist der Wandelnde Turm?" Marc schaute sich suchend um.

„Er muss ganz in der Nähe sein. Nur ist er jetzt von Zwergenergie umgeben und erst nach Sonnenuntergang zu sehen", entgegnete Stella.

„Gut. Kehren wir um." Marc warf noch einen Blick zurück.

Der Drache wählte den Weg über das Grasland. Winzig kleine weiße Flecken, die sich bewegten, entpuppten sich als Einhörner. Die Tiere blieben stehen, witterten, flüchteten aber nicht. Marc bat Pyron, zu landen. Er sprang von seinem Rücken und ging langsam auf eines der Tiere zu. Das Einhorn schnaubte leise. Dann kam es Marc entgegen. Mit seinen großen Augen musterte es den Menschen neugierig.

„Ich kenne dich", sagte es und neigte den Kopf. „Du bist der Mensch, den wir einmal zum Drachenberg gebracht haben. Was führt dich zu uns?"

„Ich bin hier, um eure Welt zu retten, und freue, mich zu sehen, dass ihr den Zwergen bisher entkommen seid", erklärte Marc.

„Du allein?" Das Einhorn spähte zu Pyron.

Über seinen Flügeln tauchte Stellas Rotschopf auf. Das Einhorn wieherte leise. „Wenn die Zauberin vom Berg es will, dann wird es dir gelingen. Ich wünsche dir Glück." Es galoppierte mit den anderen davon. Marc sah ihnen lange hinterher. Pyron wartete, bis Marc wieder fest auf seinem Rücken saß. Mit mächtigen Flügelschlägen startete er.

„Sie haben mich nicht vergessen", sagte Marc zu Stella.

Sie lächelte still, bettete ihren Kopf an seine Schulter. „Wie könnte man das auch?"

Galantha und Thomas legten ihr Werkzeug beiseite, als sie den Drachen erspähten. Freudig begrüßten sie die Heimkehrer.

„Gibt es Neuigkeiten?"

Stella nickte. „Ja, gute und schlechte. Die gute Neuigkeit ist, dass sich der Nebel ein Stück zurückgezogen hat, die schlechte, dass die Zwerge schon mehrere kleine Teiche vernichtet haben."

Galantha hatte schon den Mund geöffnet, um eine Frage zu stellen. Sie schloss ihn wieder und machte eine hilflose Handbewegung. Marc nahm sie in den Arm, küsste sie zärtlich, bevor er sagte: „Unseren See und die kleine Insel gibt es noch. Das war es doch, was du wissen wolltest?"

Galantha schmiegte sich an. „Ja, das war es", hauchte sie.

„Vater, schau dir das an! Die beiden haben für vier gearbeitet", rief Stella erschrocken. Sie stand vor zwei großen Blechen, die fix und fertig miteinander verbunden waren.

„Wie habt ihr denn das in der kurzen Zeit gemacht?" Marc freute sich über die wirklich gute Arbeit.

„Teamwork." Thomas lachte. „Galantha hatte die zündende Idee. Ich habe ihr gezeigt, wie es in der Praxis geht. Sie hat die Idee verbessert und hier liegt das Ergebnis. Ich habe selten solche Präzisionsarbeit gesehen."

„Ich habe nur ganz vergessen, dass nun alle Hunger haben werden." Galantha hob bedauernd die Hände.

„Ruh dich aus, darum kümmere ich mich." Stella griff nach einem Korb.

„Darf ich dir helfen?", fragte Thomas.

„Wenn du es schaffst, auf die Spitze des Berges zu kommen.", Stella flatterte lachend davon.

„Steig auf." Pyron senkte seinen Kopf. „Du wirst eher oben sein."

Stella glaubte zu träumen. Vor ihr, auf dem Gipfel des Drachenberges, stand Thomas und pflückte Beeren.

„Ah, der Korb kommt gerade zur richtigen Zeit", rief er fröhlich.

„Geschieht mir recht", lachte Stella. „Man sollte Menschen niemals unterschätzen."

Sie sammelten flink alles Obst ein, was Sträucher und Bäume hergaben. Stella merkte wohl, dass Thomas' Blick an ihr klebte, wie eine Fliege am Sonnentau.

„Wie kommst du nun wieder hinunter? Und wer trägt den übervollen Korb?", fragte sie schließlich.

„Lass mich mal überlegen …" Thomas schaute über den Rand der Abbruchkante. Da, an der Flanke des Berges, hockte Pyron und wartete auf sein Zeichen. Thomas winkte ihm. „Ich nehme den Korb mit hinunter, er ist für dich wirklich viel zu schwer."

Thomas fasste nach dem Korb, ging auf die Kante zu und verschwand plötzlich. Stella erschrak, sie flog, so schnell sie konnte, zu der Stelle, an der Thomas eben noch gestanden hatte. Er war weg. Einfach so. Und mit ihm der volle Korb. Stella machte sich besorgt auf den Rückweg. Sie sah gerade noch, wie Thomas von Pyrons Rücken sprang, der sich sofort wieder davonmachte. Thomas schaute ihm hinterher, nahm den Korb, drehte sich um und prallte mit Stella zusammen, die lachend: „Ich hätte es wissen müssen", sagte.

Marc sah Galantha amüsiert an, dann sagte er: „Thomas, Thomas, je oller um so doller. Oder sollte ich lieber sagen: Doktor Berger, tz, tz, tz."

Galantha strich Marc mit dem Zeigefinger über den Arm. „Lass ihm doch ein bisschen Spaß."

„Aber erst, wenn wir Pyron den Panzer anprobiert haben." Marc wurde ernst. „Wenn die Nacht kommt, ist noch genug Zeit für Spielchen."

Stella stieß einen schrillen Pfiff aus. Sofort erschien der Drache. Er wusste, worauf an ankam, hockte still, mit ausgebreiteten Schwingen und wartete darauf, dass man ihm die Rüstung anpasste. Die Männer hoben die Bleche hoch, die beiden Elfen strichen so lange mit den Händen darüber, bis sie sich genau der Körperform des Drachen angepasst hatten. Noch bevor die Sonne völlig untergegangen war, beendeten sie ihre Arbeit.

Die Frauen kümmerten sich um die Früchte, Thomas holte Holz, das er mit Pyrons Hilfe entzündete. Marc suchte verschiedene Kräuter für Tee zusammen. Sogar die Elfen baten um das Heißgetränk. Das kleine Feuer sorgte für angenehme Wärme.

„Du wirst sicher froh sein, wenn du eines Tages wieder deine Ruhe hast", sagte Marc zu Pyron.

„Ich weiß es nicht. Ich weiß nur, dass ich noch nie so viel Spaß hatte, wie in den letzten beiden Tagen", entgegnete der Drache. „Ich habe viel Neues gelernt und erfahren, dass nicht alle Menschen bösartig sind. Ich glaube, ihr werdet mir ein bisschen fehlen."

Die beiden Elfen wurden immer stiller. Besonders Galantha hatte die schwere, ungewohnte Arbeit zugesetzt. Sie schlief an Marcs Schulter gelehnt einfach ein. Marc wünschte Pyron eine gute Nacht und Thomas, der die ebenfalls schlafende Stella zu ihrem Heulager trug. Marc löschte noch das Feuer, nahm Galantha auf die Arme, bettete sie ins Heu, dann kehrte Ruhe in der Grotte ein.

Am nächsten Morgen öffnete Thomas vorsichtig die Augen. Stella lag noch schlummernd neben ihm, ihr Kopf ruhte an seiner

Brust. Thomas erschrak. Irgendwie hatte sich seine Hand unter den Stoff ihres Oberteiles verirrt.

„Oh Gott, was hab ich nur getan", murmelte er, während er vergeblich versuchte, seine Hand unbemerkt hervorzuziehen.

„Nichts, was du einmal bereuen könntest." Stella schlug die Augen auf.

Thomas zuckte zusammen. „Du bist wach?"

„Ja und schon eine ganze Weile länger als du."

„Tut mir leid, was geschehen ist", sagte Thomas völlig zerknirscht. Dabei konnte er sich einfach nicht erklären, wie es dazu gekommen war.

Stella schüttelte die Heureste ab. „Mir nicht." Sie reichte ihm die Hand und zog ihn lächelnd auf die Füße.

Er sah ihr tief in die Augen. „Ich bin hierher gekommen, um mitzuhelfen, eine Welt zu retten und nicht, um die Tochter meines bestens Freundes zu verführen."

Sie hielt diesem Blick stand. „Das schließt sich doch nicht gegenseitig aus. Könntest du nicht vielleicht das eine mit dem anderen verbinden?" Mit einem koketten Hüftschwung verschwand sie aus der kleinen Kammer. Thomas schaute ihr mit offenem Mund hinterher.

Galantha und dem Drachen war es gelungen, außer verschiedenen Früchten, auch noch Eier für das Frühstück aufzutreiben, dazu gab es frisches Quellwasser für den Tee. Irgendwann fiel auf, dass Thomas sehr schweigsam war. Marc schaute ihn fragend an, worauf Thomas ganz langsam den Kopf wiegte.

Galantha legte ihm die Hand auf den Arm. „Versuche nicht, dich halbherzig zu wehren, wenn du im tiefsten Inneren eigentlich danach verlangst. Sie fühlt es und bekommt am Ende ja doch, was sie will. Man nennt sie nicht umsonst *die Zauberin vom Berg*."

Marc fuhr herum. „Stella ist die geheimnisvolle Zauberin?"

Galantha nickte.

Marc dachte ein paar Sekunden nach. „Jetzt erinnere ich mich. Sie hat mir gesagt, dass ihr Zauber ewig hält, wenn sie es will. Aber was hat das jetzt mit Thomas zu tun?"

Galantha lachte herzlich. „Hast du denn nicht bemerkt, mit welch sehnsuchtsvollen Blicken er Stella folgt. Vergiss die menschlichen Maßstäbe und reagiere als Thomas' Freund, statt als Stellas Vater. Sie ist nicht das kleine hilflose Mädchen, das du vielleicht in ihr siehst. In dieser Welt schon gar nicht. Setze Thomas nicht sinnlos unter Druck. Wenn Stella wirklich ihre ganze Magie ausspielt, dann hast du keine Chance. Zudem denke ich, dass beide alt genug sind, um zu wissen, was sie tun."

Thomas wechselte seine Gesichtsfarbe von rot zu blass und umgekehrt, während ihm Stella über den Rand ihres Bechers hinweg ein amüsiertes Lächeln schenkte.

Marc schlug sich vor die Stirn. „Dort liegt also der Hase im Pfeffer! Ich könnte es nicht ertragen, wenn sie meinetwegen unglücklich ist. Also Thomas, unter Zeugen, vergiss mein hochtrabendes Gequatsche. Mach dir wegen Milena keine Sorgen, von mir erfährt sie nichts. Punkt."

Thomas streichelte Stellas Hand. „Ich möchte auch nicht, dass du meinetwegen eines Tages unglücklich bist. Ich bin nicht wie Marc, nicht so praktisch veranlagt, nicht so selbstlos, ja nicht einmal so romantisch. Ich kann dir nicht einmal sagen, ob ich die Geduld aufbringen werde, dir alles, was du wissen musst, zu erklären. Irgendwann wirst du von mir eine Entscheidung verlangen – ich habe nicht den Funken einer Ahnung, wie ich wählen werde."

Stella nahm Tomas' Gesicht in beide Hände. „Du bist ein fröhlicher Mensch, außerdem ehrlich. Wahrheit gegen Wahrheit. Ich verlange nicht die tiefe und immerwährende Liebe, ich will einfach nur ein wenig Spaß. Wenn dir das Opfer zu groß ist, dann sag es mir. Ich bin nicht wie Galantha. Ich werde bestimmt nicht an gebrochenem Herzen sterben."

Thomas zog Stella an seine Brust. „Vielleicht sollte ich wirklich versuchen, hier alles mit deinen Augen zu betrachten. Nach dem, was ich gewöhnt bin, wärst du mir als Spielzeug für den Augenblick zu schade. Du siehst es sicher so, dass dir die Unsterblichkeit genügend Möglichkeiten bietet, um eines Tages zu finden, was wirklich passt."

Dem Lächeln der Elfe war nichts hinzuzufügen.

„Es wird wohl heute gar nicht hell?", fragte Marc plötzlich erstaunt.

Galantha schwebte zum Eingang der Grotte. Als sie wiederkam, rieb sie sich fröstelnd die nackten Arme. „Es regnet." Sie kuschelte sich an Marc. „Ohne das Feuer hätten wir wahrscheinlich schon längst bemerkt, dass es heute ungewöhnlich kalt ist."

Marc seufzte. „Thomas und ich werden noch ein paar Bleche verbinden. Vorher lege ich noch etwas Holz nach, damit ihr beide nicht frieren müsst."

Die Männer machten sich an die Arbeit. Das Hämmern war bis tief in die Grotte zu hören.

„Können wir denn gar nichts tun?" Galantha räumte die Reste des Frühstücks weg.

Stella überlegte. „Im Moment nicht. Aber in zwei Stunden bringen wir den Männern Kaffee, der wird ihnen guttun. Es gibt so vieles in ihrer Welt, das ich nicht verstehe, von dem ich aber weiß, dass sie es sehr schätzen und nur ungern darauf verzichten. Eines davon ist der Kaffee."

„Marc hat gestern von einem heißen Bad gesprochen? Was meint er damit?", fragte Galantha.

„Auch das hat er mir erklärt." Stella beschrieb das Badezimmer und was Vater von duftenden Badezusätzen, Schaum und warmem Wasser erzählt hatte.

Galantha lächelte still. Ein Elf hätte sie damals, als die Zwerge angriffen, ertrinken lassen. Marc dagegen war wie ein Fisch unter der Oberfläche zu ihr geschwommen. Sie erinnerte sich auch daran, mit welcher Wonne er bei der Morgenwäsche am Bach das Wasser über seinen nackten Oberkörper laufen ließ, während sie sich ängstlich vom Ufer fernhielt.

„Du träumst schon wieder", stellte Stella schmunzelnd fest.

Galantha lachte. „Ja, immer noch und immer wieder, ganz wie du willst."

„Ich kann dich verstehen. Vater ist wirklich ein besonderer Mensch, sogar in seiner Welt. Selbst Aurëus ist beeindruckt." Stella hielt die Hände in die Nähe des Feuers. „Hat er sich sehr verändert, seit er in seine Welt zurückgekehrt ist?"

Galantha setzte sich neben Stella. „Er ist älter geworden und nicht mehr so unbekümmert wie damals. Ansonsten ist es fast so, als wäre er nie fort gewesen."

Die beiden Elfen schauten schweigend in die Flammen, die mit dem niederbrennenden Holz kleiner wurden. Stella holte ein paar neue Aststücke. Sie überlegte, ob sie lieber einen der Männer rufen oder es selbst mit dem Nachlegen probieren sollte. Vorsichtig schob sie ein Scheit in die Glut. Hastig zog sie ihre Hand zurück, als ein Funkenregen in die Luft stob. Das Feuer leckte über das trockene Holz, dann brannte es auch schon. Die Elfe lächelte zufrieden und legte auch noch die drei anderen Stücke vorsichtig in die kleine Feuerstelle. Fasziniert beobachteten die beiden die gierigen Feuerzungen. Stellas Blick ging in die Ferne, als sie leise von Marcs großem Kamin mit dem dicken Panzerglas zu erzählen begann, dem Sofa, wo man tief und gemütlich in die Polster sinken kann und auch von den tausenden Schneeglöckchen, die sie in seinem Vorgarten geweckt hatte. Galantha hört atemlos zu. Plötzlich zuckte Stella zusammen.

„Was ist?", hauchte Galantha erschreckt.

„Ich habe ganz den Kaffee vergessen!" Stella füllte augenblicklich zwei Becher mit Wasser, welches sie dank ihrer großen Willenkraft allein in das Lieblingsgetränk der beiden Männer wandelte. „Um diese Zeit machen die Menschen gern eine Pause, um das heiße dunkle Zeug zu schlürfen", erklärte sie.

Gemeinsam trugen sie die Becher zum Eingang der Grotte. Stella blieb hinter einem kleinen Vorsprung stehen. „Warte." Sie blies den Duft des Kaffees zum Ausgang.

„Ich glaube, ich habe Halluzinationen." Marc hob den Kopf und schnupperte.

Thomas sah ihn überrascht an. „Dann habe ich auch welche. Ich rieche Kaffee."

„Eben." Marc spähte in die Grotte. „Sieh dir das an!"

Vor der kleinen Felsnase tauchten zwei Hände auf, die dampfende Becher hielten.

„Aber nix wie hin!" Thomas flog förmlich dem Kaffee entgegen. „Ihr seid so was von super! Ich krieg mich gar nicht wieder ein." Dankbar nahmen die Männer Stellas Gabe an.

„Woher wusstest du, dass sie kommen würden?", fragte Galantha.

Stella und Thomas sahen sich an und prusteten los, wie vor Tagen in Marcs Küche.

„Ich wollte nur probieren, ob der Trick auch bei Menschen wirkt." Dann erzählte sie von jenem Morgen, an dem Marc sie mit Lindenblütenhonig aus dem Bett gelockt hatte.

„Das sah aber auch zu lustig aus – wie ein Schweißhund auf der Fährte." Thomas kicherte noch immer. „Jedenfalls ist euch die Revanche gelungen."

„Ja, eure verdatterten Blicke sprachen für sich." Stella rieb sich zufrieden die Hände.

„Etwas kühl hier vorn", stellte Galantha fröstelnd fest.

„Na ja, es regnet immer noch und sieht auch nicht so aus, als ob es bald aufhören würde." Marc schaute auf die dunklen Wolken, aus denen ein regelrechter Regenvorhang rauschte. „Ich werde euch wohl noch etwas Holz ins Feuer legen."

„Nicht nötig. Das hat Stella schon gemacht." Galantha winkte ab.

Marc nickte seiner Tochter anerkennend zu. „Ich wünschte, meine Studenten hätten wenigstens einen Funken deines Lernwillens. Es würde mich nicht wundern, wenn du in der Menschenwelt bald lesen und schreiben lernst."

„Das musst du mir als Allererstes beibringen", hakte Stella sofort ein. „Es hat mich schon ganz traurig gemacht, dass ich in deinen vielen wundervollen Büchern zwar die Bilder anschauen, aber nicht allein herausbekommen konnte, was sie bedeuten. Der

Vorleser für deine Silberscheiben kann ja die Bücher nicht in den kleinen Schlitz ziehen."

„Wenn wir den Feldzug gegen die Zwerge heil überstehen, dann lehre ich dich alles, was ich weiß und was du wissen möchtest", versprach Marc.

„Vergiss mich nicht. Ich will es auch lernen", brachte sich Galantha in sein Gedächtnis.

Marc lachte. „Keine Sorge. Niemand wird zu kurz kommen." Er leerte seinen Kaffeebecher. „Komm, Thomas, wir sollten mit den Frauen zum Feuer gehen. Langsam wird die Kälte unangenehm."

„Du hast Recht. Zudem sind wir weit gekommen." Thomas legte Stella den Arm um die Taille, schlenderte mit ihr langsam durch den Gang und freute sich über ein paar kleine Zärtlichkeiten.

Nur kam es anders als gedacht. Sie hatten sich gerade gesetzt, als Pyron in die Höhle schlüpfte. Er triefte vor Nässe, war aber ausnehmend gut gelaunt.

„Ich habe den Wandelnden Turm gesehen!", rief er. „Die Zwerge können immer noch nicht hinein."

„Wo ist er?", fragte Stella sofort.

„Im Osten, inmitten der sumpfigen Seen." Der Drache legte sich mit ans Feuer, um sein Schuppenkleid zu trocknen. „Dort können die Zwerge nicht hin."

„Vielleicht schütten sie deshalb die Wasserflächen zu?", sinnierte Marc.

„Gut möglich." Stella nickte. „Wir sollten hinfliegen."

Pyron seufzte. „Muss das sein? Es ist nass, kalt, einfach pfui."

Stella streichelte den Riesen. „Und wenn ich dich ganz lieb darum bitte?"

Der Drache rappelte sich auf. „Du schaffst es immer wieder. Wer will mit?"

„Ich." Marc erhob sich.

„Ich auch." Thomas war ebenfalls aufgesprungen.

Galantha machte eine Geste des Erschreckens. Thomas war das nicht entgangen. „Beruhige dich, ich bleibe hier. Marc und Stella können mehr ausrichten."

Marc legte ihm die Hand auf die Schulter. „Danke. Pass bitte gut auf Galantha auf."

„Geht schon klar."

Der Turm stand tatsächlich inmitten eines weitläufigen Sumpfgebietes. Pyron landete auf der Zinne des imposanten Bauwerkes. Marc und Stella sprangen auf den Boden.

„Kennst du die Geheimnisse des Turmes?", fragte Marc seine Tochter.

Sie schüttelte den Kopf. „Ich weiß nur wenig über ihn."

„Erzähle mir bitte alles, was du weißt."

Stella nickte. „Er wurde einst von Magiern erbaut. Alle tausend Jahre treffen sich in ihm seine Erbauer mit Feen und anderen magischen Wesen. Einst lebten sie alle hier in dieser Welt. Warum sie gegangen sind und wohin kann ich dir nicht sagen, genau so wenig, weshalb sie sich für genau sieben Tage hier treffen. Pyron ist einer seiner Wächter. Wandelt er in einer anderen Gegend, dann wachen Greife, Basiliske oder Sphingen über ihn."

Marc staunte über das Gehörte. „Und das Dimensionstor, das mich beim ersten Mal hergebracht hat?"

„Ist nur eines von vielen", erklärte Stella. „Jede Etage hat ihr eigenes Tor, das nur in diesen Turm hinein, aber nicht mehr heraus führt. Wie die vielen Gäste wieder nach Hause kommen, weiß ich nicht. Darüber solltest du mit Mutter sprechen. Sie lebt schon viele hundert Jahre hier im Elfenland."

Marc sah Stella ungläubig an. „Mehrere hundert Jahre?"

„Ja natürlich." Dann fiel Stella ein, dass Menschen nicht nur sterblich waren, sondern auch nur ein sehr kurzes Leben hatten. Ein Schleier legte sich auf ihren Blick.

Marc ahnte, was sie bedrückte. „Gräm dich nicht. Das ist der Lauf der Dinge in der Menschenwelt. Es ist ein ständiges Entstehen und Vergehen."

„Ich – ich – ich weiß", murmelte die Elfe traurig. Sie schlang Marc ihre Arme um den Hals. „Es ist so ein furchtbarer Gedanke."

„Lass den Kopf nicht hängen. Überlegen wir lieber, wie wir die Elfenwelt retten." Marc strich ihr über das lange rote Haar.

Stella klammerte sich regelrecht an ihm fest.

„Wie bringen wir am besten den Turm wieder voll in Elfengewalt?", fragte Marc.

„Das weiß ich nicht", antwortete Pyron. „Sicher ist, wenn wir ihn drei Nächte an einem Ort halten können, dann gehört er uns und die Zwerge müssen für die nächsten hundert Jahre zurück unter die Erde."

„Na das ist eine gute Nachricht!" Marc klopfte dankbar den Hals des Drachen. „Da kommt mir glatt eine Idee. Wir sollten uns für die nächsten Tage und Nächte auf dem Turm einrichten. Das heißt, dass wir Verpflegung, aber auch Heu und unsere Rüstungen hierher bringen müssen."

Stella löste sich von Marcs Hals. „Fliegt zurück und beginnt mit dem Transport. Ich bleibe hier, damit der Turm sich nicht heimlich davon macht. Beeilt euch."

„Moment." Marc zog sein warmes Hemd aus, streifte es Stella über und hüllte sie wieder in ihren Umhang. „Wir beeilen uns." Er schwang sich auf Pyrons Rücken. „Flieg wie der Wind!"

„Dein Wunsch ist mir Befehl", lachte der Drache, stürzte sich in die Tiefe und flog pfeilschnell dahin.

Nass und frierend erreichte Marc, der Drachenreiter, die Grotte. Mit wenigen Worten erklärte er Galantha und Thomas den Plan zur Rettung des Turmes und damit des ganzen Elfenlandes.

Thomas überlegte nicht lange. „Wärme du dich etwas auf, ich fliege mit Pyron zum Turm."

„Legt mir die Rüstung an", riet Pyron, dann habe ich die Klauen frei, um andere nützliche Dinge zu tragen.

„Ich lege meine auch an", sagte Thomas. „Dann nehme ich noch den Obstkorb, ein paar Kräuter und den Wasserkübel mit. Ich fülle ihn mit Heu und mache einen Deckel aus Blech darauf."

Marc wollte ihm zur Hand gehen. Thomas wehrte sofort ab. „Sieh zu, dass du dir nicht den Tod holst. Ab ans Feuer!"

„Thomas hat Recht. Er hat mir erklärt, wie schnell ein Mensch krank werden und sterben kann. Bitte höre auf ihn. Ich werde mit ihm zusammenpacken." Galantha legte die vier Becher mit in den Obstkorb. Sie hatte sehr genau beobachtet, welche Kräuter Marc für den Tee genommen hatte, nun beeilte sie sich, mehrere Bündel zusammenzustellen. Um die trockenen Kräuter vor der Nässe zu schützen steckte sie sie nun doch in die Becher, die sie mit der Öffnung nach unten in den Korb stellte. Das Obst häufte sie darum und darüber. Nach zehn Minuten starteten Thomas und Pyron voll gepanzert und bepackt zu ihrem ersten gemeinsamen Flug. Kaum waren sie weg, schälte sich Marc aus seinen pitschnassen Klamotten. Er fror jämmerlich. Mit klammen Fingern versuchte er, die Wäsche loszuwerden. Galantha half ihm. Bevor er sich dem Feuer nähern konnte, hielt sie seinen Arm fest. „Warte." Sie schmiegte sich an, schloss die Augen, und Marc fühlte die aufsteigende Wärme. Galanthas Hände streichelten seinen Körper. Nun stellte sich auch noch die innere Wärme ein. „Ich liebe dich", flüsterte er ihr ins Ohr.

„Ich liebe dich auch", hauchte Galantha. „Die Wärme unserer Nacht ist die ganzen Jahre über bei mir geblieben. Nun soll sie ganz dir gehören."

Es dauerte nur wenige Sekunden, dann stiegen leichte Dampfschwaden von der feuchten Wäsche auf, die zusehends trocknete.

„Gut so?", fragte Galantha zärtlich.

Marc drückte sie an sich. „Du heizt mir nicht nur mit Wärme ein. Ich hätte jetzt Lust auf ganz andere Sachen, nur muss ich diesmal sagen, dass die Zeit gleich um ist."

„Welche Zeit?" Galantha sah ihn verständnislos an.

Marc lächelte. „Pyron wird gleich wieder hier sein."

„Stimmt." Galantha schloss die Augen. „Zieh dich lieber an, ehe ich doch noch die Kontrolle verliere."

„Über die Wärme?"

„Nein, über mich." Galantha seufzte. Sie wäre am liebsten mit ihm ganz tief ins Heu abgetaucht. Stattdessen reichte sie ihm seine Kleidung zu. „Wo hast du überhaupt dein Hemd gelassen?"

„Das habe ich Stella gegeben, damit sie nicht erfriert", erklärte Marc. „Es ist recht zugig auf dem Turm."

„Du hängst sehr an ihr."

„Ja. Ihr beide seid das größte Glück für mich auf dieser Welt und ich werde es festhalten, so lange ich kann." Marc küsste Galantha zärtlich.

Pyron kam mit dem leeren Wasserkübel zurück. Die Elfe füllte ihn mit Heu, während Marc seine Rüstung anlegte, zwei riesige Schilde griff und ein paar Lanzen mit Lederriemen zusammenzurrte.

„Sag mal, Großer, wo bekommen wir trockenes Holz her?", fragte er den Drachen. „Es könnte recht kühl auf dem Turm werden."

Pyron überlegte. „Nirgendwoher. Es regnet wohl heute im ganzen Elfenland. Wir werden das Holz schon irgendwie in Brand bekommen. Außerdem ist es völlig egal, wann uns die Zwerge entdecken. Mach dir also keine Gedanken über dicke Rauchwolken."

Galantha nahm vor Marc auf dem Drachen Platz.

„Halt dich gut an dem Lederriemen fest", bat Marc, während er mühsam versuchte, die Schilde und Lanzen zu bändigen.

Pyron kicherte. „Wird wohl nichts? Na, gib schon her!" Der Drache klemmte sich das Paket Lanzen zwischen die Zähne, fasste nach dem Bottich und einem Schild, dann hob er etwas schwerfällig ab.

Marc beobachtete argwöhnisch das Land unter sich. Weit und breit war kein Zwerg, kein Wolf und schon gar kein Bär zu sehen. Das beruhigte ihn etwas. Bis zum Abend hatten sie noch ein paar Stunden, in denen sie sich auf die Verteidigung des Turmes einrichten konnten.

Thomas nahm Pyron seine Last ab, dann erst landete der Drache sicher. Er half auch Galantha und Marc beim Absteigen.

„Ich bin gleich wieder da." Pyron erhob sich noch einmal in den Himmel. „Ich hole noch etwas Holz."

Weit brauchte er nicht zu fliegen. Aus dem Sumpf schauten mehrere halb umgestürzte Bäume, die er gleich im Flug herausreißen konnte. Wie Streichhölzer knickte er die Stämme, um Feuerholz zu machen.

„Deine Kraft möchte ich auch mal haben", murmelte Thomas.

Pyron sah ihn amüsiert an. „Dann musst aber noch ein bisschen wachsen."

Thomas winkte lachend ab. „Ach nee, du, bei mir wächst höchstens der Umfang."

Marc zwinkerte Pyron zu. „Ich dachte immer, ein guter Hahn wird selten fett."

Der Drache verstand die Anspielung. Er lachte aus vollem Hals. „Solche wie euch hab ich wirklich noch nie zuvor getroffen." Er reichte den Männern das Holz zu. Thomas und Stella waren fleißig gewesen. Sie hatten eine verschlossene Klappe mit einem großen Eisenring daran entdeckt.

„Was hältst du davon?", fragte Stella Marc.

„Ich denke, wir sollten die Tür öffnen und uns im Turm verschanzen. Außerdem dürfte es angenehmer im Trockenen sein. Pyron würdest du so freundlich sein …?" Marc zeigte auf den Ring.

Der Drache packte zu. Vorsichtig, aber nicht minder kräftig, zog er die Klappe auf.

„Danke."

Pyron witterte in die Tiefe. „Sind keine Fremden drin", sagte er zufrieden. „Ich richte mich hier oben hinter den Zinnen ein. Irgendwann muss der Regen ja mal wieder aufhören."

Marc stieg in die Tiefe. Wie bei seinem ersten Besuch brannten in regelmäßigen Abständen Pechfackeln, die in eisernen Haltern steckten. Die erste Kammer war groß genug, um vier Personen und eine Menge nützliche Dinge zu beherbergen. Marc brachte den leeren Wasserkübel auf das Dach. „Pyron, darf ich dich noch einmal belästigen?"

„Aber sicher, wo brennt es denn?"

Marc kicherte. „Dass ausgerechnet ein Drache die Frage danach stellt, finde ich lustig. Es brennt zwar nicht, aber Wasser brauchen wir trotzdem. Versuchst du bitte, welches zum Trinken zu finden?"

„Kein Problem. Ich kenne eine Quelle." Pyron segelte davon, um wenige Minuten später mit dem vollen Gefäß zurückzukommen.

„Ihr solltet ein wenig ruhen, es könnte eine lange Nacht werden", schlug er Marc vor, ihm den Kübel übergebend.

„Wir werden es beherzigen. Ruf uns bitte, wenn etwas Ungewöhnliches geschieht." Marc verabschiedete sich von Pyron. Er stieg in das Turmzimmer hinab.

Thomas' Kleidung lag in der Nähe der kleinen, kaminähnlichen Feuerstelle. Er selbst steckte schon mit Stella im Heu und nahm die Welt um sich herum gar nicht mehr wahr. Galantha streckte Marc sehnsüchtig die Arme entgegen, kaum dass er den Wasserbehälter abgesetzt hatte.

„Komm. Erst ein bisschen Wärme, dann ein wenig Spaß." Sie half ihm nun schon zum zweiten Mal am heutigen Tag aus seinen völlig durchnässten Sachen. Marc erwiderte dabei gern ihre Zärtlichkeiten. „Jetzt habe ich ganz und gar nichts dagegen, wenn du die Kontrolle über dich verlierst", flüsterte er ihr ins Ohr. Galantha zog ihn ins Heu. „Ich auch nicht. Lass dich überraschen."

Mario fuhr von seiner Firma direkt zu Luigi. „Grüß dich. Gibt es Neuigkeiten?", fragte er schon an der Tür.

Der Italiener schüttelte betrübt den Kopf. „Nichts. Nun sind es schon drei Tage."

Mario setzte sich auf einen Barhocker. „Sie sind in einen Krieg gezogen, dessen Ausgang ziemlich fraglich ist. Wie sollen zwei Männer ein ganzes Zwergenheer besiegen?"

„Sie haben doch die Elfen. Weiß der Kuckuck, wie viele es davon gibt", antwortete Luigi.

„Heh, die sind so groß." Mario deutete mit Daumen und Zeigefinger an, was er meinte. „Die Zwerge sollen hingegen nicht viel kleiner als Marc gewesen sein."

„Wie definiert man *Zwerg*?", brummte Luigi nachdenklich. „Eigentlich ist das völlig egal. Sie sind vielleicht schon …"

„Na, male nicht gleich den Teufel an die Wand!!!", rief Mario erschrocken.

Luigi schob ihm einen starken Espresso über den Tresen. Marios Blick fiel auf das Regal mit den Gläsern. Mittendrin, sogar ganz vorn, funkelte etwas, das er hier noch nie gesehen hatte.

„Eine Elfe aus Kristall?", fragte er erstaunt.

Luigi zuckte mit den Schultern. „Du weißt ja, dass ich abergläubisch bin. Seit ich Stella kenne, erst recht. Vielleicht hilft es ja. Mich beruhigt der Anblick jedenfalls."

„Dein Wort in Gottes Gehörgang", seufzte Mario. „Es ist furchtbar, so völlig hilflos zu sein." Nachdenklich betrachtete er die kleine Figur, die im Licht der Barbeleuchtung geheimnisvoll erstrahlte.

In der Elfenwelt tröpfelte der letzte Regen zur Erde, die untergehende Sonne lugte hinter den Wolken hervor. Sie tauchte das nasse Land in rotgoldenes Licht. Pyron breitete seine dunklen Schwingen aus. Genüsslich reckte er seinen Kopf der Sonne entgegen. Der Sumpf am Fuße des Wandelnden Turmes dampfte. Die Elfen und Menschen im Turm bekamen davon nichts mit. Sie schliefen eng aneinandergeschmiegt im Heu, um die Kälte in den dicken Mauern einigermaßen zu ertragen.

Sie ahnten nicht, dass sich die Zwergenhorden bereits aus dem Süden näherten.

Kampf um den Turm

Der schrille Schrei des Drachen weckte die Schläfer. Sie sprangen auf, rissen ihre Kleidung an sich, die sie hastig anlegten. Marc drehte sich zu den beiden Elfen um. „Ihr bleibt hier. Thomas und ich werden sehen, was geschehen ist."

Pyron öffnete den Männern die Tür. „Da drüben, vor der kleinen Hügelkette! Die Zwerge kommen!"

„Wo???" Thomas konnte in der Finsternis nicht viel sehen.

Marc legte ihm die Hand auf den Arm. „Du solltest ihm glauben. Seinem scharfen Drachenblick entgeht so schnell nichts. Legen wir unsere Rüstungen an. Sicher ist sicher."

Pyron trug die seine noch. Die Elfen hatten sie noch in der Grotte zu seiner vollen Verwunderung auf Hochglanz poliert. Erst als ihm Marc erklärte, dass so der Eispfeil besser abgelenkt würde, war er beruhigt. Zudem hatte ihm Marc gesagt, die ganze Zeit auf ihm reiten zu wollen, also konnte Pyron ganz sicher sein, dass man ihn nicht als Opfer ausersehen hatte. Er vertraute dem Menschen, der geschworen hatte, die Welt der Elfen zu retten.

Die beiden Freunde halfen sich gegenseitig. Ob Beinschienen oder Körperpanzerung, sie brauchten sicher die vierfache Zeit, die der jeweilige Knappe des verblichenen Ritters benötigt hätte. Marc drückte Thomas einen der großen Schilde in die Hand. „Lenke damit die Eispfeile auf die Zwerge zurück. Ich will, dass diese Brut an ihren eigenen Waffen verzweifelt." Und zu Pyron gewandt: „Richte deine Drachenflamme auf alle Pfeile, die sich dem Turm nähern. Versuchen die Zwerge, den Turm zu stürmen, keine Gnade!" Mühsam kroch er auf den Rücken des Drachen. Jede Bewegung in der ungewohnten Rüstung artete in eine Quälerei aus.

„Wirst du es schaffen?", fragte Pyron besorgt.

„Ich muss. Aufgeben ist nicht. Ich halte das durch und wenn es unter Tränen ist", gab Marc zuversichtlich zurück.

„Fliegen wir ihnen entgegen, um sie vom Turm fernzuhalten?", wollte Pyron wissen.

„Bist du mit deiner Zusatzlast wendig genug?", fragte Marc zurück.

„Ich muss und wenn es unter Tränen ist", antwortete der Drache mit Marcs Worten.

„Dann auf in den Kampf!", rief Marc.

Pyron stürzte sich in die Tiefe und glitt auf die Horde der Wolfsreiter zu.

„Viel Glück", flüsterte Thomas. Dann fasste er seinen Schild fester und ging hinter den Schießscharten in Deckung, von wo aus er nun auch die Zwerge erkennen konnte. Es mochten etwas mehr als einhundertfünfzig sein. Eine Übermacht, die Thomas einen Schauer über den Rücken jagte. Im Dunkel blitzten die ersten Waffen der Zwerge auf.

Pyron bewegte seinen Kopf im Halbkreis, während aus seinem Rachen die Flammen loderten. Nur wenige Pfeile erreichten ihr Ziel, wurden abgelenkt und fuhren irgendwo in den Boden, der sich mit einer dicken Eisschicht überzog. Pyron ging in den Tiefflug über. Er spie seine Flamme direkt auf das Eis. Das Wasser ging vom gefrorenen Zustand sofort in kochendheißen Dampf über. Das jämmerliche Jaulen der Wölfe und das Wehgeschrei der Zwerge kündeten davon, dass es viele Verletzte gab. Irritiert flohen die Angreifer. Mit einem Gegenangriff dieser Art hatten sie nicht gerechnet. Pyron drehte ab.

„Sind sie weg?", fragte Thomas, als die beiden Kämpfer zurückkamen.

„Für den ersten Moment schon." Marc wischte sich den Schweiß aus dem Gesicht. „Sie werden sich irgendwo sammeln und möglicherweise von allen Seiten gleichzeitig angreifen. Nutzen wir den kurzen Moment, um uns auszuruhen."

Die Elfen empfingen Marc wie einen Helden. Sie hatten aus einem der schmalen Fenster am Wendelgang des Turmes den Kampf beobachtet.

„Ich habe furchtbaren Durst." Marcs Kehle war völlig trocken. Ob es die Anspannung des Kampfes oder die Hitze der

Drachenflamme war, hätte er nicht sagen können. Galantha reicht ihm einen Becher Wasser.

„Soll ich den nächsten Angriff mit Pyron fliegen?", Thomas lehnte sich neben Marc an die Mauer.

„Nein. Bleib du bitte bei den Frauen. Nicht, weil ich es dir nicht zutraue, sondern weil ich nicht möchte, dass du auf dem Schlachtfeld verletzt wirst. Das hier ist mein Kampf, für die Welt meiner Familie." Marc wehrte jeden Widerspruch ab. „Deine Verantwortung ist groß. Du musst die beiden Frauen und dich beschützen. Ich nur mich selbst."

Thomas drückte seinem Freund die Hand. „Ich hoffe, dass wir uns nach dem nächsten Angriff gesund wiedersehen. Weißt du überhaupt, wie viele Wolfsreiter euch angegriffen haben?"

„Ich schätze hundert", entgegnete Marc.

„Fast doppelt so viele." Thomas nickte zu seinen eigenen Worten.

Marc lächelte. „Dafür haben wir uns doch ganz gut gehalten." Er versuchte, auf seine Uhr zu schauen. „Scheiß steifes Zeug", murmelte er resigniert und hielt Thomas seinen Arm hin.

„Schon zwei Uhr zehn in der Frühe", sagte Thomas ungläubig. „Die müssen doch erst sonst wann in der Nacht hier gewesen sein."

„Wer weiß. Hoffentlich kommen sie nicht noch mal wieder. Die Blechbüchse ist zum Kotzen." Marc deutete auf die Rüstung, dann schloss er die Augen.

„Was ist mit ihm?", flüsterte Galantha Thomas zu. „So kenne ich ihn nicht."

Auch Stella traute sich nicht, ihren Vater anzusprechen.

„Er muss starke Schmerzen haben", antwortete Thomas kaum hörbar. „Etwas anderes würde ihn kaum so aus der Ruhe bringen."

„Marc?", hauchte Galantha.

Er öffnet die Augen. „Was hast du, mein Schatz?"

„Sag mir bitte, was los ist. Du machst mir Angst."

„Es ist nichts." Sein Lächeln fiel gequält aus.

„Bitte!!!" Sie streichelte sein Haar.

„Nimm mir die linke Armschiene ab", bat Marc.

Die Elfe löste die Riemen. Sie zog den metallenen Unterarm der Rüstung ab. Marc verzog keine Miene, wurde aber leichenblass. Blut tropfte hervor. Mit einem Schreckenslaut ließ sie den Ärmel fallen, der scheppernd über den Boden rollte.

„Großer Gott! Das sieht ja furchtbar aus!" Thomas sah Marc entsetzt an.

„Die Eispfeile haben einen ganz schönen Bums drauf", erklärte Marc. „Einer hat genau den Rand der Armrüstung getroffen, dabei den Rand nach innen gedrückt und ich habe mir bei der nächsten Bewegung den Arm aufgerissen."

Galantha wusch vorsichtig die Wunde aus. Marc biss die Zähne zusammen. Der Schmerz war höllisch. Nun legte Galantha ihre Hände an die Wundränder, presste sie zusammen und schickte all ihre Elfenkraft hinein. Zuerst ließen die Schmerzen etwas nach, dann schloss sich der Riss und endlich bildete sich eine neue Haut. Dankbar nahm Marc seine Elfe in die Arme. Stella und Thomas atmeten auf. Thomas griff sich den Ärmel. Er trug ihn hinauf zu Pyron.

„Kannst du mir mal helfen?", fragte er den Drachen.

„Wobei?"

„Dieser verbogene Rand müsste ausgebeult werden. Ich schaffe es nicht", erklärte Thomas.

„Gib her." Pyron hielt sich das Metall vor die Augen. Er witterte. „Das riecht verdächtig nach Blut", murmelte er. „Und es gehört Marc. Was ist hier los?"

Thomas hob etwas hilflos die Hände. „Marc wurde von den Zwergen verletzt. Galantha hat ihn geheilt und nun braucht er dringend seinen Ärmel wieder. Hilfst du mir, ihn zu reparieren?"

Pyron nickte. „Ich hätte besser auf Marc aufpassen müssen."

„Unsinn. Du hast getan, was du konntest. Einen besseren Beschützer als dich gibt es gar nicht." Thomas hielt den Ärmel fest, während Pyron mit den Krallen den Rand in seine Ursprungslage zurückdrückte.

„In einer halben Stunde geht die Sonne auf", erklärte der Drache beiläufig.

„Dann hätten wir die erste Nacht also glimpflich überstanden", sagte Thomas. Er zuckte zusammen. Etwas zischte knapp an seinem Ohr vorbei und krachte in die Mauer. Dass sie sich plötzlich mit dickem Eis überzog, ließ keinen Zweifel daran, dass die Zwerge direkt am Fuße des Turms sein mussten und blindlings ihre Pfeile abschossen.

„Kopf runter", rief er Pyron zu. „Diesmal bin ich dran." Er schlich geduckt auf eine der Schießscharten zu, die dem Einschlagsgebiet gegenüber lag. Geistesgegenwärtig riss er seinen Schild hoch, als der nächste Pfeil heranzischte. Das Metall dröhnte wie eine Glocke, der Pfeil verschwand über der Brüstung. Ein Jaulen folgte.

„Treffer!", kicherte der Drache.

Thomas spähte hinunter. „Ich glaube, die haben genug für heute. Die rennen wie die Hasen."

„Gute Arbeit", lobte der Drache. „Endlich habe ich wieder das Gefühl, wirklich der Beschützer des Turmes zu sein. Dafür danke ich euch sehr."

„Bist du wenigstens unverletzt?", fragte Thomas.

„Aber ja. Ich bin doch doppelt gepanzert. Mein Schuppenpanzer schützt gegen normale Verletzungen und der Metallpanzer gegen die Eispfeile. Mich bringt so schnell nichts um." Pyron reckte sich. „Na endlich! Da hinten graut der Morgen. Nun sind wir wirklich für die nächsten Stunden in Sicherheit."

Die Klappe im Boden wurde von Marc aufgestoßen. Stella schlüpfte so schnell wie ein Irrwisch heraus. Im Bruchteil einer Sekunde hing sie schon an Thomas' Hals, küsste und streichelte ihn.

„Nicht schlecht, die Heldenrolle." Thomas zwinkerte Marc zu. Er hielt die zierliche Stella fest im Arm, alle Zärtlichkeiten genießend, wie Alexander der Große nach seinen Feldzügen.

Pyron sah den beiden begeistert zu. „Das hat er sich verdient." Dann ging er zu Marc hinüber, rieb seinen Kopf an dessen Schulter. „Wie geht es dir?"

Marc lachte. „Dank Galantha bin ich wieder wie neu. Du und ich waren ein Superteam. Spitze, wie du es den kleinen Mistkerlen gezeigt hast."

„Warum hast du mir nicht gesagt, dass du verletzt bist?", fragte Pyron.

„Weil du auf der Stelle den Angriff abgebrochen hättest." Marc streichelte den schwarzen Riesen.

„Stimmt." Pyron schaute ihm fest in die Augen. „Ich hätte dich wirklich, ohne zu zögern, aus der Schusslinie getragen."

„Es ist schon gut so, wie es ist." Marc begann seine Rüstung abzulegen. „Wärest du so lieb, nach einem kräftigen Frühstück Ausschau zu halten? Ich bin am Verhungern."

Pyron nickte. „Mal sehen, was ich finde."

Die beiden Elfen verwöhnten inzwischen ihre Männer. Stella bereitete den begehrten Kaffee. Galantha verließ den Turm. Am Ufer des kleinen Sees wusch sie den großen Blutfleck aus Marcs Hemd.

„Ich dachte, du hättest Angst vor dem Wasser?", fragte er erstaunt, als sie ihm etwas später das saubere, trockene Hemd reichte.

„Habe ich auch. Aber irgendwann muss man ja über seinen Schatten springen. Ihr setzt euer Leben aufs Spiel, um uns zu helfen, da kann ich doch nicht einfach die Hände in den Schoß legen. Ich kann nicht kämpfen, also kümmere ich mich darum, dass es euch an nichts fehlt, auch wenn es mir vielleicht schwerfällt", entgegnete Galantha.

„Hast du noch große Schmerzen?", fragte sie, als er sein Hemd überstreifte und die lange dunkelrote Narbe verdeckte.

„Das wird schon wieder." Er zog sie in seine Arme.

Sie schaute ihn kopfschüttelnd an. „Das war keine Antwort."

Marc atmete tief durch. „Ich weiß. Sei nicht böse. Ich habe noch ziemlich heftige Schmerzen, aber es ist einigermaßen auszuhalten."

„Pyron kommt zurück!", rief Thomas. „Er trägt etwas Großes, Dunkles."

Alle schauten dem Drachen erwartungsvoll entgegen. Pyron warf sein Mitbringsel ab, um wenigstens auf drei Beinen landen zu können.

„Ein Wildschwein! Er hat ein kleines Wildschwein gefangen!", rief Stella.

„Eigentlich waren es drei. Die beiden anderen haben ich mir vor Ort schmecken lassen." Pyron rieb sich den Bauch. „Hier habe ich noch ein paar Eier für euch." Galantha nahm sie ihm vorsichtig ab. „Möchtet ihr sie kochen?", fragte sie die Männer.

„Da habe ich eine bessere Idee." Marc betastete das Schwein. „Ein wenig Fett hat es ja. Thomas, was hältst du von Spiegelei mit Speck?"

„Klingt gut. Aber du kennst ja meine miserablen Kochkünste", lachte Thomas.

Marc winkte ab. „Ich brauche nur beim Häuten ein wenig Unterstützung. Schließlich habe ich es noch nie gemacht. Mal sehen, ob die Praxis auch so einfach ist, wie die Theorie immer sagt." Er schliff an einem Mauerstein sein Messer.

Kurze Zeit später war das Schweinchen nackt. Marc schnitt vorsichtig die Bauchdecke auf. Die Elfen schüttelten sich. Am liebsten wären sie weggegangen. Nur wusste keiner, was die nächste Nacht bringen würde und so blieben sie tapfer bei den Männern, um das Zerlegen eines Tieres zu lernen. Pyron schaute äußerst interessiert zu.

„Du – Marc ..." Er druckste etwas herum.

Marc lachte herzlich. „Du kannst das Innenleben haben." Vorsichtig nahm er das Tier aus und legte alles dem Drachen zu Füßen, der sich mit seiner Beute an den Rand der Mauer verzog.

Marc trennte etwas Speck ab. „So, das reicht für die Eier. Das Schwein grillen wir dann am Spieß, so hält sich das Fleisch zwei Tage. Kalt schmeckt es auch prima."

Der Drache holte vier richtig große Steine von der Insel. Marc schichtete Holz dazwischen, welches Pyron in Brand steckte. Das

Blech, das bisher als Deckel für den Kübel gedient hatte, fungierte nun als Pfanne. Thomas hatte bereits den Speck in kleine Würfelchen geschnitten, die auf dem heißen Blech zu brutzeln begannen und einen dünnen Fettfilm hinterließen. Marc schlug die Eier auf. „Als alter Pfadfinder kommt man schon zurecht", witzelte er.

Thomas schüttelte immer wieder den Kopf. „Deinen Erfindungsreichtum kann ich einfach nur bewundern."

Die beiden Elfen und der Drache dachten wohl dasselbe. Sie schauten Marc fast ehrfürchtig bei der Arbeit zu.

„Gleich ist es fertig", murmelte Marc sichtlich zufrieden. „Zwar ungewürzt, aber was soll es."

„Kaffee dazu?", fragte Stella.

„Liebend gern", antworteten die Männer im Chor.

Marc hob mit Hilfe zweier Speere das heiße Blech vom Feuer. „Lass es dir schmecken", wünschte er Thomas.

„Nicht übel", sagte der nach dem ersten Happen. Der Speck ist würzig, das tröstet über das fehlende Salz hinweg.

Mangels Besteck aßen sie mit ihren Messern und den Fingern. Die Elfen lächelten, sie freuten sich, dass die Männer überaus zufrieden aussahen. Sie saßen im Schneidersitz um das Blech herum, wärmten sich im strahlenden Sonnenschein, schlürften heißen Kaffee und unterhielten sich über die Schrecken der vergangenen Nacht.

Schließlich stand Marc auf. Er reckte sich genüsslich. „Dann werde ich mich jetzt mal dem Schweinchen widmen." Er zückte wieder sein Messer, trennte Kopf und Füße ab. Pyron nahm die unverhofften Gaben dankend entgegen. Marc betrachtete nachdenklich die Feuerstelle und das Schwein. „So wird das nichts."

Pyron half ihm, die Steine in Speerlänge vor einer Schießscharte aufzustapeln, holte noch mal Holz aus dem Sumpf und bald brannte ein prasselndes Feuer. Die Männer steckten den Schweinekörper auf den Speer, den sie gemeinsam zu ihrem improvisierten Grill trugen. Eine Seite des Speeres legten sie in die

Schießscharte, die andere auf die aufgetürmten Steine. Marc postierte sich neben dem Ganzen und passte auf, dass das Fleisch nicht anbrannte. Hin und wieder rief er Thomas, der beim Drehen helfen musste und fragte: „Wie lange wird das dauern?"

„Drei bis vier Stunden, denke ich", entgegnete Marc.

Galantha und Stella schauten sich an. „Wenn ihr nichts dagegen habt und Pyron bei euch bleibt, dann fliegen wir auf die Inseln und suchen Früchte."

„Geht klar, dann kann ich in Ruhe schlafen." Pyron rollte sich auf der Stelle zusammen. Seine Anwesenheit und die der Elfen bannten den Turm auf den Fleck, auf dem er jetzt stand.

„Was werden unsere Freunde wohl gerade machen?", fragte Thomas. Er stand an der Zinne, beschattete die Augen mit der Hand, um den Blick über das schier unendliche grüne Land zu genießen.

„Sich die gleiche Frage stellen", antwortete Marc leise. „Wer weiß, wie viel Zeit inzwischen in unserer Welt vergangen ist. Als ich damals hier war, bin ich fast drei volle Tage mit Galantha durch dieses Land gewandert, zu Hause waren aber erst zwei Stunden vergangen. Vielleicht geht das Spiel auch anders herum und unser Zuhause ist seit hundert Jahren verschwunden."

„Im Ernst?" Thomas wurde unbehaglich zumute.

„Im Ernst." Marc kippte das aufgefangene flüssige Fett über das brutzelnde Schwein.

„Was machen wir, wenn das wirklich so ist?" Thomas schaute ihn groß an.

Marcs Blick ging in die Ferne. „Ich, für meinen Teil, würde sofort hierher zurückkehren und bis an mein Lebensende hier bleiben oder denkst du, dass ich mich wie ein Wundertier herumreichen und vielleicht noch sezieren lassen würde? Dieses Land hat alles, was man unbedingt zum Leben braucht, man muss es nur zu nutzen wissen. Man könnte sich sogar einen gewissen Komfort schaffen." Marc sprach leise weiter. „Was braucht ein Mensch mehr, als ein Dach über dem Kopf, genügend Nahrung und guten Sex?"

Thomas antwortete nicht. Marcs Worte hatten ihn zutiefst geschockt.

Genau genommen hatte ihn eher die Tatsache geschockt, dass Marc, der in der Menschenwelt auf den ersten Blick betrachtet, ein gutbürgerlicher Spießer war, locker auf alles verzichten konnte – auf sein schmuckes Haus, seinen englischen Rasen im Garten, den ganzen technischen Schnickschnack, den viele als Erfüllung aller Träume hielten und auf das Ansehen, das er überall genoss. Marc hatte in den letzten Tagen immer wieder bewiesen, dass er hier, in der Elfenwelt, durchaus angenehm leben konnte.

„Sind dir die Eier auf den Magen geschlagen?", fragte Marc, weil Thomas ungewöhnlich blass aussah.

Der schüttelte den Kopf. „Nicht die Eier, sondern was du gerade gesagt hast."

„Weil du befürchtest, dass ich Recht haben könnte?", schmunzelte Marc.

„Weil ich weiß, dass du Recht hast", murmelte Thomas resigniert.

„Kopf hoch! Wir werden sehen, was passiert." Marc begutachtete das lecker duftende Schwein. „Noch ein Stündchen, dann ist das nette Tierchen richtig gar."

Die Elfen kamen zurück. Gemeinsam trugen sie den vollen Korb. Schon von weitem hörten die Männer ihr glockenhelles Lachen. Marc löschte das Feuer. Thomas nahm den Elfen den schweren Korb ab.

„Trägst du ihn bitte gleich nach unten. Wir haben schon beim Pflücken genascht." Stella hauchte ihm einen Kuss auf die Wange.

Thomas beeilte sich, ihren Wunsch zu erfüllen. Pyron blinzelte verschlafen in die Sonne. „Ich werde dann auch mal wieder verschwinden. Bis zum Nachmittag bin ich zurück."

Marc löste zwei große Fleischstücke aus dem Schenkel des Wildschweins. Thomas setzte sich zu ihm. Er lehnte sich mit dem Rücken an die Mauer.

„Ganz schön heiß hier", stellte er fest.

Marc schmunzelte. „Was glaubst du wohl, weshalb ich hier mit freiem Oberkörper sitze. Sonst wäre es fast nicht auszuhalten."

„Ach, ich dachte, weil du immer kleckerst und Galanthas Arbeit nicht zunichtemachen wolltest", konterte Thomas.

Marc grinste. „Dann müsste ich ja auch noch die Hose ausziehen."

„Nee lass mal. Du hast ein scharfes Messer in der Hand." Thomas lachte Tränen. Die Elfen kicherten und Marc feixte in sich hinein. „Hast Recht, dann wäre es Essig mit gutem Sex."

„Womit?", fragte Galantha.

„Das erklärst du ihr aber selber", rief Thomas mit einem breiten Grinsen."

Marc schluckte. „Oh, oh – gleich oder sofort?"

„Sofort", forderte Galantha energisch.

Thomas witzelte. „Nun Doktor Sommer, wie sag ich es meinem Kinde?"

„Mit einfachen Worten." Marc begann.

Eine leichte Röte überzog Galanthas Gesicht. Stella tippte Thomas mit dem Finger an. „Dann war das gestern also richtig guter Sex?"

Thomas verfärbte sich jäh. Marc prustete los. „Das geschieht dir recht!"

Stella zuckte mit den Schultern. „Wenn es doch aber stimmt!"

Pyron kam zeitiger zurück als erwartet. Er trug ein halbes Fuder Heu an den Körper gepresst. „Damit ihr nicht wieder so frieren müsst." Er wunderte sich doch sehr, dass die vier immer noch wach waren.

„Wir sollten auf Pyron hören", sprach Marc. „Es könnte eine verdammt harte Nacht werden."

Alle zogen sich in den Turm zurück, den der Drache für sie bewachte. Noch bevor die Sonne völlig untergegangen war, weckte Pyron seine Freunde. Die Männer legten sofort ihre Rüstungen an. Erst dann schnitten sie sich einen Streifen Fleisch für das Abendbrot von ihrem Vorrat. Es herrschte gedrückte Stimmung. Pyron schaute mehrmals unverwandt zu Marc hinüber. *Ob das wohl*

Vorahnungen sind, überlegte er im Stillen. Ein lautes Rumpeln ließ die fünf aufhorchen.

„Was ist das?", hauchte Galantha.

„Ich weiß es nicht", antwortete Stella ebenso.

Pyron unterbrach die Elfen in ihren Gedanken „Sie sind da."

Marc drückte Galantha an sich. „Bitte geht sofort in den Turm."

Auch Thomas sagte zu Stella das Gleiche, ehe er sich mit seinem Schild an einer Schießscharte postierte. Marc setzte sich auf den Rücken des Drachen. „Auf geht es!", spornte er ihn an. „Sie dürfen nicht gewinnen."

Immer wieder spie Pyron sein Feuer in die Nacht und immer wieder zischten ihnen die Eispfeile der Zwerge um die Ohren. Marc wehrte geschickt die ab, die Pyron nicht erwischt hatte. Der Pfeilregen zwang den Drachen, sehr hoch zu fliegen. Er kam einfach nicht dazu, das Eis in Dampf zu verwandeln. Thomas stand allein fast auf verlorenem Posten. Das Eis auf dem Turm wurde immer dicker, der Boden fast unbegehbar glatt. Die Kälte ließ ihn in seiner Rüstung langsam erstarren. Nur selten gelang es ihm, einen Pfeil zu den Zwergen zurückzuschicken.

Stunde um Stunde hielten sie, mehr schlecht als recht, dem Angriff der Wolfsreiter stand. Endlich gelang es Pyron, eine seiner Feuergarben gut zu platzieren. Heißer Dampf wallte auf, der ihnen für Augenblicke die Sicht nahm. Die Zwerge zogen sich augenblicklich zurück.

Keuchend, mit matten Flügelschlägen, schleppte sich der Drache zurück zum Turm. Kaum war Marc von seinem Rücken geklettert, hockte er sich mit geschlossenen Augen in eine Ecke.

„Bist du verletzt?", fragte Marc besorgt.

„Ich weiß es nicht", antwortete Pyron, ohne die Augen zu öffnen. „Ich habe mehrere Treffer in die Schwingen bekommen. Ich kann sie kaum noch fühlen."

Marc und Thomas nahmen ihm die Rüstung ab. Pyron bewegte sich nicht mehr. Marc öffnete die Klappe im Boden. Er rief die Elfen zu Hilfe. „Pyron braucht einen Wärmezauber. Ich fürchte, dass er es sonst nicht überlebt. Er erfriert innerlich."

Die Elfen traten von beiden Seiten an den liegenden Riesen heran. Sie legten ihre Handflächen an seine Flanken. Dann flüsterten sie Worte in einer fremden Sprache. Marc versuchte, die Nase seines fliegenden Freundes zu streicheln. Vergebens. Ein starkes Kraftfeld, welches ein unangenehmes Kribbeln auf der Haut erzeugte, hielt ihn von Pyron fern. Pyron begann murmelnd die Worte der Elfen zu wiederholen. Stella nickte Galantha lächelnd zu. Offenbar hatte der Drache das Schlimmste überstanden. Marc atmete auf.

„Schlafe nun." Die Elfen zogen ihre Hände zurück. Die tiefen Atemzüge des schwarzen Drachen zeigten an, dass die Worte der beiden Wirkung zeigten.

Die Männer legten nun auch ihre Rüstungen ab. Thomas klapperten die Zähne. Er fühlte sich elend. Marc entging nicht der fiebrige Glanz in seinen Augen.

„Auch das noch", sagte er niedergeschlagen.

„Was ist mit ihm?", fragte Stella.

„Thomas ist krank. Er hat sich unterkühlt", erklärte Marc. „Er wird Fieber bekommen. Bringen wir ihn nach unten."

Er bettete seinen Freund ins Heu. „Ich brauche schnell heißen Tee."

Stella brachte das Wasser im Becher gleich mit Elfenkraft zum Kochen. Galantha holte die Kräuter. Marc stützte seinen Freund, der mit zitternden Händen nach dem Becher fasste.

„Mir brummt der Schädel", klagte Thomas.

Marc fasste ihm an die Stirn. „Du glühst ja auch." Er zog sein T-Shirt aus, tauchte es ins kalte Wasser und packte es Thomas auf die Stirn. „Das wird hoffentlich das Fieber etwas senken."

„Kann ich ihm irgendwie helfen?", fragte Stella.

Marc nickte. „Ja. Du könntest ab und zu den kalten Umschlag erneuern." Er wollte seinem Freund noch etwas sagen, aber Thomas war schon eingeschlafen.

Alle machten sich Sorgen. Die Elfen um so mehr, da sie keine Krankheiten kannten. Sie wussten nur, dass Menschen an

Krankheiten sterben konnten. Marcs besorgtes Gesicht verhieß nichts Gutes.

„Wie steht es um Pyron?", fragte er die Elfen.

„Er muss sich nur ein paar Stunden ausruhen. Magie gegen Magie", erklärte Galantha. „Heute Abend ist er wieder voll bei Kräften."

„Gut. Thomas wird wohl ein paar Tage brauchen, ehe er wieder auf den Beinen ist." Marc rieb sich die Augen. „Ich lege mich mal ein Weilchen hin. Es war eine anstrengende Nacht. Bitte achtet gut auf Thomas. Weckt mich sofort, wenn sich sein Zustand verschlechtert."

Marc kroch ins Heu. Die Elfen wachten an Thomas' Lager und wechselten regelmäßig den Umschlag. Erst als er kalt blieb, hörten sie damit auf. Sie ließen aber auch Marc schlafen, der sich unruhig hin und her warf. Galantha trocknete Marcs Shirt. Er würde es in der Nacht dringend brauchen. Immer wieder lauschte sie seinen Atemzügen. Liebevoll betrachtete sie sein Gesicht, in das sich winzige Falten eingegraben hatten. *Der Mensch wird älter*, hatte er gesagt. Er war älter geworden, sah aber trotzdem noch genau so umwerfend aus wie damals.

„Du träumst schon wieder", schmunzelte Stella.

Galantha nickte glücklich lächelnd. „Ja. Ich weiß."

Marc öffnete die Augen. Seine erste Sorge galt Thomas.

„Das Fieber ist runter", berichtete Stella. „Wir haben deshalb mit den Umschlägen aufgehört."

„So lange habe ich geschlafen?" Marc schüttelte das Heu ab. Er wandte sich an Stella. „Machst du mir bitte einen Kaffee, sonst werde ich gar nicht mehr munter."

Wenig später saß er mit an Thomas' Lager, schlürfte Kaffee und überlegte, wie es nun wohl weitergehen sollte. Thomas bewegte sich. Mit geschlossenen Augen bewegte er sein Gesicht in Richtung des Kaffeeduftes. Marc lächelte. Da wachte Thomas auch schon auf. Stella hielt ihm den vollen Becher hin.

In langen Zügen trank er. „Das tut richtig gut." Er streichelte ihre Hand. „Hast du noch einen Tee für mich? Ich habe tierischen Durst."

Die Elfen beeilten sich, das Gewünschte zu bringen. Thomas trank gierig. Dann brach ihm der Schweiß aus allen Poren. In den Elfen stieg Panik auf. Marc versuchte sie zu beruhigen. Galantha flog mit Thomas nasser Kleidung zum See, um sie zu säubern. Marc half ihm inzwischen mit seinem langärmeligen Hemd aus. Pyron schlief noch immer wie ein Fels. Eine halbe Stunde später erwachte der Drache, während Thomas in einen heilenden Schlaf sank. Marc suchte im frischen Heu, das Pyron gebracht, hatte nach Heilkräutern. Stella begleitete ihn, um von seinem Kräuterwissen zu profitieren.

„Bald geht die Sonne unter", sagte Galantha leise. „Ich habe Angst um dich." Sie schmiegte sich an Marcs Brust. Er küsste ihre Tränen weg. „Ich habe Pyron an meiner Seite. Wir werden es schon irgendwie schaffen. Nur noch diese eine Nacht, dann müssen die Zwerge wieder unter die Erde und eure Welt ist frei."

„Bitte sei vorsichtig. Ich liebe dich." Galantha löste sich von ihm.

Marc versprach es ihr. „Hilfst du mir, Pyrons und meine Rüstung anzulegen?"

„Gern." Galantha folgte ihm auf den Turm.

Der Drache war wieder vollkommen genesen. Er wärmte sich in den letzten Sonnenstrahlen. „Wo ist Thomas?"

„Bei Stella." Marc schaute Pyron betrübt an. „Er ist sehr krank. Wir beide müssen allein zusehen, wie wir uns und den Turm verteidigen."

Eine halbe Stunde später waren beide zum Kampf gerüstet. Galantha schlüpfte zurück in den Turm. Pyron schloss die Tür.

„Alles oder nichts." Marc griff nach seinem Schild. Der letzte Kampf konnte beginnen. Der Drache stieg in den dunklen Nachthimmel. Rings um den Turm tauchten seltsame Dinge auf.

„Was ist das?", fragte er erstaunt.

Marc glaubte, seinen Augen nicht trauen zu können. „Scheiße! Steinschleudern! Wenn wir das überstehen, sind wir wirklich gut. Heute müssen wir unser Heil in Ausweichmanövern finden. Wenn die uns erwischen, ist es aus."

Die wenigen Zwerge, die die letzten beiden Nächte überstanden hatten, griffen zum letzten Mittel. Wenn sie den Turm schon nicht bekämen, wollten sie ihn wenigstens für immer vernichten. Es stand zwanzig gegen zwei. Pyron griff an. Er versuchte, die hölzernen Gestelle der Schleudern zu verbrennen, bevor sie ihre tödliche Last entladen konnten. Flog er eine Schleuder direkt an, überschütteten ihn die anderen Zwerge mit Eispfeilen. Marc hätte zehn Hände gebraucht, um sich wirklich schützen zu können. Dann zischte der erste Stein an ihnen vorbei. Groß wie ein Kürbis hätte er Pyron glatt vom Himmel holen können. Der Drache wich geschickt aus. Marc klammerte sich mit der freien Hand an den Lederriemen. Er hatte Mühe das Gleichgewicht zu halten. Zwischendurch wieder Eispfeile.

Galantha stand auf dem Wendelgang und spähte durch die Öffnung in der Mauer. Nervös rang sie ihre Hände. Bei jedem Pfeilhagel zuckte sie zusammen. Das Pfeifen, mit dem die Steine die Luft durchschnitten, gellte in ihren Ohren.

Stella kniete neben Thomas, der, wenn die Zwerge den Turm stürmten, völlig hilflos war. Das Fieber stieg bereits wieder. Sie riss einen Streifen Stoff von ihrem Umhang, mit dem sie seine heiße Stirn kühlen wollte. Niemand sah ihre bitteren Tränen. Was nutzte all ihre Zauberkraft, wenn sie Thomas nicht einmal helfen konnte. Sie gestand sich ein, dass sie vielleicht doch etwas mehr, als nur Spaß mit ihm haben wollte.

Pyron und Marc gelang es, die Zwerge ein Stück vom Wandelnden Turm fortzulocken. Erbittert wehrten sie sich gegen die Übermacht der Angreifer. Kleinere Steine prasselten wie Hammerschläge auf den Drachen und seinen Reiter ein. Dann passierte es. Marcs Schild brach und das Unheil nahm seinen Lauf. Galantha schrie auf. Sie ahnte, was gleich kommen werde. Mehrere Steine trafen gleichzeitig ins Ziel. Pyron wurde zur Seite gerissen.

Verzweifelt musste er ansehen, wie Marc dem Boden entgegenstürzte.

Galanthas Schrei ließ den Turm erzittern. In ohnmächtigem Zorn ballte sie die Fäuste. Stella war zur Tür gestürzt. Sie prallte zurück. Voller Entsetzen beobachtete sie, wie sich ihre Mutter verwandelte. Zuerst begann Galanthas Gestalt zu strahlen, dann trieb ein Energiestoß ihr Haar in die Höhe, das sie wie eine Feuerlohe zu umwehen begann. Ein gellender Schrei, und die verwandelte Elfe raste wie ein glühender Komet auf die Zwerge zu, deren einer soeben einen Stein erhoben hatte, um Marc den Schädel zu zerschmettern.

Der Glutball traf den völlig überraschten Zwerg, der augenblicklich als Asche zu Boden rieselte, mit ihm der Stein. Galantha wütete wie eine gereizte Tigerin. Ihr Glutatem setzte die Steinschleudern in Brand und trieb die Wölfe auseinander. In wilder Flucht folgten ihnen die Zwerge. Sie ließen sogar ihre Toten auf dem Schlachtfeld liegen.

Die Feuerelfe kehrte zu dem Platz zurück, wo Marc blutüberströmt, reglos lag. Ihr Zorn verrauchte. Schluchzend brach sie neben ihm zusammen. Pyron näherte sich vorsichtig. Eines seiner Beine schien gebrochen zu sein. Er zog es mühsam hinter sich her. Mit den Vorderklauen griff er Marc und die Elfe, um sie vom Schlachtfeld zu tragen.

Galanthas Schrei hatte auch Thomas von seinem Lager getrieben. Gemeinsam mit Stella beobachtete er Galanthas Rache. Nun standen beide auf dem Turm, um Marc die letzte Ehre zu erweisen. Galantha kam wieder zu sich. Weinend hielt sie Marcs Kopf umfangen. Thomas beugte sich zu seinem Freund hinunter. Im ersten Licht des Tages bemerkte er das Pochen des Blutes in der Halsschlagader.

„Er ist nicht tot", flüsterte er. „Marc lebt noch. Doch werden wir ihm nicht helfen können, er hat zu viel Blut verloren. Das Leben sickert mit jedem Tropfen aus ihm heraus."

Pyrons Augen funkelten. „Ich muss fort. Versucht, ihn wenigstens noch eine viertel Stunde am Leben zu halten. Ich bitte euch sehr."

Mühsam erhob er sich und flatterte mehr, als er flog in Richtung seiner Höhle davon.

Galantha nahm Marc überaus vorsichtig die Rüstung ab. Aus einer großen Wunde am Kopf sickerte Blut. Sie legte ihre Hand auf diese Stelle und murmelte die gleichen Worte, die sie schon einmal gesagt hatte. Die Wunde schloss sich. Wohl doch zu spät. Marcs Herzschlag wurde immer langsamer, nun war er kaum noch zu spüren. Die Elfe erstarrte. „Nein, nein", flüsterte sie immer. „Tu mir das nicht an. Bitte bleib hier. Bitte, bitte, bitte."

Neben ihr krachte Pyron zu Boden. Er hatte mit allerletzter Kraft den Turm erreicht. Er hielt Galantha ein kleines Säckchen hin. „Schnell öffne es und nimm heraus, was du findest."

Mit fliegenden Fingern befolgte die Elfe die Anweisung. Sie zog ein Fläschchen hervor. Ein kurzer Blick zu Pyron. Der Drache nickte. Galantha riss mit den Zähnen den Stopfen aus dem Flaschenhals. Dann setzte sie die kleine Phiole an Marcs Lippen, um ihm Tropfen für Tropfen den Inhalt einzuflößen. Einen Augenblick lang glaubte sie, Marc hätte seinen letzten Atemzug getan.

Plötzlich schlug er die Augen auf. „Bin ich tot?"

Thomas schob sich in sein Blickfeld. Marc lächelte. „Den Engel hätte ich aber reklamiert. Der ist unrasiert."

Thomas ging neben Marc in die Knie. Er streichelte sein Gesicht. Dass Tränen der Freude über seine Wangen rollten, merkte er gar nicht. „Willkommen zurück im Leben", flüsterte er.

Pyron weidete sich am Anblick der überglücklichen Freunde, dann wurde er mit einem tiefen Seufzer bewusstlos. Die schweren Verletzungen gingen auch ein so einem mächtigen Wesen wie ihm nicht spurlos vorüber. Elfen wie Menschen umringten ihn sofort. Stella erklärte Marc mit wenigen Worten, weshalb der Drache zusammengebrochen war. Marc, selbst noch etwas wackelig auf den Beinen, untersuchte Pyron.

„Soweit ich das unter seinem Schuppenkleid fühlen kann, ist dieses Bein an mehreren Stellen gebrochen. Egal, wie wir es schienen, er wird nie wieder richtig darauf stehen können. Hier hilft nur noch ein Wunder." Er streichelte seinen treuen Kampfgefährten.

Stella legte Marc die Hand von hinten auf die Schulter. „Dann lasst es mich versuchen. Ihr wisst doch, Unmögliches erledigt man am besten sofort, weil Wunder etwas länger dauern."

Marc drückte ihre Hand. „Ja, wenn die Zauberin vom Berg es will, dann wird es uns gelingen. Ich glaube an die Worte des Einhorns und an dich."

Die beiden Männer zogen sich mit Galantha etwas zurück. Stella streckte die Arme nach beiden Seiten aus, drehte die Handflächen nach oben und führte dann die Arme über dem Kopf zusammen, bis sich die Hände berührten. Um sie herum begann die Luft zu flimmern, als ob sie sich stark erwärmt hätte. Dreimal ging die Elfe entgegen dem Uhrzeigersinn um den liegenden Drachen herum, während sie einen seltsamen Singsang anstimmte. Vor dem Kopf des Riesen blieb sie stehen, nahm die Arme nach vorn, wobei sie sie gleichzeitig ausbreitete, wie jemand der Gaben unters Volk wirft. Winzige Silberfünkchen verließen dabei ihre Hände, schwebten auf Pyron herab, verteilten sich auf seiner schuppigen Haut und bildeten einen hauchzarten glänzenden Film. Stella bewegte ihre Finger wie Spinnenbeine in der Luft. Sofort drangen die glänzenden Partikel in den Körper des Drachen ein.

Gebannt beobachteten die drei Zuschauer, wie es in Pyrons Bein zuckte und es langsam seine natürliche Haltung wieder einnahm. Stella vollführte Handbewegungen, als würde sie ein riesiges Orchester dirigieren. Dabei lag ein entrücktes Lächeln auf ihrem Gesicht. Endlich faltete sie die Hände vor der Brust wie zum Gebet, deutete eine Verneigung an und wischte mit einer kurzen Geste die flimmernde Luft beiseite. Nun trat sie ein paar Schritte zurück. Pyron erwachte. Er streckte sich genüsslich, um gleich darauf neugierig sein Bein zu betrachten. Er hob es an, öffnete und schloss die Krallen, stampfte auf den Boden und schüttelte den Kopf.

„Hast du noch Schmerzen?", fragte Stella.

Pyron schüttelte erleichtert den Kopf. Er untersuchte seine Flughäute, die zwar nun narbig, aber nicht mehr zerrissen und löchrig waren. „Ich werde wieder jagen können. Ich muss nicht verhungern. Ich bin ja so glücklich", murmelte er ganz verstört. „Stella?"

Die Elfe legte ihren Kopf an seine Wange. „Alles wieder gut?"

„Ja. Alles." Pyron schloss sie in seine dunklen Schwingen, genau wie Marc seine Galantha im Arm hielt.

Thomas saß an der Mauer, still vor sich hinlächelnd. Wenn Pyron tatsächlich Recht behielt, dann hätten sie in der vergangenen Nacht das Elfenreich gerettet.

Galantha schwebte mit Stella in das Turmzimmer hinunter. Sie brachten den Männern Kaffee und Pyron Wasser. Auch Fleisch und Früchte trugen sie herauf. Der Drache schnüffelte hingebungsvoll den Duft des Wildschweins. Marc blinzelte Thomas zu, dann holte er den ganzen Fleischvorrat, den er Pyron zu Füßen legte.

„Für mich?", fragte der Drache.

„Natürlich", entgegnete Marc. „Wer gut kämpft, soll auch gut essen. Gemeinsam schmeckt es doch am besten."

Pyron ließ sich das gegrillte Fleisch auf der Zunge zergehen. „Einfach lecker", brummelte er zufrieden.

„Sag mal, was war das für eine Medizin, die ihr mir eingeflößt habt?", wollte Marc plötzlich wissen.

Pyron kam nicht mehr zum Antworten. Hunderte bunt schillernde Flügelchen tanzten mit einem Mal um sie herum. Sie näherten sich einander, stoben wieder auseinander und ließen sich auf den Mauern der Zinne nieder. Dicht an dicht.

Thomas rieb sich verwundert die Augen. „Elfen! Hunderte von Elfen! Überall!"

Pyron staunte. „Blumenelfen und Baumelfen."

„Vergiss nicht die Sternen- und die Feuerelfe", wisperte ein Stimmchen an seinem Ohr. „Die eine hat Hilfe geholt und die andere den letzten Kampf entschieden. Wir sind gekommen, um uns bei euch allen zu bedanken. Besonders hoch lebe der edle Feldherr."

„Ich glaube das geht an deine Adresse, Marc", schmunzelte der Drache. „Ohne dich hätten wir niemals die Zwerge besiegen können."

Marc winkte ab. „Wir haben es nur gemeinsam schaffen können. Was nutzen die besten Ideen, wenn sie niemand zu verwirklichen hilft?"

„Können wir irgendetwas für euch tun?", fragte die winzige Elfe.

„Aber ja", lachte Marc. „Werdet für ein paar Stunden so groß wie ich. Ich sehe meinen Gesprächspartnern gern in die Augen."

„Dein Wunsch soll dir erfüllt werden."

In der nächsten Sekunde erfüllte Gelächter und Stimmengewirr die Luft. Menschen und Elfen fühlten sich hochgehoben und schwebten in einer schillernden Wolke der Wiese entgegen. Sogar den riesigen Pyron holten die kichernden Elfen auf diese Weise vom Turm.

„Fliegen ohne die Flügel zu bewegen, das lasse ich mir gefallen", schmunzelte der Drache.

Am Fuße des Turmes wartete die nächste Überraschung. Eine große Gruppe Einhörner hatte sich versammelt, um ihrerseits für die Rettung des Elfenlandes zu danken. Thomas konnte sein Glück kaum fassen, inmitten von richtigen, lebendigen Einhörnern zu stehen.

Eines drehte sich zu ihm um. „Du quälst dich. Ich kann es fühlen." Es kam noch ein Stückchen näher. Vorsichtig hob es den Kopf und tippte mit seinem Horn Thomas' Stirn an. Ein Schauer lief durch Thomas' Körper, ein Wohlgefühl, wie er es noch nie erlebt hatte.

„Das ist mein Geschenk an dich", flüsterte es.

Thomas spürte, wie seine Kräfte wiederkamen und die Krankheit einfach von ihm abfiel. Er ahnte nicht, dass er von dieser Stunde an nie mehr krank sein werde. Streichelnd glitt seine Hand über das seidige blütenweiße Fell, das einen fast silbrigen Glanz hatte. Ein Kindertraum war in Erfüllung gegangen.

Die anderen vier badeten inzwischen in der Menge. Pyron, von unzähligen Händen gestreichelt, strahlte mit der Sonne um die Wette. „Wenn das so weitergeht, wird mein Panzer noch ganz dünn", kicherte er.

Galantha und Stella standen im Mittelpunkt des Interesses der männlichen Elfen, die es unverhohlen bedauerten, dass sich die beiden ungewöhnlichen Damen endgültig für die Menschenwelt entschieden hatten. Die weiblichen Elfen drängten sich hingegen um Marc, der offensichtlich ganz die richtige Kragenweite hatte, um die geflügelten Schönheiten träumen zu lassen. Er aber suchte immer wieder Augenkontakt mit Galantha. Endlich nahm der große Ansturm etwas ab. Galantha schlüpfte durch die Menge, um endlich wieder bei Marc zu sein. Auch Stella und Thomas trieb es zueinander. Das spontane Freudenfest wollten sie gemeinsam verbringen.

An Früchten mangelte es nicht. Immer wieder brachten Elfen neuen Nachschub. Auch köstliches Trinkwasser gab es zur Genüge, schließlich murmelte das klare Bächlein ganz in der Nähe. Die Elfen lachten, sangen und tanzten in der Luft. Galantha erspähte Hellebora und Scilla, die sich eher im Getümmel zu verstecken suchten. Sie schwebte zu ihnen hinüber.

„Gar nicht mehr neugierig, was ich am Drachenberg gefunden habe?", fragte Galantha und drückte die beiden Elfen ganz lieb.

Hellebora lächelte dankbar. „Tut mir leid, dass ich dich die ganzen Jahre ignoriert habe. Zum Teil habe ich mich geschämt, weil ich dich im Stich ließ, als du Hilfe gebraucht hättest und zum anderen Teil war es die Furcht vor dem Drachen. Und jetzt schäme ich mich noch mehr, weil ihr, ohne zu zögern, unsere Welt gerettet habt, obwohl ich so gemein zu euch war."

Scilla schaute betreten zu Boden. „Dem gibt es auch von meiner Seite nichts hinzuzufügen. Bitte entschuldige, was wir dir angetan haben."

Galantha winkte ab. „Warum sollte ich grollen? Es war eine harte Zeit, aber sie hat sich gelohnt. Ich habe meine große Liebe wiedergefunden, die ich bis in die Drachenhöhle begleitet hatte. Bald werde ich mit ihm und unserer Tochter durch das Spiegeltor gehen. Ich werde mich in der Menschenwelt darum kümmern, dass Elfen und Drachen nie wieder in Vergessenheit geraten. Vielleicht verschwindet dann auch endlich der Nebel, der das Reich der Wasserelfen und Nixen verschlungen hat."

„Ihr habt wirklich das Spiegeltor gefunden?", fragte Hellebora erstaunt.

Galantha nickte. „Ja natürlich. Es hat Marc auch fast das Leben gekostet. Pyron hätte seinen heutigen Kampfgefährten und Freund um ein Haar geröstet. Dass Marc den Angriff des Drachen überlebt hat, verdankt er nur seinen extrem schnellen Reaktionen." Die Elfe schaute lächelnd zu Pyron hinüber, der sich mit Marc gerade köstlich über irgendetwas amüsierte. „Dann hat diesen großen, gefährlichen Drachen das schlechte Gewissen geplagt. Er gewährte mir Unterschlupf und Schutz. Nach Stellas Geburt ist er die ganzen Jahre wie ein älterer Bruder für sie gewesen, hat mit ihr gespielt und sie in allem unterrichtet, was eine Elfe wissen muss und in vielem mehr. Ohne seine Hilfe hätten wir nicht überleben können. Bei unserer Größe ist es völlig unmöglich wie normale Blumenelfen zu leben. Wir können weder Nektar aus den Blüten trinken, noch uns unter großen Blättern vor der nächtlichen Kälte schützen."

Scilla schaute Galantha an. Ihre Frage sprang ihr auch ohne Worte förmlich aus dem Gesicht.

Galantha lächelte glücklich. „Unsere ungewöhnliche Zauberkraft haben wir von Marc."

„Was? Wie geht denn das??? Von einem Menschen? Unmöglich!!", riefen die beiden Blumenelfen durcheinander.

„Bei ihm ist nichts unmöglich. Er hat mir seinen zweiten Wunsch geschenkt, der so auch auf Stella übergegangen ist", erklärte Galantha stolz.

Scilla nickte. „Ich glaube, nun kann ich dich verstehen. Kann verstehen, weshalb du ihm überall hin folgen wirst. Du hast damals schon erkannt, dass er stark im Geiste ist und ein gegebenes Wort niemals brechen würde."

„So ist es", pflichtete Galantha bei. „Und den Beweis hat er für alle sichtbar in den letzten drei Nächten erbracht."

„Was sagt eigentlich Stella dazu, wenn sie mit in die Menschenwelt gehen soll?", fragte Hellebora.

„Sie freut sich sehr darauf und nennt es, ihr Zuhause bei Vater. Immerhin war sie schon drei Tage bei Marc. Ihren Worten nach muss es ein kleines Paradies sein, mit Blumen überall. Stella hat ihnen versprochen, dass sie wiederkommt. Und sie hat auch noch nie ein Versprechen gebrochen", erzählte Galantha.

„Das werde ich auch diesmal nicht tun", sagte Stella plötzlich hinter ihr. Sie begrüßte die beiden Elfen ebenfalls sehr herzlich.

Helleboras Blick traf das Libellen-Kollier. „Ist das schön!", seufzte sie. „Stammt das aus der Menschenwelt?"

„Hm, hm. Vater hat es mir geschenkt." Stella ließ ihre Finger über die silbernen Libellen gleiten.

„Es muss sehr wertvoll sein", stellte Hellebora fest.

Stella nickte. „Vater hat dafür sehr viel von seinem Besitz weggegeben." Wie hätte sie ihnen erklären sollen, dass er es in einem Geschäft sehr teuer bezahlt hatte. Sie hatte ja selbst nur ganz vage Vorstellungen davon.

Thomas und Marc hatten zwischen den vielen Früchten extra süße Weintrauben entdeckt. Schnell angelten sie sie hervor, kamen zu den vier Elfen herüber, um ihnen eine kleine Freude zu machen. Fast ehrfürchtig betrachteten Hellebora und Scilla die Helden des Tages. Keine Spur mehr von: *Das sind nur Menschen.*

„Ist das alles für uns?", fragte Stella erstaunt.

Marc lachte. „Ja. Luigi hätte gesagt: F*ür wunderschöne Schmetterlinge.*"

„Und er hätte mir Bananen-Nektar gebracht", ergänzte Stella.

Die vier Elfen setzten sich mit den Männern auf die Wiese, naschten Weintrauben und Scilla fragte ihnen mit Hellebora Löcher in den Bauch.

Am späten Nachmittag ließ die Wirkung von Marcs Wunschzauber nach, eine Elfe nach der anderen verwandelte sich wieder auf die Ursprungsgröße zurück. Bald gaukelte eine bunt schillernde Wolke um Männer herum, stob auseinander, um die Schlafplätze noch vor Sonnenuntergang zu erreichen.

„Weg sind sie", seufzte Thomas.

„Auch wir müssen nun gehen." Die Einhörner sagten Lebewohl und galoppierten davon.

Die fünf Freunde schauten ihnen lange hinterher.

„Ich schlage vor, wir bleiben diese Nacht noch im Turm." Marc schaute alle Antwort heischend an.

„Liebend gern.", Galantha gähnte herzhaft.

Pyron war der gleichen Meinung. „Steigt alle auf, ich trage euch hinauf."

Kaum waren die vier abgestiegen, rollte sich Pyron zusammen. „Endlich schlafen", murmelte er.

„Ja, endlich schlafen", wiederholte Stella. Sie schlüpfte mit Galantha durch die Tür im Boden. Thomas folgte ihnen, während Marc noch die Klappe wieder schloss. In den paar Sekunden, die er später im Turmzimmer ankam, waren die anderen drei schon eingeschlafen. Marc häufte ihnen noch etwas Heu auf. Dann endlich konnte er die schlummernde Galantha in den Arm nehmen und beruhigt einschlafen.

Das silberne Mondlicht umfloss den Turm, als wolle es Pyron und die siegreichen Freunde beschützen, bevor diese in die Welt der Menschen aufbrachen.

Heimkehr in die Menschenwelt

Pyron war am nächsten Morgen als Erster auf den Beinen. Mit ausgebreiteten Schwingen stürzte er sich in die Tiefe, um erst kurz vor dem Boden in den Gleitflug überzugehen. Er hatte sich schon lange nicht mehr so wohl gefühlt. Sein erster Weg führte zu einem rauschenden Wasserfall, über dem ein schillernder Regenbogen stand. Vorsichtig landete er am Rande des schäumenden Hexenkessels unterhalb des Falles. Seine starken Krallen tief in das Gestein schlagend kletterte er ein Stück an der Felswand hinauf, bis sein Körper von einem kleinen Seitenarm des Wasserlaufes überspült wurde.

„Ach, das tut gut." Pyron blieb wie angeklebt an der Steilwand hängen, schloss die Augen und ließ das klare Wasser auf seinen Schuppenpanzer perlen. Der Drache fühlte tiefe Dankbarkeit in sich aufsteigen. Stella hatte seine Verletzungen perfekt geheilt. Ohne ihre Hilfe wäre es aus gewesen, dann hätte er sich für immer von einem Bad in diesem wundervollen Wasserfall verabschieden müssen. Pyron wollte gar nicht dran denken, was sich noch alles geändert hätte. Als hilfloser Krüppel in einem Land, wo alle nur sich selbst im Kopf haben, wäre er dahinvegetiert und sicher irgendwann verhungert.

Verhungert – das war das Stichwort. Seine Freunde waren auf dem Turm sicher auch schon am *Verhungern*. Pyron stieg wieder vom Felsen herab, schüttelte das Wasser ab, um sich flugs auf die Suche nach einem ordentlichen Frühstück für die Männer zu machen. Der Zufall kam ihm zu Hilfe. Er überquerte eine Ebene mit savannenartigem Charakter. Mehrere große weiße Steine fielen ihm auf.

Von nahmen betrachtet, stellte er erfreut fest, dass es sich um die riesigen Eier großer Laufvögel handelte, die Marc sicher als Strauße bezeichnet hätte, obwohl sie erheblich größer waren. Im Tiefflug griff er zu und entführte zwei der frisch gelegten Leckerbissen.

„Ach du lieber Gott!", rief Thomas, als Pyron auf dem Turm landete. „Sind das etwa Dracheneier?"

Pyron kicherte. „Unsinn!" Dann schaute er sie noch einmal an. „Obwohl ... so viel kleiner sind sie gar nicht."

„Mit Kochen wird das nichts und zum Braten haben wir kein Fett mehr", sinnierte Marc. Dann hob er die Augenbrauen. „Ha! Ich glaube ich habe eine Idee! Wir backen die Dinger im Ganzen in der heißen Asche und zerteilen sie erst dann."

„Habe ich dir schon einmal gesagt, dass du genial bist?", fragte Thomas erstaunt.

Marc schmunzelte. „Willst du darauf wirklich eine Antwort haben?" Dann wandte er sich an Pyron. „Ein Ei kannst du haben, wenn du möchtest."

„Gern." Der Drache nickte erfreut. „Bäckst du es bitte auch? Euer Essen schmeckt immer so lecker. Ich glaube, ich sollte mir in Zukunft wenigstens hin und wieder etwas Zeit nehmen, für die Zubereitung meiner Beute."

Die Elfen glaubten, sich verhört zu haben. „Pyron ist ein Feinschmecker geworden."

„Na wenn es mir doch vorher nie jemand erklärt hat, wie man Wildschweine brutzelt, ohne dass sie verkohlen. Und wie lecker Eier schmecken, wenn sie gekocht oder gebraten sind, hat mir auch keiner gesagt", verteidigte sich der Drache. „Von den Fischen ganz zu schweigen. Mit Früchten habe ich nun mal nicht viel am Hut."

„Wäre aber sehr schmückend", sagte Thomas trocken. „Bei der Kopfgröße kannst du sogar Kürbisse an das Seidenband stecken."

Marc begann herzhaft zu lachen. Dann erklärte er Pyron und den Elfen war es mit Thomas' Worten auf sich hatte. Er beschrieb einen flachen Strohhut mit Blüten und kleinen künstlichen Früchten am Band.

Pyron feixte. „Ich glaube, das sähe unglaublich albern an mir aus. Wäre bestimmt als Waffe geeignet, die Zwerge würden sich totlachen."

„So gesehen …" Die Elfen amüsierten sich prächtig über den kichernden Drachen, der sich gar nicht mehr beruhigen wollte.

Inzwischen wendete Marc die Eier. Pyron beobachtete trotz der allgemeinen Heiterkeit genauestens jeden seiner Handgriffe. Ihm lief schon das Wasser im Maul zusammen, obwohl das Ei eher ein Appetithäppchen für ihn war. Endlich war es soweit. Marc angelte die Eier aus der Glut. Er schlug mit einem kräftigen Hieb einer Lanzenspitze das Erste mitten durch.

„Oh, sieht aber gut aus." Thomas rieb sich vergnügt die Hände.

Pyron zog mit seiner gespaltenen Zunge sein Ei ins Maul, zerdrückte es am Gaumen und schluckte mit selig verdrehten Augen den Brei hinunter. „Hmm!"

Die beiden Männer saßen im Schneidersitz, hielten ihre Eihälften im Schoß, welche sie mit ihren Messern und den Fingern genüsslich leerten. Stella servierte ihnen Kaffee.

„Freust du dich schon darauf, ab morgen wieder deinen Eierkocher und die Kaffeemaschine zu haben?", fragte sie Marc.

Er überlegte ungewöhnlich lange, ehe er antwortete. „Ich weiß es nicht. Wenn es irgendeine Möglichkeit gäbe, dann würde ich einmal im Jahr eine Woche Abenteuerurlaub bei Pyron machen."

Thomas sah ihn erstaunt an, obwohl er eigentlich mit etwas Ähnlichem gerechnet hatte.

Pyrons Augen leuchteten. „Und ich würde dich und die anderen mit Freude als Untermieter in meiner Höhle willkommen heißen. Ach wäre das schön! Passt bitte gut auf euch auf, wenn ihr wieder in der Menschenwelt seid. Habt auch immer ein wachsames Auge auf meine beiden Lieblingselfen."

„Das versprechen wir dir", antwortete Marc, dem es nicht ganz egal war, dass der Abschied von seinem ungewöhnlichen Freund immer näher kam.

„Stella, würdest du mir bitte noch einen Kaffe machen?" Marc hielt ihr den leeren Becher entgegen.

„Kommt sofort." Sie nahm den Becher lächelnd entgegen.

„Für mich bitte auch", sagte eine Männerstimme aus der offenen Turmluke.

Die fünf Freunde fuhren erschreckt herum. Sie sahen, wie ein violetter Spitzhut mit breiter Krempe auftauchte, der auf dem Kopf eines bärtigen, weißhaarigen Mannes saß, der einen ebenso violetten, knöchellangen Mantel mit Goldborten trug. Darunter lugten schwarze Schnabelschuhe hervor.

Die fünf sprangen auf.

„Herr Goldmann?" Marc sah den Fremden fragend an.

Der nickte. „Nenn mich einfach Aurëus." Er schnippte mit den Fingern, worauf ein einfacher Tisch mit fünf Stühlen erschien. „Ich sitze nicht gern auf dem Boden", erklärte er wie nebenbei. „Stella warte." Er schnippte noch einmal mit den Fingern. Sofort hielt Stella einen dritten Becher in der Hand. Sie beeilte sich sehr, die Becher mit Wasser zu füllen und den begehrten Kaffee zu zaubern. Den ersten Kaffee reichte sie Aurëus. Er nahm einen tiefen Zug. Nahm einen zweiten ... „Oh, ist der gut. Sag mal, Marc, welche Sorte ist das?"

Lächelnd gab Marc Auskunft.

„Ich sollte wohl mein Lokal wechseln", brummte Aurëus in seinen Bart.

Galantha und Pyron verstanden kein Wort. Marc erklärte es ihnen, ehe er zu Aurëus sagte: „Dann komm doch zu Luigi ins Uni-Viertel. Der macht den besten Espresso der ganzen Stadt."

„Guter Vorschlag", schmunzelte Aurëus. „Ich sollte mich überhaupt öfter mit dir unterhalten." Er leerte seinen Becher.

Wenn Aurëus etwas darüber wusste, was in den letzten Tagen vorgefallen war, dann ließ er es sich zumindest nicht anmerken. Er wandte sich wie beiläufig an Pyron. „Du hast doch noch das Säckchen, das ich dir vor ein paarhundert Jahren gegeben habe?"

Hätte Pyron gekonnt, dann wäre er jetzt leichenblass geworden. So trübte sich sein Blick, als er ganz langsam den Kopf schüttelte.

„Nicht???", fragte Aurëus in scharfem Ton.

Thomas und die Elfen wurden nervös, während Marc nicht wusste, worum es eigentlich ging. Einzig der Drache erwiderte den Blick des Zauberers. „Nein. Ich habe es nicht mehr."

„Kannst du dich noch an meine Worte erinnern?" Aurëus flüsterte die Worte fast.

„Ja. Sehr genau sogar", antwortete Pyron, wobei er jedes Wort betonte. „Du sagtest, ich darf es öffnen, wenn ich einmal keinen Rat mehr weiß und alle Zauberei vergebens wäre und ich würde genau wissen, wenn es so weit ist."

Aurëus stutze. Dann lachte er. „Stimmt. Das habe ich auch gesagt." Sofort wurde er wieder ernst. „Und du hast es zu dir genommen?"

„Nein. Ich habe es Galantha gegeben, damit sie den sterbenden Marc heilen konnte", sprach der Drache mit fester Stimme. „Ich bin bereit, die Strafe dafür zu tragen. Doch sei versichert, ich würde es wieder tun."

Aurëus begann glucksend zu lachen. „Weißt du überhaupt was du damit angerichtet hast? Marc dreht dir vielleicht den Hals um, wenn er erfährt, was das war."

Alle zuckten bei diesen Worten zusammen. Galantha krallte sich Schutz suchend an Marc. „Was war das? Was passiert jetzt mit dir?"

Der Zauberer kicherte noch immer. Schließlich winkte er amüsiert ab. „Marc, wie gefällt es dir bei uns in der Elfenwelt?"

„Ich hätte kein Problem hier zu leben, falls du das wissen willst", gab Marc zur Antwort.

„Gut. Gut." Aurëus lehnte sich auf seinem Stuhl zurück. „Soll ich es dir wirklich sagen oder willst du es lieber selber herausfinden?"

Stella legte Aurëus eine Hand auf die Schulter. „Meinst du nicht, dass er eine ordentliche Auskunft verdient hat, nach allem, was er für diese Welt getan hat? Wie ich dich kenne, hast du alles von irgendwoher beobachtet."

„Kleines schlaues Elfchen." Aurëus fasst nach ihrer Hand, die er liebevoll drückte. „Schon gut, ich sag es ihm." Bedeutungsvoll sah er einen nach dem anderen an, um sich dann zu Marc hinüber zu beugen. „Diese wenigen Tropfen in dem kleinen Fläschchen stammten aus der Quelle des Lebens, von manchen auch Jungbrunnen genannt."

„Wie?" Thomas blieb der Mund offen stehen.

„Wirklich?" Die Elfen schauten den Zauberer ungläubig an.

Pyron musste sich setzen, so aufgeregt war er. Marc blieb reglos sitzen. Er versuchte in Aurëus' Augen zu lesen. Schließlich fuhr er sich mit der Hand durchs Gesicht. „Unsterblichkeit?", flüsterte er.

Aurëus nickte stumm. Alle schwiegen. Sie beobachteten Marcs Reaktionen.

„Was fühlst du?", wollte Aurëus wissen.

Marc zuckte mit den Schultern. „Nichts. Ich muss es erst begreifen, ehe ich es bewerten kann."

Stella fing sich zuerst. „Damit dürfte dann die Woche Urlaub ja gesichert sein."

Nun war es an Aurëus, nichts zu verstehen. Stella erklärte es ihm. Er drohte ihr scherzhaft mit dem Finger. „Wie ich schon sagte: schlaues kleines Elfchen. Man nennt dich wirklich zu recht *die Zauberin vom Berg*. Offensichtlich liegt dir auch noch sehr viel am Glück deines Vaters."

„Das beruht auf Gegenseitigkeit", strahlte Stella.

Thomas war anzusehen, wie angestrengt er nachdachte. Ein paar Mal sah es aus, als ob er etwas sagen wolle. Schließlich sah ihn Aurëus aufmunternd an.

„Dann kann Marc also nicht mehr sterben?", fragte Thomas zweifelnd.

Der Zauberer lachte. „Sterben kann er schon, wenn man ihm zum Beispiel den Kopf abschlüge, nur nicht mehr an Altersschwäche, das ist ein für allemal vorbei."

„Und er wird auch immer so aussehen wie heute", ergänzte Stella, wobei sie ihrer Mutter fröhlich zuzwinkerte.

Galantha wischte sich eine Träne aus dem Augenwinkel.

„Na, nun weine doch nicht", sagte Aurëus väterlich und streichelte ihre Hand.

„Wenn ich doch aber so glücklich bin", schluchzte die Elfe und kuschelte sich noch enger an Marc.

Aurëus schüttelte lächelnd den Kopf. „Oh je. Erst weint sie jahrelang, weil sie so einsam ist und nun weint sie schon wieder."

Marc zog Galantha auf seinen Schoß. „Dann werde ich mich bemühen, dass du mindestens in den nächsten fünfhundert Jahren nicht mehr, oder nur noch vor Glück weinen musst."

„Klingt nicht so, als ob er mir den Hals umdrehen wollte", schmunzelte Pyron.

„Vielleicht später einmal", antwortete Marc mit einem Augenzwinkern. „Dann wenn mir das ständige Umziehen alle vierzig Jahre zu anstrengend wird, um in der Menschenwelt nicht aufzufallen."

Nun mussten wirklich alle lachen.

„Mir scheint, du hättest dich schon mit der neuen Situation abgefunden?", fragte Aurëus erstaunt.

Marc nickte. „Was soll ich machen? In Tränen zerfließen? Galantha ist, wenn ich mich nicht völlig irre, eindeutig glücklich, weil es so ist, wie es ist. Also lebe ich mein Leben, so lange es geht – und wenn es nicht mehr geht, wandere ich mit meiner Familie in die Elfenwelt aus, gründe mit Pyron einen Feinschmeckerclub und versuche ganz nebenbei, Zaubern zu lernen."

„Wenigstens hast du deinen Humor nicht verloren", stellte Thomas erfreut fest.

„Ungewöhnlich, sehr ungewöhnlich." Aurëus hob den Blick. „Wenn ich mich nicht völlig irre, dann bist du wirklich würdig, ein Unsterblicher zu sein. Erst verschenkst du deinen Wunsch, der dir Reichtum beschert hätte, dann brichst du nicht in wilde Tänze aus, weil du nun unsterblich bist, zudem siehst du die Nachteile, die du dadurch in der Menschenwelt haben könntest, ganz realistisch. Fazit: So einer wie du ist mir noch nicht unter gekommen. Inzwischen kann ich sogar verstehen, weshalb sich Galantha in ohnmächtigem Zorn in eine Feuerlohe verwandelt hat, als dich die Zwerge töten wollten."

„Und was ist mit Pyron?", unterbrach Marc Aurëus' Redeschwall. „Wirst du ihn meinetwegen bestrafen?"

„Ach Unsinn. Außerdem machen mir dann deine beiden Elfen gewaltig Feuer unterm Hintern", lachte der Zauberer. „Galanthas Flamme steht der von Pyron bestimmt nicht nach. Ihr fehlt nur immer noch das nötige Selbstbewusstsein. Aber mit dir an ihrer Seite habe ich berechtigte Hoffnungen, dass sich das recht bald ändern wird."

Auréus stand auf, trat an die Zinne und schaute über das grüne Land im Sonnenschein. „Habe ich euch eigentlich schon gedankt?", fragte er, ohne sich umzudrehen.

„Musst du das?", stellte Marc die Gegenfrage.

„Ich glaube schon", murmelte Auréus. „Dieses Land ist wunderschön." Er drehte sich wieder zu ihnen um. „Ihr solltet langsam aufbrechen."

„Lasst alles stehen und liegen", sagte er. „Ich kümmere mich schon darum."

„Bis bald!", rief Marc, als alle auf Pyrons Rücken saßen.

„Ja, bis bald." Auréus hob lächelnd die Hand.

Pyron schwang sich vom Turm in die Lüfte. Mit gemächlichen Flügelschlägen zog er seine Bahn. Hinter dem nächsten Hügel schlossen sich ihnen mehrere Einhörner an, die in wildem Galopp folgten.

„Schön, dass ich sie noch einmal sehen darf", freute sich Thomas. „Es sind wundervolle Geschöpfe."

In der Ferne tauchte der Drachenberg auf. Geschickt landete Pyron auf dem kleinen Plateau. Er neigte seinen Kopf zu den vieren hinunter. „Macht es gut, passt auf euch auf und vergesst mich nicht."

„Lebe wohl, mein Freund." Thomas streichelte den schwarzen Riesen. „Es war schön, mit dir zu fliegen."

Marc hielt seine beiden Elfen im Arm. Er sagte: „Auf Wiedersehen. Denn wir sehen uns bestimmt eines Tages wieder. Früher oder später werde ich von den Menschen sicher die Nase voll haben."

Galantha und Stella schwebten auf Pyron zu. „Danke für alles. Ohne dich würde es uns nicht mehr geben. Wenn du uns einmal brauchst, dann weißt du ja, wie und wo du uns findest."

„Meine kleinen bunten Schmetterlinge." Pyrons Stimme klang kratzig. „Na, geht schon. Husch!"

Er folgte seinen Freunden nicht in die Grotte. Dass ihm der Abschied so schwer fallen würde, hätte er niemals gedacht. Der Drache seufzte vernehmlich. Stella und Galantha nahmen die Männer an die Hand. Fast gemessenen Schrittes gingen sie langsam auf den Spiegel zu.

Galantha schaute sich noch einmal um. Was würde sie auf der anderen Seite wohl erwarten. Ihr Herz begann wie wild zu klopfen. Marc spürte ihre Unruhe. Er legte ihr liebevoll den Arm um die Schulter. Dann hatten sie das Dimensionstor genau vor sich. Die geschnitzten Figuren schienen ihnen zuzuwinken. Stella drehte sich wortlos um. Galantha verstand sie, reichte Thomas die freie Hand, um eine Kette zu bilden. Ein kurzes Nicken, dann stieg Stella durch die milchige Fläche.

Die Männer hatten sich auf das Fallgefühl gefasst gemacht. Erstaunt registrierten sie, dass sich der Weg diesmal eher nach Laufband anfühlte. Sie glitten schwerelos durch die Schwärze, ehe vor ihnen ein dämmriges Licht erschien, das sich als das nächste Tor entpuppte. Sanft drängte sie eine Kraft hinaus. Thomas vergaß vor Aufregung, die Füße zu heben und wäre buchstäblich fast aus dem Rahmen gefallen. Die beiden Elfen hielten ihn zuverlässig fest.

„Ah, da seid ihr ja!" Aurëus erhob sich aus seinem Ohrensessel.

„Wie hat er denn das gemacht, vor uns hier zu sein?", brummte Thomas in seinen Drei-Tage-Bart.

„Großes Zauberer-Geheimnis", schmunzelte Aurëus. Er war exakt rasiert, trug einen grauen Nadelstreifenanzug, ein schwarzes Hemd und einen safrangelben Binder. Galantha sah ihn erstaunt an. Schließlich kannte sie ihn nur in seinem violetten langen Mantel, mit Spitzhut und weißem Wallebart. Ehe jemand antworten konnte, klingelte es an der Tür.

Galantha zuckte zusammen. „Was ist das?"

„Das Taxi, welches euch nach Hause bringen wird", entgegnete Aurëus. „Ich steige unterwegs aus. In einer dreiviertel Stunde beginnt meine Show im Varieté."

Wie betäubt ließ sich Galantha von Marc die Treppe hinunter führen. Sie warf einen verstohlenen Blick zu Stella, die sich angeregt mit Thomas unterhielt. Ihr fiel ein, dass Stella das ja schon alles kannte.

Aurëus setzte sich neben den Fahrer, der die wild aussehende Truppe im Fond mit skeptischem Blick betrachtete. Beim Aussteigen zahlte der Magier die Tour mit reichlich Trinkgeld. „Bringen Sie meine Freunde zur gewünschten Adresse", bat er.

Am Ziel Aufatmen auf beiden Seiten. Der Fahrer war froh, dass er die seltsamen Gäste los hatte, die Gäste, dass sie endlich zu Hause waren. Thomas hatte sich für diese Nacht kurzerhand bei Marc eingeladen. Stellas Seitenblick quittierte er mit einem burschikosen Grinsen.

Galantha betrachtete mit großen Augen das Haus hinter dem schmiedeeisernen Zaun. Dann fiel ihr Blick auf die Schneeglöckchen zwischen den Rosen, von denen ihr Stella so viel erzählt hatte. Sie drückte ganz fest Marcs Hand, der inzwischen den Schlüssel aus der Tasche zog und die Haustür aufschloss.

Galantha blieb gleich nach der Schwelle stehen. „Das ist ja …" Sie deutete auf das Bild über dem Kamin.

Marc nahm sie in die Arme und setzte sich mit ihr auf das Sofa zu Thomas und Stella. „Ja, das bist du. Das Bild hat mich die ganzen Jahre begleitet, immer daran erinnert, dass die Elfenwelt kein Traum war und dann kam Stella zu mir."

„Von diesem Bild hat sie mir nichts erzählt", flüsterte Galantha.

Stella lachte fröhlich. „Ich wollte Vater doch nicht die Überraschung verderben."

„Apropos Überraschung, gehen wir heute zu Luigi?", fragte Thomas.

„Aber sicher. Ich habe Hunger wie ein Bär. Wir sollten uns nur erst einmal in zivilisierte Leute zurückverwandeln, für Galantha etwas Hübsches zum Anziehen kaufen und meine Pflanzen gießen", zählte Marc auf.

„Okay, ich verschwinde im Gästebad", rief Thomas.

„Nimm mich mit!" Stella flog ihm hinterher.

„Möchtest du dir in der Zwischenzeit das Haus ansehen oder lieber hier warten?", fragte Marc seine Elfe. „Ich bringe dir etwas zu Trinken."

„Das ist alles so fremd. Ich will lieber mitgehen." Galantha folgte Marc in die Küche.

Der Duft des Bananennektars zauberte ein glückliches Lächeln auf ihr Gesicht.

„Ich muss jetzt erst einmal duschen und mich rasieren", erklärte Marc.

Galantha huschte hinterher. Stellas Beschreibung des Hauses war so exakt gewesen, dass sie das Bad auch alleine gefunden hätte. Nun hockte sie mit untergeschlagenen Beinen auf dem Toilettendeckel und beobachtete neugierig, wie Marc unter die Dusche ging. Sie ahnte wohl, dass sie wieder diesen verträumten Gesichtsausdruck angenommen hatte. Dann hob sie schnuppernd die Nase. Marc schäumte sich gerade mit einer Flüssigkeit aus einer schwarzen Flasche ein. Galanthas Blick wurde noch eine Spur verträumter. Als sie aus ihrem Tagtraum aufwachte, stand Marc bereits mit einem Duschtuch um die Lenden vor dem Spiegel und kämpfte gegen die letzten Bartstoppeln.

Galantha schmiegte sich an seinen Rücken, legte ihm die Arme um die Brust und genoss den Duft seines Aftershaves. „Ich liebe dich", hauchte sie.

Marc drehte sich um. Das Duschtuch konnte der schnellen Drehung nicht folgen, was Galantha mit eindeutiger Freude registrierte.

Thomas und Stella waren auch nicht beim Rückenwaschen stehen geblieben. So kamen die beiden Pärchen mit einiger Verzögerung und trotzdem fast gleichzeitig ins Kaminzimmer zurück. Stella trug ihr Designeroutfit.

„Oh." Galantha staunte, ihr fehlten die Worte. Langsam ging sie einmal um ihre hübsche Tochter herum.

„Sei nicht traurig", sagte Marc. „In einer halben Stunde wirst du auch so zum Anbeißen aussehen."

„Fährst du?", fragte Thomas.

„I wo, heute Abend wird gefeiert, da bleibt die Karre in der Garage", gab Marc Auskunft. „Und frage nicht wieder, wer bezahlt." Er griff zum Telefon.

Frau Rocci kam ihnen mit offenen Armen entgegen. „Stella, schön dich zu sehen. Aber warum trägst du wieder deinen Umhang?"

„Galantha, mein Name ist Galantha", lächelte die Elfe.

Frau Rocci schaute irritiert zwischen Marc und der jungen Frau hin her. Da kam Stella mit Thomas herein. „Hallo Frau Rocci, wie geht es Ihnen!", rief sie schon an der Tür.

„Ach du lieber Gott! Noch eine Elfe?" Die Besitzerin der Boutique schlug die Hände zusammen.

Marc lachte. „Noch einmal das gleiche Spiel. Bitte kleiden Sie meine Frau genau so hervorragend ein wie meine Tochter."

Frau Rocci machte eine überraschte Bewegung. Sie hatte eher mit Schwestern gerechnet.

Wenige Augenblicke später entschied sich Galantha für eine dunkelgraue Hose, mit königsblauer Bluse und Jacke. Dazu suchte sie sich schwarze Schuhe aus. Die Schneiderin wunderte sich auch schon nicht mehr über ihre seltsamen Aufgaben. Und wie Stella bekam Galantha ebenfalls einen kuscheligen Hausanzug und warme Söckchen.

„Es könnte durchaus sein, dass wir nun öfter bei Ihnen einkaufen", schmunzelte Marc.

Dann sagte er noch etwas leise zu der Besitzerin des Geschäftes. Sie nickte und ging hinüber in den Verkaufraum, wohin ihr Marc mit den Frauen nach einigen Augenblicken folgte. Er zahlte, nahm die Tasche entgegen und verabschiedete sich. Thomas hielt ihnen die Tür auf. Arm in Arm schlenderten die beiden Pärchen die Straße entlang. Marc erklärte den Elfen alles, wonach sie fragten.

Galantha interessierte sich für jedes Detail. Marc stellte wieder einmal fest, dass für Menschen des einundzwanzigsten Jahrhunderts viele Dinge so selbstverständlich waren, dass es ihn schon fast erschreckte. Nach zwanzig Minuten erreichten sie Luigis Lokal. Der Wirt flog ihnen, kaum dass sie die Tür geschlossen hatten, regelrecht entgegen. Dass sich die Gäste neugierig umdrehten, interessierte ihn nicht. „Marc, Thomas! Und meine kleine Stella ist auch wieder da! Und …" Luigi hielt inne.

„Ich bin Galantha."

„Die Mutter von Stella? Mein lieber Schwan!" Der Italiener schaute Marc anerkennend an. „Der Apfel ist tatsächlich nicht weit vom Stamm gefallen."

Marc beeilte sich, den Elfen das Sprichwort zu erklären. Luigi führte die vier an einen der Nischentische.

„Hast du ein warmes Häppchen für uns?", fragte Thomas.

„Für euch immer." Luigi verschwand kurz in der Küche, dann servierte er den Elfen Nektar und den Männern Bier. Etwa später tauchte er mit einem völlig unitalienischen Gericht auf. Er brachte seinen Freunden riesige Schnitzel mit Kartoffeln und Mischgemüse. Für die Elfen hatte er besonders süße Obstsorten gemischt und in Glasschälchen um einen Hauch Vanille-Softeis angerichtet. Galantha betrachtete andächtig das kleine Kunstwerk, ehe sie vorsichtig kostete. Stella hingegen naschte fröhlich drauflos. Hin und wieder zwinkerte sie Galantha lustig zu, was heißen sollte: Entspann dich mal.

Luigi schüttelte unmerklich den Kopf. Wenn Galantha, die man kaum von Stella unterscheiden konnte, deren Mutter war, dann konnte man Marc eindeutig als Riesenglückspilz bezeichnen. Bevor der Wirt noch lange über die Elfen nachdenken konnte, stand ein Gast am Tresen. Luigi schaute auf. Der ältere Herr hatte gerade die Kristallelfe im Regal erspäht. Ein Lächeln flog über sein Gesicht. Mit einem leichten Nicken in Richtung der Figur bat er: „Würden Sie wohl so liebenswürdig sein, mich an ihren Tisch zu bringen?"

Luigi kam nicht dazu, eine abschlägige Antwort zu geben, denn der Fremde setzte fast flüsternd hinzu: „Ich weiß, dass Marc, Thomas und die beiden Elfen hier sind."

„Ich möchte sie trotzdem erst fragen", erwiderte Luigi, den Mann neugierig musternd.

„Aber bitte! Sagen Sie ihnen, Aurëus sei angekommen."

Luigi verschwand hinter dem Raumteiler, während der Fremde zufrieden noch einmal die funkelnde Kristallfigur betrachtete.

Marc kam persönlich, um Aurëus an den Tisch zu bringen. Er rief Luigi zu. „Ich habe ihm versprochen, dass er hier den besten Espresso der ganzen Stadt bekommt."

Alle begrüßten den Zauberer herzlich.

Aurëus bekam große Augen. „Meine Güte, ich hätte die beiden Frauen sicher erst auf den zweiten Blick wiedererkannt. Sie sehen einfach hinreißend aus."

Luigi erschien mit dem Tablett. „Einmal Espresso a la Luigi."

„Marc, du hast nicht übertrieben", seufzte Aurëus, als er wenig später den ersten Schluck nahm. „Es ist ein Hochgenuss."

Luigi freute sich über dieses Lob. Immer wieder kam er zu ihrem Tisch, um entweder die neuen Bestellungen aufzunehmen oder an der Unterhaltung teilzuhaben.

„Ich überlege die ganze Zeit schon, woher ich Ihr Gesicht kenne. Sind Sie nicht *Mister Goldman* aus der Zaubershow?", sprudelte er plötzlich heraus.

„Hmm, der bin ich", bestätigte Aurëus.

„Herrlich! Mich hat Ihre Kaffee-Fontaine in der Tasse sehr beeindruckt", erklärte Luigi strahlend.

„Diese?" Aurëus tippte mit dem Finger auf die Oberfläche des heißen Espresso. Sofort sprudelte ein kleiner Springbrunnen mitten in der Tasse, der genau am Rand des Gefäßes wieder zurücklief.

„Ach du lieber Himmel!" Luigi schlug die Hände vors Gesicht. „Ich glaube ich träume. Wenn ich nicht genau gesehen hätte, dass Stella auch solch verrückte Sachen kann, dann würde ich mich noch heute in der Klapsmühle anmelden."

Aurëus winkte lachend ab. „Es gibt verrücktere Sachen." Er tippte die Spitzen der beiden Zeige- und Mittelfinger zusammen.

Alle schauten ihn fragend an.

„Keine Sorge sie kommt schon", murmelte der Zauberer.

„Sie?" Thomas zog die Augenbrauen zusammen. „Welche S i e?" Ein helles Funkeln blitzte auf.

„Meine Elfe!", rief Luigi in namenlosem Schreck.

Tatsächlich, das kristallene Figürchen schwirrte quer über ihren Tisch, zog eine elegante Kurve und verschwand wieder im Regal.

„Sie kommen auch aus der Elfenwelt???" Der Italiener musste sich setzen.

Aurëus schmunzelte amüsiert. „Lassen wir diese Frage als Antwort gelten."

„Sind Sie ein Elf?", fragte Luigi.

„Nein. Solche wie mich nennt man bei euch Zauberer", sagte Aurëus leichthin.

Ein Zug des Begreifens huschte über Luigis Gesicht. „Dann sind Sie der, bei dem Marc damals Fenster geputzt hat."

„Richtig." Aurëus ließ sich noch einen Espresso bringen.

Luigi servierte das Gewünschte. Dann wandte er sich an Marc. „Mario hat für heute Abend zwei Plätze bestellt. Ich habe ihm nicht gesagt, dass ihr wieder da seid und hoffe, dass das in eurem Sinn war."

„Aber ja", strahlte Thomas. „Dann ist die Überraschung umso größer. Wann kommen sie denn?"

„Zwanzig Uhr."

Marc schaute auf die Uhr. „Da bleibt genügend Zeit für ein kleines Schläfchen."

„Oh ja schlafen. Ich bin auch furchtbar müde." Stella unterdrückte mühsam ein Gähnen.

Marc bezahlte die gesamte Rechnung. Aurëus versprach, nun öfter einmal in der Pizzeria vorbeizuschauen, was Luigi veranlasste, seiner Kristall-Elfe zuzuzwinkern.

„Wir sehen uns also heute Abend." Thomas stieg bei seiner Wohnung aus dem Taxi.

„Versprochen?", fragte Stella.

„Versprochen." Thomas hauchte ihr noch einen Kuss auf die Wange. Er sah dem Taxi lange hinterher, bevor er die Treppe zu seiner Eigentumswohnung im zweiten Stock hinaufstieg. Hier sah alles genau so aus, wie an jenem Tag, an dem er das Haus verlassen hatte. Oder doch nicht? Thomas fühlte, wie sich seine Nackenhaare aufrichteten.

Vorsichtig drückte er die Klinke zu seinem Arbeitszimmer herunter, öffnete die Tür einen Spalt und erstarrte. Neben seinem Schreibtisch stand eine Ritterrüstung. Genau jene, in der er gegen die Zwerge in den Kampf gezogen war. Thomas blies geräuschvoll die Luft aus. Fast liebevoll strich er mit der Hand über das Relikt aus einer längst vergangenen Zeit. Aurëus' Macht musste gewaltig sein, wenn er dieses Ding unbemerkt hierher bringen konnte.

Thomas war viel zu müde, um weiter darüber nachzudenken. Er stellte seinen Wecker, legte Hemd und Hose über eine Stuhllehne, schlüpfte ins Bett und schlief auf der Stelle ein.

Marc nahm den Frauen die Jacken ab. Stella verschwand wie der Blitz in ihrem Zimmer. Als Marc noch einmal nach ihr sehen wollte war sie bereits eingeschlafen.

Galantha legte vorsichtig die ungewohnte, aber äußerst bequeme Kleidung ab. Etwas unschlüssig betrachtete sie Decke und Kissen auf dem Bett.

„Komm zu mir. Ich wärme dich ein bisschen." Marc schlug seine Decke zurück. Galantha ließ sich langsam auf die Matratze nieder, kuschelte sich an Marc, der ihr die Decke fürsorglich umlegte.

„Ist das herrlich weich und warm. Ich glaube, daran werde ich mich ganz schnell gewöhnen", flüsterte sie, glücklich die Augen schließend.

Luigi sichtete seine Obst- und Nektarbestände im Lager. Alles was extra süß und zudem noch saftig war, stellte er gesondert. Seiner Wunschliste für den Lieferanten fügte er Position um Position hinzu. Von seinem Büro aus rief er Antonio an. Er gab seine Wünsche durch.

„Bist du noch da?", fragte er nach dem dritten Wunsch, weil sich Antonio nicht mehr meldete.

„Doch, doch. Ich bin nur am überlegen, wem du den ekelhaft süßen Kram andrehen willst. Hast du Feinde, die du loswerden willst?", quäkte es aus dem Hörer.

Luigi verdrehte die Augen. „Du sollst nicht denken, du sollst liefern, und zwar heute noch."

„Aber andere Wünsche hast du nicht?", schnaufte Antonio.

„Doch, einen hab ich noch. Du solltest das reife Obst von meiner Liste einzeln mit Hand auswählen, wenn du auch in Zukunft mein Stammlieferant sein möchtest." Luigi legte mit breitem Grinsen den Hörer auf. Antonio würde toben, aber auf ihn war Verlass. Fröhlich vor sich hin pfeifend klappte Luigi sein Bestellbuch zu, gab in der Küche noch ein paar Anweisungen, dann legte er sich für anderthalb Stunden im Hinterzimmer aufs Ohr. Schließlich würde es wieder ein langer Abend werden.

Marc kam mit wenig Schlaf zurecht. Er war nach einer dreiviertel Stunde topfit. Nur brachte er es nicht übers Herz, Galantha zu wecken, die noch immer eng angeschmiegt lag. Er lauschte ihren ruhigen Atemzügen. Marc hatte keine Eile, sogar überhaupt keine Eile, als er daran dachte, diese Zweisamkeit für alle Ewigkeit genießen zu können.

Ein anderer hatte weniger Ruhe. Thomas warf sich in seinem Bett hin und her. Ein völlig wirrer Traum hielt ihn umfangen. Schon beim Aufwachen hatte er ihn komplett vergessen. Er wusste nur noch, dass es irgendwie um Milena und Stella gegangen war und … ach, weiß der Fuchs was. Nun lag er zwar wach, aber völlig konfus in seinem Schlafzimmer. Er hatte tagelang verbotene Früchte genascht und keine Ahnung wie er es Milena beibringen sollte, falls sie irgendwie Wind von der Sache bekommen würde. Andererseits hätte er lieber die Verbindung mit Stella offiziell gemacht. Die Geheimnisse, die sie umgaben, verliehen einfach der Fantasie Flügel. Das sogar in jedweder Weise.

Als er endlich im Bad angekommen war, hätte er am liebsten sein Spiegelbild gewürgt. „Du verdammter schwanzgesteuerter

Idiot", warf er ihm entgegen. Dann hockte er sich zerknirscht auf den Rand der Badewanne und brütete finster vor sich hin. Schließlich merkte er selber, dass hier eine verstandesgemäße Entscheidung völlig für den Eimer war. Überdies hatte er nur noch vier Tage Urlaub, dann bräche der Alltag über ihn herein und die anstehende Entscheidung käme wohl von ganz allein.

Thomas raffte sich endlich auf. Als er seinen Lieblingsausgehzwirn aus dem Kleiderschrank nahm, war die Laune schon wieder deutlich besser. Er freute sich auf einen netten Abend mit seinen Freunden und eine lange Nacht mit Stella. Dieses fast zerbrechlich wirkende Geschöpfchen hatte ihm in den letzten Tagen eingeheizt, dass er schon fast süchtig nach ihr geworden war. Ihm fielen seine Worte aus dem Bad ein. Mit einem breiten, sehr genüsslichen Grinsen schloss er hinter sich die Wohnungstür.

Stella hatte sich ihren Kuschelanzug übergestreift, hockte mit untergeschlagenen Beinen in der Sofaecke und blätterte in einem Modejournal, welches einst wohl aus Andreas Zeiten stammte. Die Kleider fand sie scheußlich, aber die Frisuren interessierten sie. Unter jeder Frisur stand eine Beschreibung, die sie zwar nicht lesen, aber anhand kleiner Bilder nachvollziehen konnte. Sie ringelte einzelne Haarsträhnen zusammen und probierte hin und her. Schade, sie hätte zu gern diese kleinen gebogenen Dinger von den Bildern gehabt, mit denen man offenbar die Ringellocken befestigen konnte. So fanden sie schließlich Marc und Galantha. Marc ahnte, was sie trieb. Er schaute sie fragend an. Wortlos schob sie ihm die Zeitschrift hin und deutete mit einem regelrecht flehenden Blick auf die Haarnadeln.

„Ich besorge dir welche. In ein paar Minuten bin ich zurück." Marc lief quer über die Straße, drei Häuser weiter, wo eine kleine Discounterfiliale ihren Sitz hatte.

„Ich muss schnellstens lesen lernen", sagte Stella und deutete auf die vielen Bücherregale. Dann zog sie den Bildband hervor, den sie sich mit Marc und Thomas angesehen hatte. „Schau dir diese wundervollen Bilder an. Es ist doch frustrierend, wenn man nicht herausbekommt, was und wo das ist. Und mit diesen Bildern", sie hielt Galantha die Zeitschrift hin, „ist es genau das Gleiche. Ich könnte mir vorstellen, dass ganz genau beschrieben wird, wie man diese Locken richtig macht."

Galantha warf einen Blick auf die Bilder, verschwand im Bad und kam mit einem Kamm wieder. „Sieht fast aus wie auf dem Bild. Mal sehen, ob es so besser geht." Sie kämmte eine Strähne von Stella Haar auf, ringelte sie zusammen und nickte zufrieden. „Geht. Nun muss Marc nur noch diese glänzenden Dinger mitbringen."

Da kam er auch schon wieder, wie gerufen. „Hoffentlich habe ich nichts vergessen. Da wären drei Päckchen Haarnadeln, verschiedene dicke Zopfgummis, zwei Stielkämme, zwei Bürsten, eine Dose Haarspray …"

Erfreut stellten die Elfen fest, dass er wirklich alles mitgebracht hatte, was auf den Bildern zu sehen war.

„Kommt mit. Im Bad sind genügend Spiegel, um sich von allen Seiten zu betrachten. Da könnt ihr ausprobieren, welche Frisur am besten zu euch passt." Er las ihnen die Beschreibungen zu den Bildern und auf der Spraydose vor, in dem Wissen, dass beide sich jedes Wort genau merkten.

In der nächsten halben Stunde hörte er das fröhliche Gekicher der beiden. Marc stellte die Kaffeemaschine an, stellte Obsttorte und frische Früchte bereit, sowie den obligatorischen Nektar. Er rieb sich zufrieden die Hände. Seine beiden Elfen freuten sich über die kleinste Kleinigkeit, während er Andrea nie etwas recht machen konnte. So viel Frohsinn, wie Galantha und Stella verbreiteten, hatte sein Haus bisher selten gesehen. Marc schaute aus dem Fenster, neben dem sich eine blühende Kletterrose am Spalier hinaufrankte. Mehrere Schmetterlinge gaukelten durch die Luft. Sie suchten die Blüten mit dem besten Nektar. Ein leises Rascheln hinter seinem Rücken, ließ ihn innehalten. Seine beiden Schmetterlinge waren leise hereingeschwebt. Sie saßen am Tisch und freuten sich über Marcs bewundernde Blicke. Marc fehlten die Worte. Die beiden sahen wirklich hinreißend aus.

„Ich glaube, wir haben alles richtig gemacht." Galantha und Stella strahlten voller Stolz.

Marc nickte. „Ich werde mich wohl noch vorsehen müssen, damit mir niemand Galantha ausspannt."

Die Elfe fasste schnell nach seiner Hand. „Meinst du wirklich, ich würde dich verlassen?", flüsterte sie traurig.

Er nahm sie ihn die Arme.

Stella antwortete an seiner Stelle. „Du darfst in dieser Welt nicht alles wörtlich nehmen. Die Menschen sagen so viele Dinge, die sie nicht wirklich meinen. Vater wollte sicher damit ausdrücken, dass sich alle Männer nach dir umdrehen werden, weil du so gut aussiehst. Außerdem weiß ich, dass er mit allen Mitteln um dich kämpfen würde, käme ernsthaft einer auf die Idee dich ihm wegnehmen zu wollen. Fasse es einfach als großes Kompliment auf, was er gesagt hat."

„Danke", murmelte Marc. „Dem gibt es nichts hinzuzusetzen."

Galantha atmete befreit auf.

„Außerdem sind Männer eitel", schmunzelte Marc. „Ich werde es also auch noch genießen, wenn euch heute Abend alle mit großen Augen anstarren."

Dann wandte er sich an Stella. „Was passiert eigentlich, wenn Milena auftaucht?"

„Darüber habe ich mir noch keine Gedanken gemacht. Ich werde versuchen, eine unbefangene Miene zu machen und abwarten wie Thomas reagiert."

„Du magst ihn."

„Vielleicht mehr, als angebracht wäre." Stella hob hilflos die Schultern. „Warten wir es einfach ab."

„Na meinetwegen, wenn du die Kraft hast das durchzustehen."

Stella lächelte hintergründig. „Ich kann ja immer noch nachhelfen."

Marc stutzte kurz. „Ach ja – ich vergaß. Sich mit einer Elfe anzulegen, kann durchaus unerwünschte Nebenwirkungen haben."

Galantha schüttelte amüsiert den Kopf. „Ihr beide sprecht aber schon dieselbe Sprache."

„Möglicherweise ist das Vaters Erbteil", kicherte Stella, dabei rief sie ihre Wange an Marcs Schulter.

„Glücklicherweise nicht nur das", seufzte Galantha. „Du hast seine Entschlossenheit und die Gabe, blitzschnell auf alles zu reagieren. Aber ich glaube, ich wiederhole mich."

Stella nahm ihre Hand. „Und du hörst endlich auf, dich selber mies zu machen. Du bist die Elfe, die Vater gerettet hat. Du bist auch die Elfe, die den letzten Kampf entschieden hat. Außerdem bist du die Elfe, deretwegen überhaupt das Land hinter dem Spiegel wieder eine Zukunft hat. Ohne dich wäre Vater damals einfach so in die Menschenwelt zurückgekehrt und der Untergang der Elfen wäre unvermeidlich gewesen. Du bist Galantha, die Feuerelfe." Stella wandte sich demonstrativ der Obsttorte zu, von der sie den Gelee herunter naschte.

Marc lächelte ihr dankbar zu. Treffender hätte er es auch nicht ausdrücken können.

Galanthas Blick huschte zum Fenster. „Schmetterlinge!", rief sie. Wie gebannt schaute sie hinaus.

Marc schlug sich an die Stirn. „Ach du lieber Himmel! Jetzt hätte ich es fast vergessen." Er eilte in den Flur, wo er der Innentasche seiner Jacke ein kleines Lederetui entnahm. „Das ist ja schon fast unverzeihlich. Ich habe doch etwas für meinen geliebten Schmetterling." Vorsichtig öffnete er den Schnappverschluss. Auf schwarzem Samt glänzte ein silbernes Collier mit drei Schmetterlingen. Marc zog es heraus. Bevor Galantha etwas sagen konnte, trug sie es um ihren Hals. Neugierig betrachtete Stella das Schmuckstück, dann huschten ihre Blicke dankbar über ihr Libellen-Collier.

„Es ist wundervoll", flüsterte Galantha. Sie modellierte mit dem Finger die filigranen Flügel nach. „Stella hat mir erklärt, wie wertvoll so etwas auch in dieser Welt ist. Warum tust du das?"

„Weil Worte ganz einfach zu wenig sind, um dir danke zu sagen. Ohne dich hätte vorgestern mein letztes Stündlein geschlagen. Außerdem liebe ich dich über alles und das kann ruhig gleich jeder von weitem sehen." Marc küsste sie auf die Nasenspitze.

„Irgendwann kommt auch die kalte Jahreszeit, dann wird es dich an den Sommer erinnern."

„Ist dann hier wirklich überall Eis?", wollte Galantha wissen.

Marc nickte. „Vor allem ist es sehr kalt. Zu kalt für Elfen. Bis dahin muss ich euch noch wärmende Kleidung kaufen. Hier im Haus wird es euch an nichts mangeln, aber ihr wollt sicher mehr erleben, als aus nur dem Fenster zuzuschauen, wie sich andere amüsieren." Er streichelte ihre Hand. „In vier Tagen ist auch mein Urlaub zu Ende", sprach er leise weiter. „Dann muss ich euch morgens verlassen und komme manchmal erst recht spät abends wieder zurück. Um hier gut leben zu können, muss man hart arbeiten. Hier kann man sich das Essen nicht einfach in der Natur suchen."

„Mach dir keine Sorgen. Wir werden uns sehr genau an alles halten, was du uns sagst. Die Hauptsache ist doch, dass wir uns jeden Tag sehen können", tröstete ihn Galantha.

„Ich will euch hier nicht einsperren, ihr müsst nur erst einmal in dieser komplizierten Welt zurechtkommen. Auch hier sind viele Gefahren verborgen. Aber mit euren Elfenkräften werdet ihr schnell den Bogen raus haben." Marc stand auf. „Ich glaube, wir sollten uns langsam anziehen. Thomas wird sicher schon auf dem Weg zu Luigi sein."

Er kam ihnen aus dem Restaurant entgegen, kaum dass das Taxi wieder abgefahren war. Freude strahlend betrachtete er Stella von allen Seiten, um sie dann galant am Arm hinein zu führen. Mehrere Gäste wandten sich nach den beiden aparten Damen um, die sich so ähnlich sahen. Mario und Tina standen auf. Herzlich begrüßten sie die Freunde und besonders die Elfen, denn sie hatten keinen Zweifel daran, wer Stellas Ebenbild war.

„Wann seid ihr denn zurückgekommen?", fragte Mario.

„Heute Mittag."

„Da wirst du ja sicher schon deinen Anrufbeantworter abgehört haben", sagte Tina zu Thomas.

Thomas schüttelte den Kopf. „Hab ich nicht. Bis vor einer halben Stunde lag ich im Tiefschlaf. Habe ich etwas verpasst?"

„Vielleicht. Es ist mir unangenehm, hier deine Privatsachen breit zu treten", murmelte Tina sichtlich nervös.

Thomas winkte ab. „Kein Schrecken kann größer sein, als der der letzten drei Tage. Sag es mir einfach."

Tina wand sich wie eine Schlange. „Es geht um Milena. Sie war stinksauer, als du ohne ein Wort weggegangen bist."

„Das glaube ich dir Buchstabe für Buchstabe. Allerdings leben wir nicht zusammen", entgegnete Thomas, ohne nachdenken zu müssen. „Ich zicke doch auch nicht, wenn sie von heute auf morgen mit ihren Fashion-Mäusen nach Übersee verschwindet."

„Schon gut. Vielleicht hat sie auf so eine Gelegenheit gewartet. Sie wird jedenfalls nicht so schnell wiederkommen. Den Rest erfährst du von deinem Beantworter", setzte Tina leise hinzu.

Thomas zuckte mit den Schultern. „Den kann ich mir auch so denken." Er drehte sich zu Luigi um. „Champagner für meine Freunde! Auf die wiedergewonnene Freiheit!"

Mario klappte der Unterkiefer herunter. „Oops, das nenne ich eine schnelle Entscheidung."

Stella gelang es tatsächlich, eine unbeteiligte Miene zu machen, während sie deutlich fühlte, dass Thomas einen wilden Freudentanz nur mit Mühe unterdrücken konnte. Galantha tauschte einen schnellen Blick mit Marc, der in etwa sagte: Dieses Problem hat sich von allein gelöst. Thomas und Stella spielten ihre Rolle den ganzen Abend lang so perfekt, dass nicht einmal Luigi misstrauisch wurde.

Etwas später traf Mario in der Toilette auf Thomas. „Sag mal, meinst du das ernst, dass du Milena einfach so gehen lässt? Mit ihrem Geld und ihren Beziehungen …"

Thomas unterbrach Marios Redefluss. „Marc hat mir den letzten drei Tagen ziemlich deutlich gezeigt, was wirklich wichtig ist. Das hat mich zwar geschockt, aber er hat in allen Punkten Recht. Mit Mode hab ich nichts am Hut und ich will mich auch nicht ein Leben lang verbiegen und irgendwelchen Leuten Zucker in den Arsch blasen, die ich lieber erwürgen sollte." Thomas lehnte sich an den Türrahmen. „Ich habe vor ein paar Stunden gesehen, wie mein bester Freund im Sterben lag. Und ich stand völlig hilflos daneben und konnte nichts, aber auch gar nicht für ihn tun. Glaub mir, dann betrachtest du das Leben plötzlich ganz anders. Man sollte wirklich jeden Tag genießen, denn es könnte der letzte sein. Mit jeder Minute verrinnt das Leben. Ich habe einfach keine Zeit, mich über Beziehungskisten zu ärgern." Thomas ging ins Lokal zurück.

Mario sah wortlos hinterher. Die fast jungenhafte Unbekümmertheit, die Thomas ausgezeichnet hatte, war verschwunden, das hatte er schon bei der Begrüßung bemerkt. Thomas, der immer Späße über alles und jeden gemacht hatte, war stiller und ernster geworden. Er beschloss, nun doch gezielt Fragen zu stellen. Bei der erstbesten Gelegenheit wandte er sich an Marc. „Thomas hat Andeutungen gemacht, dass du nur knapp euer Abenteuer überlebt hast …"

Marc fasste nach Galanthas Hand, die er zärtlich drückte. Schließlich antwortete er: „Ich habe in der Tat schon das helle Licht gesehen, das am Ende des Erdenweges steht. Pyron und Galantha haben mich im allerletzten Moment zurückgeholt. Es ist ein hässliches Gefühl, wenn das Leben so Tropfen für Tropfen aus dir heraussickert."

Tina schüttelte sich vor Grauen. „Dann habt ihr richtig mit Waffen gekämpft?"

Marc lächelte melancholisch. „Ja, mit einem Flammenwerfer und zwei Schilden gegen eine Übermacht mit Eispfeilen und gigantischen Steinschleudern."

Tina und Mario schauten Marc ungläubig an. Galantha öffnete Marcs linken Manschettenknopf, streifte den Ärmel nach oben und legte so die lange dunkelrote Narbe frei. „Genügt das?", fragte sie leise. „Nicht einmal wir Elfen haben es geschafft, diese Wunde völlig verschwinden zu lassen." Sie zog den Ärmel wieder herunter. „Und auch Thomas hätte durch das Eis beinahe den Tod gefunden. Er hatte sich extrem stark unterkühlt und hohes Fieber bekommen. Nur gut, dass Marc immer einen Rat weiß. Er hat uns gesagt, was wir tun müssen und so Thomas' Leben gerettet."

„Übrigens habe ich auch ein Andenken an die andere Welt." Thomas räusperte sich. „Als ich nach Hause kam, stand meine Rüstung im Arbeitszimmer."

Marc machte eine überraschte Bewegung.

Thomas lachte. „Ehrenwort, sie ist es. Ich habe mindestens genau so verdattert geschaut wie du. Aurëus hatte doch gesagt, wir sollen alles liegen lassen, er würde sich schon kümmern. Warst du denn schon in deinem Arbeitszimmer?"

„Nö. Du weißt doch, ich hab viel, viel Zeit." Marc grinste breit. „Ich halte es da mit dem Spruch: Was du heute kannst besorgen, geht genau so gut auch morgen."

„Okay. Also dann: Auf morgen!" Thomas spendierte noch eine Lage Champagner.

In Familie

Thomas war mit dem ersten Tageslicht auf den Beinen. Wie selbstverständlich hatte er sich bei Marc als Übernachtungsgast eingeladen. Der Grund war offensichtlich gewesen. Hoch und heilig hatte er versprochen, diesmal nicht bis in die Mittagsstunden liegen zu bleiben und keinen Unsinn anzustellen, was auch immer das mit Stella im Bett bedeuten sollte.

Gerade tigerte er in die Küche, um sich eine eisgekühlte Cola zu holen, als das Telefon klingelte. Er spurtete los und hob ab. „Berger bei Wendler, guten Morgen." Leise wechselte er ein paar Sätze mit dem Anrufer.

Marc steckte den Kopf aus dem Schlafzimmer. „Wer war denn das zu so nachtschlafener Zeit?"

„Deine alten Herrschaften, sie werden in einer Stunde hier eintrudeln", gab Thomas Auskunft.

„Was??"

„Glaub es ruhig. Sie kommen gerade aus dem Urlaub und wollen mal kurz Hallo sagen."

„Herrschaften?" Galantha hob die Augenbrauen.

„Thomas meint meine Eltern", erklärte Marc, während er eilends in T-Shirt und Jeans schlüpfte. „So hatte ich mir das erste Kennenlernen eigentlich nicht vorgestellt. Ich hätte sie lieber in Ruhe auf meine ungewöhnliche Familie vorbereitet."

„Machst du dir ernsthafte Sorgen?", fragte Thomas aus dem Flur. „Deine Eltern sind schwer in Ordnung, da wird es schon keinen Ärger geben."

Den Elfen wurde trotzdem etwas unbehaglich zumute. Schnell streiften sie ihre langen Jacken über, um den Schock dosierter zu gestalten. Gemeinsam deckten sie den großen Tisch im Garten, als es auch schon klingelte.

Marc öffnete, begrüßte seine Eltern und führte sie in den Garten.

„Du hast Besuch? Und da kommen wir und stören auch noch", sagte Marcs Mutter. Sie begrüßte die beiden Frauen, die sich mit

Namen vorstellten, dann zog sie Thomas an die Brust. „Na du alter Schwerenöter. Ist das Leben noch frisch?"

Thomas rückte ihr einen Gartenstuhl zurecht. Marcs Vater schaute die beiden rothaarigen Schönheiten etwas irritiert an. Wie zufällig huschte sein Blick zur Tür, als wolle er sie mit dem Bild über dem Kamin vergleichen. „Schwestern?", fragte er kurz.

„Mutter und Tochter", antwortete Galantha lächelnd.

„Ach was???" Die Augen des alten Herrn Wendler wurden noch größer.

Marc brachte den Kaffee. „Hattet ihr eine gute Fahrt?"

Sein Vater nickte. „Ja, trockene Straßen, kein Stau, keine Baustellen." Dabei huschte sein Blick wieder über die zeitlos schönen Gesichter der beiden jungen Frauen.

Thomas schenkte den beiden soeben Bananennektar ein. Erstaunt sah Frau Wendler zu, wie sie ausschließlich Obst aßen.

„Sie sind Vegetarier?", fragte sie schließlich.

„Notgedrungen", antwortete an ihrer statt Marc.

„Dann tippe ich auf Models", rief Marcs Mutter. „Der Figur nach könnte es durchaus wahrscheinlich sein."

Die Elfen lachten. „Nein, nein, ganz und gar nicht."

„Kennen sie Marc schon lange?", wollte Vater Wendler wissen.

Galantha nickte. „Das kann man durchaus so sagen. Es sind nun bald zwanzig Menschenjahre."

Die Wortwahl ließ den alten Wendler aufhorchen, während seine Frau weiterfragte. „Dann haben sie zusammen studiert?"

„Nein. Trotzdem haben wir uns durch sein Studium kennengelernt", erwiderte Galantha.

Stella fühlte indes, wieder den Blick des alten Mannes auf sich ruhen, was auch Marc nicht entging. „Ich glaube, ich sollte euch reinen Wein einschenken. Vater scheint schon misstrauisch geworden zu sein."

„Bitte?" Seine Mutter riss die Augen auf.

Marc grinste harmlos. „Zuerst hat er versucht, das Bild über dem Kamin mit den beiden Frauen zu vergleichen, und dann zuckte er zusammen, als Galantha von Menschenjahren sprach."

„Gut beobachtet." Vater Wendler lehnte sich zurück und faltete die Hände auf dem Bauch. „Dann schieß mal los."

Marc atmete tief durch. „Okay. Dann möchte ich euch meine Familie vorstellen: Meine Tochter Stella, meine Frau Galantha, mit der ich zwar nicht verheiratet, aber durch einen viel stärkeren Eid verbunden bin."

Vater Wendler nickte. „So etwas habe ich geahnt, schon als ich die beiden sah."

Seine Frau fuhr von ihrem Stuhl auf. „Warum hast du denn nie von ihnen erzählt?", sagte sie vorwurfsvoll. „Da haben wir so eine hübsche Enkelin und wissen nichts davon."

„Schimpfen Sie bitte nicht mit ihm", bat Stella leise. „Er hat bis vor zwei Wochen selbst nicht einmal gewusst, dass es mich gibt."

„Offensichtlich ist das nicht das einzige Geheimnis." Der alte Wendler schaute Marc fragend an. „Sonst hätte er sicher mal eine Bemerkung fallen lassen. Ganz eindeutig stammen Sie beide nicht von hier, wobei ich nicht unbedingt nur diese Stadt meine."

Frau Wendler knuffte ihren Mann in den Arm. „Ist denn das wirklich so interessant. Ist doch völlig egal, wo sie geboren sind. Hauptsache ist, dass sie sich lieben, was ganz eindeutig der Fall ist."

Marc hatte den Sinn der Bemerkung durchaus verstanden. Sein alter Herr war ein bekannter Philosoph, der es gewohnt war, bis zum Ende zu forschen. Er wandte sich den Elfen zu. „Zeigt ihnen, wer ihr wirklich seid."

Stella schlüpfte als Erste aus ihrer Jacke. Vater Wendlers Augen begannen zu leuchten. Mutter Wendler schlug die Hände vors Gesicht. „Alfons, ich werde dich nie wieder Traumtänzer nennen", hauchte sie.

„Da hat dieser Junge vor zwanzig Jahren schon gefunden, wonach ich ein Leben lang gesucht habe!", rief Wendler. „Die Antwort auf die Frage, ob es Elfen und andere mystische Geschöpfe je gegeben hat."

Er schaute selig lächelnd zu, wie sich die beiden Elfen an den Händen fassten und mit schnellen Flügelschlägen durch die Luft tanzten.

„Endlich kannst du deine Studien beenden", sagte Martha Wendler.

„Kann ich. Aber anders, als du denkst. Ich schmeiße den ganzen Krempel ins Feuer. Jetzt, wo ich sie sehe, begreife ich, dass es besser ist, wenn niemand weiß, dass es sie wirklich gibt. Man würde ihnen hier das Leben zur Hölle machen." Alfons Wendler stand auf. „Ja, ich werde alles vernichten, was nicht mit Märchen und Sagen zu tun hat. Ich verspreche es euch. Ich werde doch nicht aus falschem Stolz meine Familie gefährden."

„Wenn du mehr wissen möchtest, sollten wir vorsichtshalber ins Haus gehen", schlug Marc vor. „Mir liegt noch weniger daran, Frau und Tochter zu gefährden, weil vielleicht neugierige Nachbarn zuhören."

Martha hakte sich bei Galantha unter, als sie über die Weise liefen. „Jedenfalls habe ich jetzt kapiert, warum ihr nur Früchte esst."

„Und ich habe verstanden, was es heißt, wenn jemand schwer in Ordnung ist", lachte Galantha. „Sie sind es wirklich."

„Klingt ganz nach Thomas", kicherte Martha. „Sag einfach du und Martha zu mir."

Alfons hatte Stellas Hand genommen. Mit stolz geschwellter Brust ließ er sich von ihr ins Kaminzimmer führen. Sein Lebenstraum hatte sich in den letzten Minuten erfüllt. Marc und Thomas gingen hinter ihnen her und grinsten sich verschwörerisch zu. Die kleine Familienzusammenführung war besser gelaufen als erwartet. Nun saßen alle in den weichen Polstern vor dem Kamin. Alfons Wendler ließ sich ganz genau erzählen, wie Marc damals in die Spiegelwelt gelangt war, was er mit Galantha dort erlebt hatte und wie er wieder nach Hause gefunden hatte.

„Und wie hast du von Stella erfahren?", fragte er schließlich.

„Nun, sie tauchte vor etwa zwei Wochen bei Luigi auf und fragte nach mir. Ich hatte vom ersten Augenblick an nicht die geringsten Zweifel, dass sie tatsächlich meine Tochter ist."

Thomas schmunzelte. „Als sie ihn Vater nannte, hat er sie in die Arme genommen und hätte sie wohl bis heute nicht wieder losgelassen, wenn wir nicht alle neugierig gewesen wären. Noch neugieriger wurden wir allerdings, als sie sich auf Marcs Bitte als Elfe zu erkennen gab. Na und dann hat sich Marc seine Traumfrau in unsere Welt geholt."

„Einfach so." Alfons sah Thomas mit hochgezogener Augenbraue an.

Galantha schüttelte lächelnd den Kopf. „Nicht ganz. Dazwischen lagen noch mehrere Tage in denen Marc und Thomas unsere Welt gerettet haben und dabei fast ihr Leben gelassen hätten."

Martha starrte auf Marcs linken Arm. „Dann stammt das da von dort?" Sie deute auf die Narbe, die ab und zu unter dem Ärmel hervorschaute.

Er nickte. Thomas begann inzwischen die ganze Geschichte zu erzählen. Marcs Eltern unterbrachen ihn nicht, fast zwei Stunden hörten sie aufmerksam zu, wie Thomas jedes einzelne Detail schilderte. Als er beschrieb, wie Galantha um Marc gekämpft und der schwer verletzte Drache schließlich die bewusstlose Elfe und den sterbenden Marc zum Turm zurückgebracht hatte, verkrampften sich Marthas Hände ineinander.

„Dann hat sich Pyron zu seiner Höhle geschleppt und ein Wundermittel mitgebracht, welches Marc ins Leben zurückholte", endete Thomas' Bericht. „Nicht zu vergessen, dass Stella ihren Wahlbruder sofort vollständig geheilt hat und er nun wieder majestätisch über die blühenden Wiesen schweben kann." Kurz streifte er auch die Episode der spontanen Dankfeier und Auröus' Auftauchen.

Alfons Wendler strahlte. „Drachen, Zwerge, Einhörner, Zauberer – herrlich." Er schaute Thomas nachdenklich an. „Das Einhorn hat dich auf der Stirn mit dem Horn berührt?"

„Hat es. Genau hier." Thomas tippte mit dem Zeigfinger die Stelle an.

„Galantha verbessere mich, wenn ich falsch liege", wandte sich Alfons an die Elfe. „Die Berührung an der Stirn eines Menschen durch das magische Einhorn bedeutet, dass dieser Mensch niemals mehr krank werden kann."

„Richtig", nickte Galantha.

Thomas sprang auf. „Und das erfahre ich so ganz nebenbei?"

„Du hast nicht danach gefragt." Galantha zuckte mit den Schultern.

„Auch wahr." Thomas betastete seine Stirn.

Alfons lächelte. „Und wie hieß das Mittelchen, das der Drache Marc gegeben hat?"

„Wasser des Lebens", antworteten alle vier im Chor.

Alfons Wendler schnappte nach Luft. „Seid ihr ganz sicher?"

Die vier nickten.

„Aber dann …", er sprach den Satz nicht zu Ende.

Wieder nickten alle vier.

Martha schaute ihren Mann, der blass geworden war, besorgt an. „Was ist los?"

„Dreimal darfst du raten", lachte der alte Wendler schließlich. „Jetzt weiß ich, welchen Eid Marc gemeint hat. Nix mehr mit: Bis dass der Tod euch scheidet, darüber können die beiden wahrlich nur müde lächeln."

Martha verstand noch immer nicht.

Alfons nahm sie an beiden Schultern, rüttelte sie. „Marc ist ein Unsterblicher. Ein Unsterblicher", wiederholte er, als müsse er sich noch einmal der Richtigkeit seiner Worte versichern.

„Ich habe es ja jetzt verstanden", murmelte Martha. „Nur begreifen kann ich es nicht."

„Hat bei mir auch ein paar Stunden gedauert", warf Marc ein. „Ist ja auch nicht ganz alltäglich."

„Könnt ihr euch vorstellen, dass Marc, seit wir wieder da sind, noch keinen Fuß ins Arbeitszimmer gesetzt hat?", sagte Thomas.

Alfons Wendler schüttelte den Kopf. „Normalerweise nicht, unter den neuen Gegebenheiten allerdings ..."

„Ist aber so."

„Alte Petze!", kicherte Marc. Dann wurde er ernst. „Wenn du dem Tod so nahe warst, setzt du andere Prioritäten. Außerdem laufen die Emails nicht weg. Zumindest haben sie es bis heute noch nie getan."

Thomas triumphierte: „Seht ihr! Jetzt schiebt er eine ganz ruhige Kugel."

Alfons zuckte mit den Schultern. „Verständlich. Wo er alle Zeit der Welt hat. In der Ruhe liegt die Kraft. Nimm dir Zeit und nicht das Leben. Oder willst du noch ein paar Sprüche in dieser Richtung hören."

„Nein danke. Die hat Marc gestern schon abgelassen." Thomas gab auf.

Marc drehte ihm eine lange Nase, worüber die Frauen in Gelächter ausbrachen.

„Eine feste Größe im Leben", schmunzelte Alfons. „Die beiden werden sich hoffentlich nie ändern."

„Das hoffen wir auch", pflichtete Galantha bei.

„Apropos ändern: Bist du immer noch Single?", fragte Martha Thomas.

Der schnelle Blickwechsel Thomas' mit Stella ließ Alfons, der ein brillanter Beobachter war, hell auflachen. „Sag ruhig die Wahrheit, ich bin leidensfähig."

Thomas wurde rot wie eine Tomate. Marc brach in wieherndes Gelächter aus. Martha deutete erschreckt und stumm mit dem Zeigefinger zuerst auf Thomas und dann auf Stella, die ihr charmantestes Lächeln aufsetzte, ehe sie sagte: „Er hat mir das Zusammenleben in den schwärzesten Farben gemalt, dass es eigentlich nur besser werden kann."

„Ach du lieber Gott. Wenn das mal gut geht", murmelte Martha verunsichert.

„Wenn nicht, bin ich derjenige, der die Probleme hat. Vergiss nicht, sie ist eine Elfe", sagte Thomas ziemlich ernst. „Sie hat zudem verdammt viel von ihrem Vater geerbt. Und ich müsste mich nicht einmal verbiegen, um zu ihr aufzusehen, wie zu Marc."

Dann huschte ein Strahlen über sein Gesicht. „Das Positive daran ist: Ich werde, wenn ich es mir nicht mir ihr verscherze, bis ins hohe Alter bei bester Gesundheit meine junge Frau genießen und irgendwann *mittendrin* glückselig den Geist aufgeben."

„Das nennt man dann einen wirklichen Heldentod", feixte Marc.

Thomas kicherte. „Lass mich doch ein bisschen träumen. Mit mir hat es doch noch keine Frau lange ausgehalten."

„War ja auch noch keine Elfe dabei", warf Marc ein. „Ab und zu so eine kleine Initialzündung mit Zauberkraft ist vielleicht nicht übel."

Martha schüttelte missbilligend den Kopf. „Könnt ihr beide nicht einmal ernst bleiben, wenn es um ernste Themen geht? Hier steht schließlich das Glück von zwei, von zwei, von zwei …"

Alfons lachte herzlich. „Wolltest du gerade *Menschen* sagen?"

Der irritierte Blick seiner Frau sprach Bände. Sogar die Elfen stimmten in das Gelächter ein. Martha hob resigniert die Hände. „Erst macht mich der alte Zausel jahrelang ganz wirr mit seinen Elfengeschichten und nun weiß ich schon gar nicht mehr, was eigentlich vorn und hinten ist. Werdet ganz einfach glücklich. Meinen Segen habt ihr."

Stella schwebte zu ihr hinüber, um sie einfach nur ganz lieb zu drücken. Martha zog ihrerseits Stella in die Arme. „Meine kleine, große Enkelin." Sie wischte eine Träne weg. „Und du machst ihr keinen Kummer, sonst lege ich dich übers Knie!", rief sie zu Thomas hinüber.

„Autsch." Thomas ging scherzhaft hinter Galantha in Deckung.

„Bist du sicher, dass du dir für diesen Fall den richtigen Schutzschild ausgesucht hast?", fragte sie.

Thomas kam wieder hervor. „Eher nicht."

Alfons nickte Thomas zu. „Lass dich nicht verrückt machen, Junge. Marc hält es mit dir auch schon über zwanzig Jahre aus."

„Danke. Das geht runter wie Öl."

Stella lief ganz langsam zu Thomas hinüber. Sie legte ihm die Hände auf die Schultern, drückte ihn in die Polster zurück, bis die Lehne plötzlich in Liegestellung kippte und sie über ihn fiel. Erschreckt wollte sie aufspringen, aber Thomas hielt sie fest. So stützte sie sich mit den Ellenbogen auf seiner Brust ab, legte das Kinn in ihre Hände, schaute ihn lächelnd an und sagte liebevoll: „Du verrückter Kerl. Lass uns sehen, ob wir zwanzig Jahre überbieten können." Dann küsste sie ihn, bis ihm fast die Luft wegblieb.

„Viel Spaß, Glück und was Verliebte sonst noch brauchen. Unseren Segen habt ihr auch." Marc zog Galantha in die Arme.

Martha lehnte an Alfons' Schulter. Gemeinsam betrachteten sie die beiden glücklichen Pärchen.

Dann spähte Alfons nach der Kaffeekanne. Leer. Er goss sich aus der Wasserkaraffe seine Tasse voll, um Marc nicht extra nach einem Glas laufen zu lassen. Stella hielt seine Hand fest, bevor er trinken konnte.

„Stopp!" Und einige Sekunden später: „So jetzt darfst du."

Alfons setzte vorsichtig die Tasse an die Lippen. „Heiß!"

„Hat frischer Kaffee so an sich." Marc zwinkerte Stella zu.

Vater Wendler schaute aus der Wäsche, als hätte man ihm das Auto geklaut. Marc hatte ihn selten überrascht erlebt. Meist hatte sein alter Herr schon dreimal jede Situation analysiert, ehe überhaupt ein anderer begriff, was vorgefallen war. Diesmal hatte es Professor Doktor Doktor Alfons Wendler völlig unvorbereitet getroffen. Mit allem hätte er gerechnet, nur nicht mit solch einer geballten Elfenkraft mitten in der Menschenwelt. Als er sich von seinem ersten Staunen erholt hatte, trank er endlich den ersten Schluck, um gleich die ganze Tasse zu leeren. Er leckte sich die Lippen. „Perfekt. Wirklich perfekt. Und du triffst den richtigen Geschmack einfach so?"

Stella schüttelte den Kopf. „Ich habe einmal Vaters Kaffee gekostet und werde bis in alle Ewigkeit immer wieder genau diese Sorte zaubern können. Ich weiß, dass es viele Sorten gibt, aber ich weiß nicht, was jede einzelne so besonders macht. Ich will es auch lieber gar nicht wissen, das bittere Zeug ist gruselig." Stella schüttelte sich.

„Trotzdem machst du ihn?", fragte Martha erstaunt.

Stella lachte. „Warum nicht? Ich muss ihn doch nicht trinken."

Alfons schmunzelte. „Wahrhaft ideale Voraussetzungen für eine gut funktionierende Partnerschaft. Wo käme man denn hin, wenn sich jeder nur um das kümmert, was er selbst auch mag oder nutzt? Du kochst auch das Frühstücksei nur für mich, weil du selber gar keins magst."

Martha nickte. „Hast ja Recht. Ich bin gerade wieder dabei nur die Extreme zu fokussieren."

Die Elfen schauten Marc fragend an. „Kurz: Mutter sucht die Schwierigkeiten heraus."

Thomas schmunzelte. „Zumindest klingt es interessant", was ihm eine Drohgebärde von Martha mit dem Zeigefinger einbrachte.

Alfons nickte Thomas zu. „Das ist das Übel unserer Zeit. Die meisten sagen mit vielen Worten gar nichts. Hauptsache es klingt, egal ob Inhalt da ist oder nicht."

Galantha sah Alfons nachdenklich an. Stella hatte einige Dinge in dieser Welt sofort begriffen. Bei ihr selber würde es sicher eine Weile länger dauern. Irgendwie war sie froh, dass niemand nach ihrem Alter fragte. Die letzten Menschen vor Marc waren kurz nach der Zeit der Kreuzzüge in ihren Teil des Elfenlandes gekommen. Deren Sprache war einfach gewesen. Was sie sagten, meinten sie auch.

„Ich glaube, Marc und du, ihr seid euch sehr, sehr ähnlich", sagte sie schließlich. „Nichts kann euch wirklich aus der Ruhe bringen."

„Deshalb liebe ich Alfons schon seit fast fünfundvierzig Jahren", erklärte Martha glücklich.

Galantha nickte. „Das kann ich sehr gut verstehen. Stella ist stolz darauf eine Halbelfe zu sein, die solch einen Vater hat."

„Stimmt, als ich das erste Mal mit ihm sprach verstand ich schlagartig, weshalb Mutter bald zwanzig Jahre auf seine Rückkehr gewartet hat. Er sagt nie böse Worte, obwohl er es bestimmt nicht leicht hat mit uns. Ich kann es fühlen, wie gern er uns Teil seines Lebens sein lässt und wir sind genau so gern dieser Teil." Stella war vor den Kamin getreten, um das Bildnis ihrer Mutter zu betrachten. „Die Geschichte dieses Bildes sagt eigentlich alles."

„Ein intelligentes junges Mädchen, dem Gefühle mehr bedeuten als Computer", stellte Alfons zufrieden fest.

Stella lachte. „Och, manchmal ist dieses Ding schon ganz nützlich. Ich weiß, wo man es einschaltet, wie man die Silberscheiben hineinlegt und wie man es macht, damit er mir alles vorliest, was auf der Scheibe steht. Ein Buch wäre mir zwar lieber, aber Lesen muss uns Vater erst beibringen."

Martha kicherte über Alfons' Gesicht. „Stella, Stella, das wäre dann heute schon das zweite Mal, dass du ihn völlig überrumpelt hast. Inzwischen hast du sogar mich überzeugt, dass du auch mit Thomas fertig wirst."

„Immer auf die Kleinen", beschwerte sich Thomas in gespielter Verzweiflung. „Aber Stella hat mich gerade auf eine Superidee gebracht. Sie und ich könnten das Abenteuer in der Elfenwelt als 3-D-Computerspiel kreieren, vermarkten und gemeinsam zu einem einträglichen Geschäft machen. Weil sie eben ein intelligentes Mädchen ist. Sie wird die Computersprache schneller lernen als Bill Gates *Gute Nacht* sagen kann."

„Klingt interessant. Vater erzählte ja gestern, dass man hier hart arbeiten muss, wenn man gut leben will." Stella tippte Thomas auf die Brust. „Ich nehme dich beim Wort. Versuchen wir es."

Alfons schien angestrengt zu überlegen. Schließlich räusperte er sich. „Marc, hast du dir eigentlich schon Gedanken darüber gemacht, wie du die beiden plötzlich als Menschen auftauchen lassen kannst? Ich meine mit Geburtsurkunde, gültigen Papieren und so was."

„Sicher. Das wird erst interessant, wenn sie etwas vom Staat wollen, was ziemlich unwahrscheinlich ist oder der Staat etwas von ihnen will, was eher passieren wird. Ich denke da an Steuern, wenn Thomas und Stella ihre Idee umsetzen wollen. Viel wichtiger ist, dass sie in den nächsten drei Tagen die nötigsten Regeln dieses

Staates lernen müssen, um möglichst nicht aufzufallen und sich wenigstens in der näheren Umgebung allein zurechtzufinden. Für die Sache mit den Papieren werde ich jemanden um Hilfe bitten."

„Um Himmels willen!", Martha rang die Hände.

Marc legte ihr beruhigend die Hand auf die Schulter. „Keine Panik. Ich meine den Zauberer aus der Elfenwelt. Schließlich ist er auch ein Unsterblicher, der hier in unserer Welt wandelt. Wenn mir einer einen brauchbaren Rat geben kann, dann er."

Alfons nickte. „Klingt logisch. Du wirst vielleicht auch anderweitig ein bisschen Unterstützung brauchen. Die beiden können ja nicht Tag für Tag in denselben Sachen herumlaufen. Irgendwann wird Winter. Eine Erstausstattung in doppelter Ausführung wird nicht gerade preiswert sein, besonders wegen der Besonderheiten bei den Oberteilen." Er wandte sich zu Martha um. „Wie wäre es, wenn wir für Stella ein Konto einrichteten, wie wir es sowieso einmal für unsere zukünftigen Enkel tun wollten? Da dem armen Kind in den letzten neunzehn Jahren die zustehenden Gaben versagt geblieben sind, wegen unserer völligen Unwissenheit um ihre Existenz, plädiere ich für ein ordentliches Startkapital, von dem Marc erst einmal den Kleiderschrank füllen kann. Dann bekommt sie monatlich ihre hundert Euro Oma-Opa-Unterhaltsgeld, bis sie fünfundzwanzig ist."

Marc schüttelte fast erschreckt den Kopf. „Meinst du das ernst?"

„Todernst." Alfons stand auf und wanderte im Zimmer hin und her. „Wenn es uns eines Tages wegrafft, können wir es eh nicht mitnehmen. Ihr hingegen werdet es jetzt brauchen. Vergiss nicht, dass du plötzlich einen Haushalt mit drei Erwachsenen hast." Er nickte Stella aufmunternd zu.

„Großvater, ich weiß gar nicht, was ich dazu sagen soll", murmelte sie verlegen. „Ich ahne nur, an Vaters Reaktion, dass ihr von sehr, sehr Wertvollem sprecht."

Alfons nickte lächelnd. „Übrigens, dass wir es aushandeln, wenn Thomas dabei ist, zeugt davon, dass er schon seit Jahren quasi zur Familie gehört. So weiß er wenigstens, dass du ein Taschengeld hast, von dem du kleine Wünsche ganz allein finanzieren kannst, auch wenn du jetzt noch nicht weißt, wie das geht. Dein Vater und Thomas werden es dir Stück für Stück beibringen."

Galantha drückte dankbar Marthas Hand. „Es ist schön, dass ihr Stella so lieb bei euch aufnehmt."

Martha erwiderte den Händedruck. „Dich auch. Nur wird das etwas anders aussehen. Lass dich einfach überraschen."

In dem Moment klingelte es an der Haustür. Erstaunt hob Marc den Kopf. Noch mehr verwunderte er sich, als die Stimme an der Wechselsprechanlage sagte: „Der bestellte Cateringservice ist da."

Thomas schon ihn sanft beiseite und öffnete die Tür. „Ich weiß ja nicht, wie es euch geht, aber ich habe Hunger."

Schnell war im Esszimmer eine kleine Tafel aufgebaut, die fast unter den vielen Köstlichkeiten verschwand.

„Wann hast du denn das bestellt?", fragte Marc neugierig.

„Schon vor anderthalb Stunden", schmunzelte Thomas. „Mir war durchaus klar, dass ihr die Zeit völlig vergesst. Zudem finde ich es der Situation angemessen. Hab mich in den letzten Tagen ja laufend von dir bewirten lassen. Irgendwann war eine kleine Revanche fällig."

„Na dann ein Hoch auf den edlen Spender." Alfons taxierte schon wohlwollend die Entenbrust in unzähligen Zubereitungsvarianten.

Irgendwann am Abend verabschiedeten sich die alten Wendlers. Die vier jungen Leute sahen ihnen noch hinterher, bis das Auto in der Ferne verschwand. Dann zogen sie sich ihre Jacken über, liefen hinunter zum Fluss, um denn herrlichen Sommerabend zu genießen. Ein paar bunt illuminierte Ausflugsdampfer fuhren stromabwärts, Tanzmusik und Lachen klangen herüber. Mit großen Augen betrachteten die Elfen die blinkenden Lichtreklamen an den Wolkenkratzern auf dem anderen Ufer, hin und wieder bellten Hunde. Die ungewohnten Geräusche ängstigten die beiden Elfen, erst recht, als Thomas die Tiere zu Abkömmlingen von Wölfen erklärte. Und wie zur Bestätigung tauchte ein alter Mann mit einem Schäferhund an der Leine auf.

Galantha blieb wie gebannt stehen. Der Hund schaute sie kurz an, dann legte er sich ihr zu Füßen.

„Aber Hasso! Was machst du denn? Die Frau will dich ganz bestimmt nicht kraulen", murmelte der ältere Herr vorwurfsvoll.

„Warum nicht? Wenn er mich nicht beißt." Galantha fasste vorsichtig in das dichte Fell des Hundes.

Die drei anderen glaubten, ihren Augen nicht trauen zu können.

„Du bist ein braver Hund", flüsterte Galantha.

„Er mag Sie auch", sagte der alte Mann lächelnd. „Hasso ist schon alt, aber genau so verschmust. Für eine streichelnde Hand macht er alles. Früher hat er als Suchhund gearbeitet, der einigen Leuten das Leben gerettet hat. Nun genießt er bei mir seine Rente. Wir sind froh, dass wir uns haben, da haben wir beide angenehme Gesellschaft auf unsere alten Tage und, was genau so wichtig ist, wir halten uns gegenseitig fit. Stimmt´s Hasso?"

Hasso stemmte sich langsam wieder auf die Pfoten. Er rieb noch einmal seine Schnauze an Galanthas Bein, dann trabte er langsam neben seinem Herrchen her.

„Ein ungewöhnliches Tier." Die Elfe hakte sich wieder bei Marc ein.

„Es hätte dich beißen können", sagte Marc. Er strich ihr eine Haarsträhne aus dem Gesicht.

„Glaube ich nicht", ließ sich Stella vernehmen. „Es sah Mutter mit einem Blick an, als wüsste es genau, dass sie eine Elfe ist."

„Würde mich nicht wundern." Thomas drehte sich noch einmal nach dem Hund in der Ferne um. „Ich habe schon oft davon gehört und gelesen, dass Haustiere solch eine Gabe haben, dass sie Wesen sehen können, die wir nicht oder nicht als das wahrnehmen, was sie wirklich sind."

„Haustiere?", fragten die beiden Elfen wie aus einem Munde.

Marc erklärte es ihnen, auch den Unterschied zwischen Nutz- und Schmusetieren und was sich manche Menschen so in der Wohnung hielten. „Wisst ihr was? Wir gehen morgen in den Zoo. Da könnt ihr jede Menge Tiere sehen, die es in unserer Welt gibt. Dort fällt es auch nicht auf, wenn ich euch mehr dazu erzähle, weil sich alle die Nase an den Scheiben platt drücken. Gleichzeitig könnt ihr euch unter Massen von Menschen bewegen und selbst beobachten, was diese in den unterschiedlichsten Situationen tun."

Thomas nickte erfreut, die Idee war gut. „Wann soll ich bei dir sein?"

„Kannst du nicht bleiben?", hauchte Stella kaum hörbar.

Marc hatte sie trotzdem verstanden. „Sag einfach ja. Sonst habe ich die halbe Nacht lang ein schlechtes Gewissen."

„Okay, ich bleibe", versprach Thomas.

Stella fiel Marc um den Hals. „Danke, danke, danke!"

Galantha drückte ebenfalls dankbar Marcs Arm. Sie hatte schon die Befürchtung gehabt, dass Stella *nimm mich mit* sagen würde. „Wir sollten für die Zukunft aber eine bessere Lösung finden", meinte sie.

„Hast du einen Vorschlag?", fragte Thomas, als sie langsam zu Marcs Haus zurückgingen.

„Habe ich. Ich weiß nur nicht, ob er euch gefällt." Galantha holte tief Luft. „Ich würde sagen, dass Stella die Nächte mit Thomas verbringt, und tagsüber zu mir kommt, damit wir gemeinsam etwas lernen können. Jedenfalls so lange, bis wir völlig Fuß gefasst haben."

„Vorschlag akzeptiert." Die beiden Männer waren sich sofort einig und auch Stella stimmte freudig zu.

Thomas versprach ihr, sie jeden Morgen erst zu Galantha zu bringen, bevor er in die Firma fahren würde und sie natürlich nach Dienstschluss sofort wieder zu holen.

„Ich habe auch noch einen Vorschlag", warf Marc ein. „Die letzten beiden Urlaubstage bleibt Thomas gleich mit bei uns."

„Auch akzeptiert", riefen diesmal die Elfen.

Zu Hause angekommen, bettelten sie so lange, bis sich die Männer erbarmten und mit dem ersten Buchstabenunterricht begannen. Das erstaunliche Gedächtnis der Elfen verblüffte die beiden Freunde. Im Handumdrehen begannen sie die ersten Wörter zu lesen. Das ungewohnte Schreiben bereitete ihnen mehr Mühe. Die Buchstaben sahen entsprechend krakelig aus.

„Übung macht den Meister", schmunzelte Marc. „Es war doch für den Anfang gar nicht mal so übel."

Während die beiden Frauen fleißig Buchstaben malten, entschloss er sich nun doch, sein Arbeitszimmer aufzusuchen. Thomas folgte ihm, denn sein Laptop stand auch noch bei Marc. Marc öffnete die Tür einen Spalt breit und fingerte nach dem Lichtschalter. Dann traten sie gemeinsam ein.

Thomas streckte ganz langsam den Zeigefinger aus. „Da ist sie ja!", rief er sichtlich zufrieden. Genau wie bei ihm zu Hause stand eine Ritterrüstung neben dem Schreibtisch. Die vielen Dellen, und besonders die verbeulte linke Unterarmschiene, ließen keinen Zweifel daran, dass es genau die Rüstung war, in der Marc fast den Tod gefunden hätte.

„Erstaunlich." Marc ging langsam um die Rüstung herum. „Wirklich erstaunlich."

„Was ist denn das?" Thomas deutete auf etwas Helles, das hinter dem Visier des Helmes zu klemmen schien.

Marc nahm den Helm herunter, drehte ihn um und spähte neugierig hinein.

„Sei vorsichtig", mahnte Thomas. „Es könnte wichtig sein."

Marc legte den Helm auf seinen Schreibtisch und klopfte gut dosiert mit der flachen Hand darauf. Quietschend ließ sich nun das Visier aufklappen, wobei es gleichzeitig die Papiere freigab.

„Ach herrje!" Er musste sich setzen, so aufgeregt war er plötzlich.

Thomas schaute ihm über die Schulter.

„Stella Wendler, geboren am einundzwanzigsten März zweitausendneun. Galantha Elfert, geboren am neunten September neunzehnhundertneunundachtzig", murmelte Marc, nachdem er die beiden Geburtsurkunden mit zitternden Händen hin und her gedreht, und dabei die amtlichen Stempel entdeckt hatte. „Ich glaube, ich brauche einen Whiskey."

„Kommt sofort." Thomas öffnete die kleine Hausbar, goss zwei Gläser voll, von denen er das mit dem Doppelten Marc reichte. Er hob sein Glas. „Auf Auréus!"

„Ja, auf Aurëus!", antwortete Marc, wobei er sein Glas auch in Richtung der Ritterrüstung erhob.

Schließlich griffen sie ihre Laptops, um schnell zu den Frauen zurückzukehren. Die Emails konnten sie auch im Kaminzimmer checken.

„Wonach riecht ihr denn?" Die Elfen hoben schnuppernd die Nasen.

„Nach Whiskey. Wir haben auf Aurëus angestoßen", erklärte Thomas.

„Auf Aurëus?" Galantha schaute Marc fragend an.

„Und auf das hier." Marc hielt die beiden Papiere hoch.

„Was ist das?"

Marc strahlte förmlich. „Er hat für euch beide Geburtsurkunden besorgt. Damit seid ihr für diesen Staat ganz natürlich als Menschen geboren und ich kann beruhigt daran gehen, offiziell Ausweise zu beantragen." Er las den beiden die Urkunden vor.

„Stella Wendler. Galantha Elfert? Warum trägt Mutter nicht auch deinen Namen?" Stella zog die Stirn in Falten.

„Damit niemand Verdacht schöpft", erklärte Marc. „Wenn sie es möchte, werde ich sie heiraten, dann heißt sie auch Wendler, ist auf dem amtlichen Papier meine Ehefrau, hat dadurch alle möglichen und unmöglichen Rechte und genießt mehr Ansehen bei den Leuten als eine Lebensgefährtin, so groß die Liebe auch immer sein mag."

Er kniete vor Galantha nieder. „Willst du meine Frau werden?"

Mit glücklichem Lächeln nahm die Elfe seine Hände. „Ja, ja und nochmals ja."

„Na ihr legt ein Tempo vor." Thomas klopfte Marc auf die Schulter. „Aber mal ehrlich, alles andere hätte mich gewundert. Ich stehe voll als Trauzeuge zur Verfügung."

„Wäre d a s anders, hätte i c h mich gewundert." Marc hob Galantha hoch und schwenkte sie ihm Kreis.

Thomas wirkte nachdenklich.

„Was ist?", fragte Marc.

Thomas machte mit Daumen, Zeige- und Mittelfinger der rechten Hand die altbekannte Bewegung.

Marc nickte. „Ich habe nie große Sprünge gemacht, es wird schon irgendwie reichen."

„Ich glaube eher, dass deine Mama jetzt zur Höchstform auflaufen und Galantha die Hochzeit spendieren wird", sagte Thomas ziemlich ernst. „Erinnere dich an ihre Worte von heute Mittag. Für mich klangen sie, obwohl sie nichts weiter gesagt hat, ziemlich eindeutig. Es ist die allen sichtbare Möglichkeit, Galantha mit offenen Armen in die Familie aufzunehmen und vom Wert her läuft eine Hochzeit bestimmt auf das hinaus, was Stella bekommt."

„Ich werde meine Leute anrufen, sobald der Termin feststeht", versprach Marc. „Jetzt sollten wir wohl erst einmal schlafen gehen. Es war ein langer, aufregender Tag."

Am nächsten Morgen weckte der strahlendste Sonnenschein die Schläfer. Marc schnappte den Beutel, um zum Bäcker zu gehen.

„Wir kommen mit", legte Galantha fest. Stella nickte freudig.

Thomas deckte in der Zwischenzeit den Tisch, setzte Kaffee an und hörte im Radio Nachrichten. Die drei brachten nicht nur frische Brötchen, sondern auch noch die Tageszeitungen aus dem Briefkasten mit.

„Und gibt es Neuigkeiten?", fragte Thomas.

Marc grinste breit. „Na klar. Der Dorftratsch hat hervorragend funktioniert. Seit der Schneeglöckcheninvasion mitten im Sommer steht mein Haus wohl unter besonderer Beobachtung. Trotzdem ist es uns gelungen, die Nachbarschaft zu schocken. Die sind immer von einer jungen Frau ausgegangen und plötzlich komme ich gleich mit zweien zum Bäcker. Hab selten so viele Unterkiefer auf den Schuhspitzen der Leute gesehen", kicherte er schadenfroh. „Ich konnte es mir nicht verkneifen zu sagen, dass es ein Hobby meiner Tochter und meiner zukünftigen Frau ist, Blumen zu ungewöhnlichen Zeiten zum Blühen zu bringen."

„Du hast also allumfassende Aufklärungsarbeit geleistet", schmunzelte Thomas.

Marc lachte aus vollem Halse. „Vergiss es! Jetzt sind sie am Tuscheln, wer von beiden wohl die Mutter sein könnte."

„Pfui bist du fies. So was tut man doch nicht." Thomas fiel in das Gelächter ein.

Die beiden Elfen ließen sich ihren Pfirsichnektar schmecken, naschten Lindenblütenhonig und lächelten still in sich hinein. Plötzlich fragte Galantha: „Gibt es hier viele Hexen?"

„Was???" Marc ließ vor Schreck sein Brötchen fallen. „Hexen?"

„Ja, Hexen. Ich habe genau gehört, wie jemand beim Bäcker sagte, dass das Hexenhaus wieder nicht versteigert worden sei. Was auch immer das bedeutet", erklärte Galantha.

„Keine Ahnung was die Leute damit meinen. Ich hab hier noch keine Hexe gesehen", entgegnete Marc, nachdem er einige Zeit angestrengt überlegt hatte, was mit Hexenhaus gemeint sein könnte.

„Schau doch mal ins Amtsblatt", schlug Thomas vor. „Wenn es um Versteigerungen geht, wirst du dort sicher fündig."

„Gib mal rüber." Marc deutete in den Zeitungsständer am Fenster.

Wenig später blätterte er die wenigen Seiten durch, blieb an einer Stelle hängen, die er mehrfach las. „Das könnte es sein, Drachenweg zwölf. Der Postleitzahl nach, muss es hier irgendwo in der Siedlung sein. Heute ist noch ein Termin angesetzt."

„Zeig!" Thomas fischte sich die Zeitung. Wie hypnotisiert starrte er auf die Anzeige.

„Thomas? Thomas!!"

„Wie ..." Thomas erwachte wie aus einem Traum.

„He, was ist los mit dir, du hast ja hektische Flecke im Gesicht", sagte Marc besorgt.

„Tschuldigung. Bin gleich wieder da." Thomas eilte aus der Küche.

Marc hörte, wie sein Freund auf der Tastatur seines Laptops herumhämmerte. Es folgte ein Zwischending aus Stöhnen und Lachen. „Bin in einer Stunde wieder da." Dann klappte die Haustür.

„Was war denn das?", fragte Stella und schüttelte erschreckt den Kopf. „Wo ist er hin?"

„Keine Ahnung", antwortete Marc ebenso erschrocken. „Muss wohl etwas mit diesem Hexenhaus auf dem Drachenweg zu tun haben." Er beugte sich über Thomas' Laptop. Die zuletzt aufgerufene Seite zeigte den Stadtplan und speziell Marcs Wohnviertel.

„Aber das ist ja …" Marc ließ sich auf einen Stuhl fallen. Sprang wieder auf, rannte in die Küche und schlug die Anzeige von der Zwangsversteigerung auf. Dann schaute er kopfschüttelnd auf die Uhr.

„Hast du etwas herausgefunden?", fragte Galantha.

„Ich weiß jetzt zumindest, wo das Hexenhaus ist, oder vielmehr, ich glaube, es jetzt zu wissen. Kommt mit!"

Marc öffnete die Terrassentür, die zum Garten führte. Er deutete hinter seine hohe Hecke aus Lebensbäumen. „Das da muss das Hexenhaus sein." Zwei oder drei Männerstimmen drangen herüber und Marc glaubte, die von Thomas erkannt zu haben. Was machte sein Freund nur dort drüben? Dann wurde es still oder doch nicht? Es raschelte zwischen den Lebensbäumen und die altbekannte Stimme sagte: „He Nachbar! Bist du da?" Thomas' Kopf guckte durch das grüne Gewirr, dann quetschte er sich mühsam zwischen zwei Stämmen hindurch. Er wirkte äußerst zufrieden.

„Du hast doch nicht etwa …?" Marc sprach es nicht ganz aus.

„Doch. Ich habe. Für einen Apfel und ein halbes Ei." Thomas schwenkte einen großen braunen Umschlag. „Ich hoffe, dass es im Sinne unserer beiden Frauen ist, wenn wir etwas enger zusammenrücken."

„Was heißt das alles?", fragte Stella.

„Nun, Thomas hat das Grundstück mit dem Häuschen da drüben gekauft", erwiderte Marc. „Wenn wir die Hecke herausreißen, können wir uns jederzeit besuchen. Das heißt, dass du nie wirklich von Galantha getrennt sein wirst. Gemeinsam können wir unsere kleinen Geheimnisse auch viel besser bewahren." Dann wandte er sich an Thomas: „Hast du denn herausbekommen, warum man das Haus so seltsam nennt?"

„Hmm, ist ganz banal. Die guten Leute, die das Häuschen gebaut und bewohnt haben, hießen Hans und Greta", schmunzelte Thomas. Dann erklärte er den beiden Elfen mit wenigen Worten das Märchen, welches den Nachbarn bei der Bezeichnung Pate gestanden hatte.

„Warum war es so billig?", wollte Marc noch wissen.

Thomas druckste etwas herum. „Es ist stark reparaturbedürftig und das Grundstück ist restlos heruntergekommen."

„Etwas in der Richtung habe ich befürchtet", murmelte Marc. „Aber du hast ja Freunde. Wir werden es schon wieder auf Vordermann bringen."

Marc vergaß nicht, dass er den Elfen einen Tag im Zoo versprochen hatte. Bester Laune machten sich die vier auf den Weg. Das wahrhaft babylonische Sprachgewirr schon an der Kasse amüsierte die Elfen. Unzählige erwartungsfrohe Kinder sprangen herum, und konnten von ihren Müttern kaum gebändigt werden.

„War ich auch so quirlig, als ich noch so klein war?", fragte Stella.

Galantha lachte fröhlich. „Aber natürlich. Nur hattest du Pyron, der oft stundenlang mit dir gespielt und gebalgt hat. Ihm hat es nicht viel ausgemacht, wenn du dich im Sturzflug auf ihn geworfen und ihn zum Gefangenen erklärt hast. An manchen Tagen hat er dich nach Hause getragen, wenn du müde, vom vielen Umhertollen, einfach auf einer Wiese eingeschlafen bist."

Thomas sah Stella ungläubig an. „So was hast du gemacht?"

Die Elfe schmunzelte. „Manchmal habe ich sogar mit Pyron gerungen. Irgendwann hat er sich malerisch auf den Rücken fallen lassen und für besiegt erklärt. Dabei hätte er bloß einmal pusten brauchen und ich wäre haltlos davon gewirbelt."

„Kommt mit. Ich kenne da ein paar Tiere, die euch sicher gefallen werden." Thomas zog sie zum Kletterfelsen der Rhesus-Affen. Augenblicke später vergaßen die Elfen die Welt um sich herum. Die lustigen Streiche der putzigen, kleinen Äffchen zogen sie in ihren Bann. Die halsbrecherischen Jagden und das wilde Gekreische, wenn eines der Äffchen von den anderen erwischt wurde, sorgten für lang anhaltendes Gelächter.

An den Gehegen der Bären und Wölfe bekam Galantha eine Gänsehaut. Trotzdem blieb sie stehen, um den Tieren zuzusehen. „So, mit den dicken Stäben dazwischen, gefallen sie mir viel besser", sagte sie leise. Etwas später stellte sie fest, dass es in der Menschenwelt ja unzählige gefährliche Tiere gab, gegen die die Wölfe ja schon fast Zwerge waren. Der sibirische Tiger pflückte gerade seine Ziegenkeule von einem hochgelegenen Ast. „Oh, oh, gegen den hätten wir auf unserem Baum wohl keine Chance gehabt." Galantha betrachtete furchtsam das Gebiss der hungrigen Raubkatze.

Marc nahm sie in die Arme. „Ich glaube, wir beide hatten überhaupt viel Glück. Weder Feuer noch Eis haben es geschafft, uns den Garaus zu machen. Aber glaube mir, es gibt weitaus gefährlichere Tiere als Tiger und Bären, weil sie giftig sind."

In den nächsten Stunden lernten die Elfen Schnabeltiere, Schlangen, Skorpione, Pfeilgiftfrösche und eine Unmenge Insekten kennen, die durchaus in der Lage waren, einen Menschen umzubringen, von Quallen und Fischen ganz zu schweigen.

„Etwas Misstrauen gegenüber allem, was man nicht kennt, ist hier wohl auch angebracht", sagte Stella schließlich. „Erstaunlich ist nur, dass die ganz bunten Tiere, die schlimmsten sind."

„Das sind Warnfarben", erklärte Marc. „Alle Fressfeinde wissen instinktiv, dass da ein Problem lauert. Aber das ist eben nicht bei allen Tieren so. Schaut euch den wundervollen blauen Pfau an oder die herrlichen Papageien."

„Würde man Pyron auch hinter solche Gitter sperren, wenn er sich in diese Welt verirrte?", fragte Galantha plötzlich.

Marc wurde sehr ernst. „Vermutlich. Wenn ihm nicht sogar Schlimmeres drohen würde. Auch in dieser Zeit vernichten die Menschen oft das, was sie nicht kennen oder nicht begreifen können und wenn es aus Unachtsamkeit ist. Das ist ja auch der

Grund, weshalb nur wenige Leute wissen dürfen, dass ihr Elfen seid."

Galantha ließ ihren Blick noch einmal über den Zoo schweifen. „Ich glaube, ich habe verstanden, was du meinst. Trotzdem war es ein schöner und vor allem sehr lehrreicher Tag." Sie blinzelte in die Sonne. „Weißt du, auf was ich jetzt Appetit hätte? Auf ein Vanilleeis, so eins wie bei Luigi."

„Welch ungewöhnlicher Wunsch für eine Elfe", schmunzelte Marc. „Aber du sollst es bekommen."

Sie fanden vier Plätze auf der Terrasse. Marc bestellte zwei Eis mit vielen Früchten. Beim Anblick der riesigen Becher erschraken die Elfen.

„Keine Panik, wir helfen mit." Thomas präsentierte zwei zusätzliche Löffel.

„Marc." Galantha dehnte den Namen. „Wenn dein Urlaub zu Ende ist … ich meine … können wir dann trotzdem ab und zu etwas Besonderes unternehmen?"

Er schaute sie erstaunt an. „Aber sicher. Warum nicht? Das Leben besteht doch nicht nur aus Arbeit. Es gibt Wochenenden und Feiertage und Urlaub und Abende, an denen einfach Spaß angesagt ist. Allerdings müssen wir in den nächsten Wochen und Monaten Thomas bei seinem Häuschen etwas unterstützen, aber selbst dabei muss der Spaß ja nicht zu kurz kommen."

„Ich freue mich darauf, ihm helfen zu dürfen. Er hat uns Elfen geholfen und wir werden uns tatkräftig dafür bedanken", sagte Galantha.

Stella nickte zu diesen Worten. „Ihr solltet auch nicht vergessen, dass wir unsere Kräfte hier voll entfalten können."

Thomas freute sich. „Ich werde es auf keinen Fall vergessen. Bevor ich etwas unternehme, spreche ich alles mit euch ab. Ich habe es noch ziemlich gut im Gedächtnis, wie ihr beide die Rüstung für Pyron gefertigt habt. Überdies verspreche ich, dass ich deine Wünsche beim Um- und Ausbau berücksichtige. Morgen suche ich sämtliche Ämter heim, um alles rechtsgültig eintragen zu lassen."

„Wir werden auch einen Behördenmarathon machen, Ausweise beantragen und einen Hochzeitstermin auf dem Standesamt buchen", erklärte Marc. „Heute Abend versuche ich, Aurëus zu sprechen, damit mir ja kein Fehler bei alledem unterläuft. Zudem möchte ich mich bei ihm bedanken."

„Lad ihn doch einfach ein", schlug Thomas vor. „Ich gehe auch einkaufen, wenn du mir sagst, was du alles für ein ordentliches Gericht brauchst. Noch ist genug Zeit."

Sein Vorschlag traf auf offene Ohren.

Drei Stunden später saßen sie mit dem Zauberer in gemütlicher Runde bei einer guten Flasche Wein im Kaminzimmer. Aurëus hörte zu, gab Ratschläge und freute sich, dass die vier die ersten Hürden so hervorragend gemeistert hatten. Er freute sich auf die bevorstehende Hochzeit, für die ihn Marc bat, zweiter Trauzeuge zu sein. Aurëus' Augen leuchteten so, dass Stella sagte: „Du heckst doch etwas aus!"

„Vielleicht – vielleicht auch nicht. Wer weiß das schon bei einem Zauberer?", dabei zwinkerte er ihr zu und lächelte. Und ganz nebenbei sagte er: „Marc, du solltest morgen genau neun Uhr dreißig wegen der Ausweise vorsprechen. Für Thomas wäre zehn Uhr fünfzehn wegen des Grundbucheintrages ideal."

„Herzlichen Dank für die Hinweise. Wir werden ja so was von pünktlich sein." Die Männer gaben die Termine in die Organizer ihrer Handys ein.

Aurëus erhob sich. „So meine Lieben, nun muss ich euch verlassen. Ihr wisst doch: The show must go on."

„Du meinst sicher nicht nur deine Zauberschau", stellte Marc mit einem Lächeln fest.

„Tja, wer weiß das schon bei einem Zauberer?" Aurëus zog die Tür hinter sich ins Schloss.

Überraschungen

Was die beiden Pärchen in den vergangenen Tagen auch in Angriff nahmen, funktionierte. Dabei hatten sie stets das Gefühl, dass Auräus' verschmitztes Lächeln sie begleiten würde. Offensichtlich hielt der Zauberer seine schützenden Hände über sie. Es dauerte keine drei Wochen, bis die Elfen ihre Ausweise in den Händen hielten, Marc und Galantha einen Hochzeitstermin für Juli des nächsten Jahres hatten und Thomas sämtliche Umschreibungen und Baugenehmigungen bekam.

Einmal die Woche trafen sie sich bei Luigi mit Auräus und ihren Freunden, schmiedeten Pläne und vergaßen die kleinen und großen Sorgen des Alltags. Galantha und Stella erkundeten die Stadt, besuchten Museen und schrieben sich in der Zentralbibliothek als Leser ein. Stella konnte schnell allein auf ihr Konto zugreifen, dabei hielt sie ihr Geld gewissenhaft zusammen, überlegte mehrmals, ehe sie sich etwas kaufte.

Marc legte für Galantha ebenfalls ein Taschengeldkonto an, auf dem sie schalten und walten konnte, wie sie es für richtig hielt. Irgendwann lieh sie ein Buch über Schneidern Lernen aus, kaufte sich wenig später eine Nähmaschine und begann Blusen und Pullover selber flügelgerecht zu ändern. Das sparte der kleinen Familie viel Geld, machte Spaß und bald darauf leitete sie sogar, gegen einen eher symbolischen Obolus, einen gut besuchten Näh-Kursus an Marcs Uni. Ihre originellen Patchwork-Arbeiten verkaufte sie gewerbsmäßig und sehr erfolgreich im Internet.

Stella stürzte sich in die Welt der Computer, belegte einen Lehrgang um die Grundlagen und einen um das Programmieren zu lernen. Thomas sollte Recht behalten, sie bekam in Null-Komma-Nix die höheren Weihen des 3-D-Programmierens. Was sie nicht in der Bibliothek zum Thema ausleihen konnte, besorgte Marc für sie. Ganz nebenbei arbeitete sie erfolgreich in Thomas Softwarefirma an ein paar kleinen Projekten, die wieder etwas Geld auf ihr Konto spülten.

Thomas' Häuschen mauserte sich, dank der tatkräftigen, zauberhaften Unterstützung der Elfen zu einem echten Hingucker. Stella redete mit dem Unkraut Klartext, Galantha bat bei den Zierpflanzen um Gehör. Während sich die einen von ganz allein davon machten, indem sie es vorzogen, schnell einzugehen, erblühten die anderen in der gleichen Pracht wie in Marcs Garten. Schon im Spätherbst zog Thomas mit Stella endgültig in das Häuschen. Seine Eigentumswohnung vermietete er. Die Hecke aus Lebensbäumen fiel komplett der Säge zum Opfer. Stattdessen baute Marc einen überdachten Wandelgang zwischen den beiden Häusern, der von unzähligen Kletterpflanzen umrankt wurde.

Erstaunt beobachteten die Elfen den Wechsel der Jahreszeiten. Sie hatten noch niemals bunt gefärbtes Herbstlaub gesehen, geschweige denn kahle Bäume. Dann kam der erste Schnee. Es war Sonntagmorgen, die beiden Pärchen saßen in Thomas' Küche, frühstückten ausgiebig, als Galantha plötzlich aufsprang. „Da, da draußen!!! Ist das Schnee?"

Alle traten ans Fenster.

„Ja, das ist Schnee." Marc drückte Galantha.

Die beiden Elfen streiften ihre warmen Kapuzenmäntel und die Handschuhe über, eilten schnell in den Garten, um mit den Händen nach den winzigen Kristallen zu haschen.

„Schade. Es hört schon wieder auf", bedauernd schaute Stella zu den dunklen Wolken auf.

Thomas lachte. „Du wirst noch so viel davon bekommen, dass du ihn nicht mehr sehen kannst. Spätestens dann, wenn wir den Gehweg vor unserem Häuschen frei schippen müssen, wirst du die Nase vom Schnee voll haben."

„Wo du Recht hast, hast du Recht", schmunzelte Marc. „Bei dem Gedanken wird mir jetzt schon ganz elend."

Eine Woche später war es schon so weit. Die Elfen begriffen schnell, dass Schneeschippen eine schweißtreibende Angelegenheit war. Sie zogen es vor, mit Zauberkraft etwas nachzuhelfen, natürlich zur größten Freude der Männer, die die selbst agierenden Schneeschieber nur festhielten, damit es den Nachbarn nicht auffiel. Auf alle Fälle zierte nach ein paar Stunden ein lustiger Schneemann Marcs Garten, den Stella und Galantha unter viel Gelächter gebaut hatten. Ein blauer Kunststoffeimer als Hut, zwei große Steine als Augen, eine Möhrennase, ein alter Schal und ein Besen komplettierten das Kunstwerk. Marc fotografierte die beiden Elfen, die sich links und rechts in die angewinkelten Arme ihres Schneemanns einhängten. Ein lustiger Wintergruß als E-Card an seine Eltern.

Der Schnee blieb liegen und täglich kam etwas mehr hinzu. Die Männer stellten Futterhäuschen für die Vögel in ihren Gärten auf. Natürlich so, dass die Elfen alle Vögel ganz genau beobachten konnten.

„Warum habt ihr denn die Äste so komisch unten an die Ständer gebunden?", wollte Galantha wissen.

„Damit die Katzen nicht hochklettern und die Vögel fressen", erklärte Thomas.

„Ach ja, ich erinnere mich. So wie der Tiger im Zoo das Ziegenbein." Die Elfe erschauerte bei diesem Gedanken. Sie hatte zwar ab und zu irgendwelche Katzen durch den Garten schleichen sehen, sich aber nie Gedanken darüber gemacht, wovon sich die Tiere ernährten.

Überhaupt blieben die beiden Futterhäuschen von ungebetenen Besuchern verschont. Weder Eichhörnchen, Tauben noch Krähen verscheuchten die kleinen Piepser und diese zeigten keinerlei Scheu, wenn die beiden Frauen in den Garten kamen. Stella hielt einer Kohlmeise den behandschuhten Finger hin, der Vogel kletterte darauf und ließ sich von allen Seiten betrachten. Schließlich fraß er ihr sogar die Körner aus der Hand.

Tina und Mario kamen auch immer öfter vorbei, um mit ihren Freunden etwas gemeinsam zu unternehmen. Sie hatten Thomas ebenfalls kräftig beim Hausbau unterstützt, dabei festgestellt, dass die beiden Elfen keinerlei Allüren zeigten, zupacken konnten und immer Fröhlichkeit ausstrahlten. Tina fühlte sich wohl bei ihnen. Heute spielten die Männer Skat. Tina hatte einen Packen Journale mitgebracht, in denen es vorwiegend um Brautkleider, Frisuren und Zubehör ging. Die drei Frauen hatten die Lehnen der Wohnlandschaft heruntergeklappt, um unendlich viel Platz zu haben, hockten mit untergeschlagenen Beinen inmitten der ausgebreiteten Zeitschriften und sortierten die schönsten Modelle aus. Hin und wieder huschte Marcs liebevoller Blick hinüber zu Galantha, die ganz in Vorfreude auf die Hochzeit die vielen Bilder betrachtete.

Im Kamin prasselte ein lustiges Feuer, das sie den nimmer enden wollenden Schneefall draußen vergessen ließ. Jetzt, Ende Februar, sehnten schon alle den Frühling herbei. Galantha begann, die Tage bis zu ihrer Hochzeit zu zählen. Darin unterschied sie sich wohl kaum von den Menschenfrauen. Marc hatte die Trauringe bei Tina in Auftrag gegeben, die schon seit Jahren für Furore mit ihren Goldschmuckkollektionen sorgte, diverse internationale Preise gewonnen hatte und so die erste Adresse für Sonderwünsche war.

Thomas hatte wieder einmal Recht behalten. Martha Wendler versprach Marc und Galantha die Kosten zu übernehmen und wäre arg beleidigt gewesen, wenn die beiden abgelehnt hätten. Luigis Lokal bot genügend Platz für große Gesellschaften und der Wirt selber freute sich auf das Ereignis, als ginge es um ihn selber. Solch eine Märchenhochzeit fand höchstens, wenn überhaupt, alle tausend Jahre statt. Antonio witterte das Geschäft seines Lebens, er notierte sich vorab Luigis Wünsche, orderte in aller Welt Obst und Gewürze, um pünktlich und in der geforderten Qualität liefern zu können.

Am Vorabend des großen Tages klingelte ein Bote an Marcs Tür, übergab ihm gegen Unterschrift ein flaches Päckchen. Die braune Verpackung trug keinen Absender. Marc brachte es in die Küche, trennte vorsichtig das Klebeband auf, schlug die Laschen auseinander und entnahm ihm etwas, das dick in Noppenfolie gewickelt war. Inzwischen beschlich ihn das Gefühl, dass der Inhalt für Galantha bestimmt sein könnte. Also rief er sie, um ihr nicht die Freude zu verderben.

„Was ist das?", fragte sie erstaunt.

"Ich weiß es nicht. Ein Bote hat es gebracht. Es steht kein Absender darauf, ebenso kein Empfänger. Ich bin allerdings überzeugt, dass es für dich bestimmt ist", entgegnete Marc. Indem er ihr das Päckchen reichte.

Galantha löste den Klebestreifen, wickelte die Folie auseinander und rief völlig überrascht: „Ah! Ist das schön!"

Marc schaute über ihre Schulter. Galantha hielt einen silbernen Brautkranz aus Schneeglöckchen in den Händen.

„Ein Gruß aus der Elfenwelt?", fragte er leise.

Galantha nickte. „Das stammt aus dem Schatz unserer Königin."

Marc schaute ungläubig. „Eurer Königin?"

Die Elfe ließ die Fingerspitzen über die filigranen Blüten gleiten. „Ich weiß wie unwahrscheinlich das für dich klingt. Ich selbst habe sie nur ein einziges Mal gesehen. Sie lebt in einem Schloss in den Wolken und kommt nur alle fünfhundert Jahre in unsere Welt herab. Dort trifft sie sich mit den magischen Wesen im Turm, um anschließend wieder in den Wolken zu verschwinden."

Marc dachte lange nach, während Galantha versonnen den Kranz in den Fingern drehte. „Muss ich wohl nicht begreifen", sagte er nach einer Weile.

„Tut mir leid. Ich weiß wirklich nicht mehr." Galantha hob bedauernd die Schultern.

Marc nahm sie in die Arme. „Alles was jetzt zählt, ist, dass sie dir ein wundervolles Geschenk schickt. Man erinnert sich in der Elfenwelt eben doch daran, was du für alle getan hast."

Da meldete sich das Telefon. Galantha hörte Marc sagen: „Na gut, das ist nun mal nicht zu ändern. Ich werde es ihr ausrichten. Sie wird es sicher verstehen. Nochmals Danke. Auf Wiederhören."

„Was werde ich verstehen?", fragte Galantha erschreckt.

Marc grinste breit. „Frau Rocci hat mir gerade Hände ringend kundgetan, dass deine Brautkrone nicht geliefert worden ist."

Beide begannen zu lachen. Das Schicksal ging eben verschlungene Wege. Galantha drückte glücklich ihren Kranz an die Brust. „Er ist viel schöner, wertvoller und spart uns ganz nebenbei Zweihundert Euro, die ich für die Kinderkrebshilfe spenden werde", rief sie. „Und das werde ich noch heute tun." Sie trug ihren Kranz ins Schlafzimmer, wo er einen Ehrenplatz auf dem Nachttischchen bekam. Anschließend huschte sie in Marcs Arbeitszimmer, wo sie online sofort ihr Versprechen wahr machte. Mit der Überweisungsbestätigung in der Hand kam sie in die Küche zurück.

Marc hauchte ihr einen Kuss auf die Stirn. „Ich bin stolz auf dich."

Märchenhochzeit

Der Hochzeitsmorgen begann mit strahlendem Sonnenschein. Nach dem gemeinsamen Frühstück der beiden Pärchen mit Marcs Eltern huschten die Elfen ins Bad. Stella steckte ihr ganzes Können in Galanthas Frisur, die anschließend ihrerseits Stella frisierte. Alfons Wendler schaute immer wieder auf die Uhr. Marc schüttelte amüsiert den Kopf. „Beruhige dich endlich. Es sind doch noch fast zwei Stunden Zeit. Gut Ding will Weile haben."

Alfons lächelte gequält. „Ich weiß ja, dass ich aufgeregter bin als ihr. Aber das ist ja alles auch so märchenhaft – ich kann nicht anders."

Martha Wendler saß im Kaminzimmer, blätterte, um sich zu beruhigen alte Fotoalben durch. Thomas führte, von Marcs Arbeitszimmer aus, noch einige wichtige Telefonate. Eine halbe Stunde vor Abholtermin durch das Taxi saßen alle beisammen und warteten auf das Auftauchen der Braut. Endlich kündigte Stella Galantha an. Marc sprang auf und ging ihr entgegen. Galantha sah hinreißend aus. Sie hatte sich für ein kräftig champagnerfarbenes Seidenkleid ohne Schnörkel und Schnickschnack entschieden, welches ihrer blassen Haut eine gesunde Farbe verlieh und dem das eichhörnchenrote Haar eine besonders edle Note gab. Sie trug ihr Schmetterlingscollier und den silbernen Elfenkranz, an dem Stella den Schleier aus Organza befestigt hatte, der ursprünglich als Schleppe gedacht war. Das fehlende Krönchen und das Auftauchen des Kranzes hatten die Elfen blitzschnell umdisponieren lassen. Marc strahlte vor Glück.

Er zog ein kleines Etui aus der Tasche. „Ein Geschenk an meine wunderschöne Braut."

Vorsichtig öffnete Galantha den Verschluss. Auf dunkelrotem Samt kamen zwei funkelnde Ohrringe in Form von Schmetterlingen zum Vorschein, die mit denen des Colliers völlig identisch waren. Galanthas Freude war nicht zu übersehen. Stella half ihr diese Kleinode sofort anzulegen. Kaum waren sie fertig, klingelte es.

„Das wird das Taxi sein." Marc reichte Galantha den Arm. Am Gartentor blieb er völlig überrascht stehen. Statt des Minibusses hielten zwei weiße Kutschen vor dem Haus. Thomas breites Grinsen sprach Bände. Die erste Kutsche war mit vier schneeweißen Schimmeln bespannt und für das Brautpaar reserviert. Die vier anderen bestiegen die Kutsche mit den Apfelschimmeln.

„Einhörner ohne Horn", hauchte Galantha ergriffen.

Marc drückte zärtlich ihre Hand. „Das ist Thomas' Geschenk an dich. Wenn er gekonnt hätte, hätte er sicher Einhörner aufgetrieben."

Vor dem Standesamt warteten Aurëus, Mario, Tina und Luigi, die den Kutschen erstaunt und neugierig entgegen schauten.

Als sich Galantha und Marc das Ja-Wort gaben, schien die Sonne in den Brautkranz und ließ ihn hell aufstrahlen. Stella und Aurëus sahen sich bedeutungsvoll an.

Nach der Zeremonie führte Marc Galantha hinaus und wieder blieb er völlig perplex stehen. Vor dem Portal standen all seine Studenten, die Professoren und Willy, der ehemalige Hausmeister. Gemeinsam sangen sie einen Kanon auf das Hochzeitspaar. Die Mädels streuten mit den Professorinnen Blumen.

Marc lud alle auf Freibier zu Luigi ein. Wieder nickten sich Stella und Aurëus unmerklich zu. So kam es wohl auch, dass das Bierfass einfach nicht leer wurde.

Nach dem Mittagessen spazierte ein Mann, trotz der Hitze mit langem schwarzem Ledermantel, die Straße entlang. Suchend glitt sein Blick über die Fassaden der Häuser. Marc hatte ihn zufällig bemerkt. Jetzt beobachtete er ziemlich interessiert dessen Gestalt und das seltsame Verhalten. Der Fremde blieb stehen und hob beinahe witternd die Nase in die Luft. Dann drehte er sich plötzlich dem Lokal zu. Er zögerte einen Moment, ehe er zielstrebig auf die Tür zuging. Als er die Pizzeria betrat, wandten sich ihm alle Köpfe zu.

Sein Outfit war aber auch zu ungewöhnlich. Er trug Lederhandschuhe ohne Spitzen, aus denen dunkle lange Nägel hervorschauten. Die Haut seines Gesichtes wirkte rau. Das lange rabenschwarze Haar lag glatt am Kopf an. Mit seinen stechend grünen Augen überflog er die Gesichter.

Stella war aufgesprungen. Sie ging dem Fremden langsam entgegen. Auch Galantha, Marc und Thomas hatten sich erhoben und näherten sich ihm. Er wandte sich Galantha zu, nahm ihre Hand, um sie vorsichtig zu küssen. „Ich wünsche dir alles Glück dieser und der anderen Welt", sagte er mit ungewöhnlich tiefer Stimme. In diesem Augenblick warfen sich die beiden Elfen in seine Arme. Die beiden Männer reichten ihm die Hände.

Alfons richtete sich neugierig auf. Der seltsame Gast, der so überaus herzlich begrüßt wurde, interessierte ihn brennend. Er erhielt einen Platz zwischen Stella und Galantha, die hin und wieder seine Hände streichelten. Marc gab persönlich die Bestellung für ihn auf. Selbst als das Essen erschien, behielt er Mantel und Handschuhe an, die aus einem völlig ungewöhnlichen und glänzendem Leder zu bestehen schienen. Alfons fiel auf, dass sich der Mantel seltsam bewegte. So ähnlich, wie es manchmal die Flügel der Elfen unter den Jacken taten.

Als der schwarzhaarige Fremde das Fleisch aß, bemerkte Alfons regelrechte Reißzähne hinter seinen Lippen. Ein Zug des Begreifens huschte über seine Züge. Er hoffte, sich mit ihm einen Moment allein unterhalten zu können. Die Gelegenheit kam, als Thomas Martha zum Tanz aufforderte, weil Luigi ihm Stella vor der Nase weggeschnappt hatte. Alfons umrundete die Tafel. Er blieb neben dem Fremden stehen, der einladend auf einen der freien Stühle neben sich deutete. Alfons nahm Platz.

„Ich wollte mich bei Ihnen bedanken", sagte er, ihm die Hand hinstreckend.

Der Fremde zögerte. „Sind Sie sicher?"

Alfons lächelte. „Ja, ganz sicher. Sie haben meinem Sohn das Leben gerettet und sonst wäre Galantha sicher an gebrochenem Herzen gestorben."

Der Mann nahm die Hand und erwiderte den Händedruck.

„Woher wollen Sie wissen, wer ich bin?", fragte der Schwarzhaarige.

Alfons lachte. „Ich bin ein guter Beobachter. Niemand läuft mitten im heißesten Sommer im Ledermantel umher. Es sei denn, der Mantel wäre gar keiner, sondern ein Paar kräftige Schwingen, die auf zauberhafte Weise ihre Form für kurze Zeit geändert hätten. Und was festgewachsen ist, lässt sich nun mal nicht ausziehen. Die ungewöhnlich grünen Augen rühren auch nicht von Kontaktlinsen her, genau wie die Handschuhe eigentlich keine sind. Zudem kann ich die Energie der anderen Welt fühlen. Ich bin im tiefsten Innersten überzeugt, dass Sie Pyron sind."

„Stimmt." Der erkannte Drache schaute Alfons groß an. Seine stechend grünen Augen nahmen einen milden Glanz an. „Auräus hat es irgendwie geschafft, mich für einen halben Tag in diese Welt zu bringen. Pünktlich um Mitternacht muss ich wieder durch das Tor zurück."

„Kann ich Ihnen irgendeinen Wunsch erfüllen?" Alfons hatte das dringende Bedürfnis, mehr als nur Danke zu sagen.

Pyron nickte. „Sagen wir erst einmal einfach du. Du weißt ja, ich bin Pyron."

„Und ich bin Alfons."

„Ich habe ein kleines Problem", sagte Pyron leise. „Ich brauche dringend Wasser – viel Wasser. Es würde sicher auffallen, wenn ich hier alle Flaschen auf dem Tisch leer trinke."

„Komm mit." Alfons führte Pyron zu den Toiletten. Die Wasserhähne der Waschbecken im Vorraum ließen sich noch durch Drehen öffnen.

Dankbar trank Pyron in langen Zügen aus der Hand. Sofort glättete sich die raue Haut seines Gesichtes etwas und der Mantel begann stärker zu glänzen. „Die Verwandlung kostet sehr viel Kraft", erklärte er. „Das äußert sich in ziemlich hohem Flüssigkeitsbedarf."

Als sie den Waschraum wieder verließen, traf Alfons' Blick die Wand. „Schau mal!", rief er.

Pyron drehte sich um. Der Schatten, den er warf, zeigte sein wahres Bild – einen stolzen Drachen, mit ausgebreiteten Schwingen.

„Spätestens jetzt hätte ich gemerkt, wer du wirklich bist", schmunzelte Alfons.

Als sie in den Gastraum zurückkamen, standen Luigi, Marc und Aurëus am Tresen. Die beiden Neuankömmlinge gesellten sich zu ihnen. Marc erkannte mit einem Blick, dass sein Vater Pyron identifiziert und sofort in sein Herz geschlossen hatte. Der Blick des Drachen traf die kleine Elfe im Regal. Luigi sah, wie sie sich in den großen grünen Augen spiegelte, die wieder einen milden Glanz annahmen.

„Sie glauben ja nicht, wie oft Gäste schon versucht haben, meine Stella zu stehlen", sagte er bekümmert.

„Dann sollten wir wohl etwas unternehmen, dass das nicht wieder vorkommt", sagte Pyron mit seiner tiefen Stimme. „Dürfte ich sie einmal in die Hand nehmen?"

„Aber ja." Luigi beeilte sich, dem Wunsch des seltsamen Gastes nachzukommen.

Pyron balancierte das Figürchen vorsichtig auf der Handfläche. Aurëus beugte sich zu ihm hinüber. „Wir sollten es gemeinsam tun."

Dann wandte er sich an den Wirt. „Sag mal Luigi, würdest du eines deiner Kristallgläser opfern?"

„Wenn es dem Heil meiner kleinen Elfe dient – immer." Er reichte Aurëus eines der größeren Gläser.

Der Zauberer stellte das Glas Pyron in die Handfläche, setzte die kleine Elfe auf den Fuß des Glases, formte mit den Händen eine Art Kugel in der Luft und nickte Pyron zu. Der blies vorsichtig seinen heißen Drachenatem auf das Glas, welches sich zusehends verformte. Nun schloss er die Augen, um sich zu konzentrieren, während Aurëus zufrieden nickte. Nicht einmal fünf Minuten später hielt der Drache ein kristallenes Kunstwerk in den Händen, welches zwei sitzende Elfen zu Füßen seines wahren Ebenbildes zeigte, das mit ausgebreiteten Schwingen die beiden Figürchen beschützte. Er reichte es Luigi mit den Worten: „Nun passt es bestimmt nicht mehr so einfach in die Jackentasche."

Luigi stand mit offenem Mund und staunte. Dann begriff er urplötzlich. „Pyron", hauchte er, griff beide Hände des Drachenmannes und wurde vor Freude ganz rot im Gesicht. „Danke, danke, danke", sprudelte er heraus. „Für dieses Kleinod, für Marcs Rettung, für dein hier sein … ich bin ja so glücklich …" Ihm fehlten wirklich die Worte. „Kann ich dir irgendeinen Wunsch erfüllen?"

Pyron druckste herum.

Aurëus legte ihm die Hand auf die Schulter. „Sag es ruhig. Ich weiß ja, dass du von einer Menschenmahlzeit nicht wirklich satt wirst."

„Ich hätte gern ein gebratenes Straußenei." Pyron flüsterte fast.

Luigi, der die Geschichten aus der Elfenwelt kannte, überlegte nicht lange. „Ich habe zwar keine Straußeneier, aber du bekommst etwas Ähnliches, von dem ich sicher bin, dass es dir schmecken wird." Flugs eilte er in die Küche, um höchst persönlich zu kochen. Schnell briet er Speck an, schlug zwölf Hühnereier darüber, von denen er jedes mit anderen Kräutern und Gewürzen versah. Zuletzt ließ er das Riesenspiegelei auf einen großen Pizzateller gleiten, garnierte den Rand mit verschiedenen Schinkenröllchen, ehe er das lecker duftende Gericht Pyron servierte.

„Oh." Der Drache betrachtete andächtig das kulinarische Kunstwerk. Schon nach dem ersten Bissen ging auf seinem Gesicht die Sonne auf.

Alfons bat Luigi, Pyron stets mit frischem Wasser zu versorgen. Der Wirt brachte seinen größten Humpen herbei, der fast zwei Liter fasste. Niemand wunderte sich mehr. Der Fremde war ein Phänomen.

Kurz nach zwanzig Uhr fuhr das Brautpaar mit den Verwandten und engsten Freunden nach Hause, um in kleinem Rahmen gemütlich weiterzufeiern. Pyron, der sich nun offen als Drache zu erkennen geben konnte, stand im Mittelpunkt des Interesses.

Zuerst überzeugte er sich davon, dass es seinen beiden Lieblingen in dieser Welt an nichts fehlte. Dann erzählte er, was sich in den letzten Monaten in der Elfenwelt verändert hatte. Der Nebel des Vergessens hatte fast das ganze Elfenland wieder frei gegeben. Die Wasserelfen und Nixen bevölkerten wieder Seen, Flüsse und Teiche. Die großen Fische vermehrten sich seitdem prächtig.

„Ich habe die Rüstungen sortiert, geputzt und nun stehen sie am Eingang meiner Grotte Spalier. Nur deine und Thomas' Rüstung konnte ich einfach nicht mehr finden", beendete er seinen Bericht.

„Die Erklärung ist ganz einfach." Marc führte Pyron in sein Arbeitszimmer.

Der Drache schaute erfreut neben den Schreibtisch. Er strich mit dem Finger über den linken Ärmel. „Ja das ist sie. Sie riecht sogar noch nach deinem Blut."

„Die andere Rüstung steht in Thomas' Arbeitszimmer", erklärte Marc.

„Dass sie bei euch sind beruhigt mich." Pyron verließ zufrieden das Zimmer. „Ich habe meine Rüstung auch gut aufgehoben. Man weiß ja nie."

Gemeinsam kehrten sie zu den anderen zurück. Pyron ließ sich in die weichen Polster sinken, betrachtete das Bild über dem Kamin.

„Noch etwas hat sich geändert", sagte er plötzlich lächelnd. „Ab und zu kommen Elfen in meine Grotte, um Tee zu trinken. Es ist schön, nicht ganz allein zu sein."

„Sie trinken Tee???" Stella glaubte, sich verhört zu haben.

Pyron nickte. Seit ihr ihnen erzählt habt, was Marc und Thomas tun, wenn ihnen kalt ist, kommen sie an jedem trüben Tag und bitten um heißen Tee. Sie besorgen die Kräuter und ich bereite das siedende Wasser. Seitdem habe ich auch immer genügend Brennholz in der Grotte. Schließlich sollen die kleinen Flatterer im Warmen sitzen. Ich habe auch den Tisch und die Stühle vom Turm geholt. Ich hoffe, dass ihr mich wirklich bald wieder besuchen kommt."

Marc und Galantha tauschten einen Blick. „Wenn es Aurëus erlaubt, würden wir unsere Flitterwochen gern bei dir verbringen und natürlich Stella und Thomas mitbringen."

Pyrons Augen leuchteten, als er Aurëus' Hand nahm. „Ach, bitte."

Der Zauberer schaute die beiden Pärchen an. Ihm entging nicht der flehende Ausdruck in ihren Gesichtern. Atemlos warteten Marcs Eltern, Tina, Mario und Luigi auf die Antwort. Würde es den vieren tatsächlich gelingen, die Elfenwelt zu besuchen?

„Sagt Bescheid, wenn es so weit ist", schmunzelte Aurëus. „Und vergesst nicht, eine Campingausrüstung mitzubringen."

Im selben Moment drückten ihm die Elfen von beiden Seiten einen schallenden Kuss auf die Wange. Pyrons Mantel bewegte sich heftig vor lauter Aufregung.

Marc hob seine Kamera. „So, nun machen wir erst einmal ein schönes Foto von euch."

„Warte!", rief Alfons. „Ich habe eine super Idee." Er dirigierte die drei vor eine freie Wand, hob eine der Lampen vom Kaminsims und zauberte so den Drachenschatten an die Wand. „Jetzt kannst du."

Marc machte mehrere Bilder, die er sofort ausdruckte und Pyron in die Hand drückte. „Damit du gleich eine kleine Erinnerung an den heutigen Tag hast."

Pyron freute sich unbändig. Dann wurde er ernst. „Ich muss euch nun auch verlassen. Meine Zeit in eurer Welt ist bald um und der Weg zum Portal noch weit."

Alfons zog Pyron zum Abschied in die Arme. „Leb wohl und noch einmal vielen Dank."

Martha küsste den ungewöhnlichen Drachen auf die Stirn. „Mögest du immer glücklich sein, für das, was du für uns getan hast. Lebe wohl."

Auch die anderen verabschiedeten sich überaus herzlich von Pyron. In der Tür blieb er noch einmal stehen, winkte ihnen zu. „Es war schön bei euch."

Aurëus verließ ebenfalls die Feier, um Pyron sicher zum Portal zurückzubringen.

Vor dem Spiegelportal klopfte er ihm auf die Schulter. „Sei nicht traurig, sie werden sicher in ein paar Tagen bei dir sein."

„Ich bin nicht traurig – ganz im Gegenteil. Es waren wundervolle Stunden mit meinen Freunden. Ich habe viele nette Menschen kennen gelernt und bin als Fremder, der etwas anders ist, akzeptiert worden. Ich weiß jetzt, dass es meinen beiden Elfen wirklich gut geht. Für all das möchte ich dir danken." Pyron wandte sich um, stieg durch die matt glänzende Fläche, um ins Elfenland zurückzukehren.

Aurëus ließ sich glücklich lächelnd in seinem Ohrensessel nieder. Seine Hochzeitsüberraschung hatte eingeschlagen wie eine Bombe. Den hoch gewachsenen, düster aussehenden Fremden, der im heißen Sommer einen langen Ledermantel trug, würde keiner der Hochzeitsgäste je wieder vergessen. Auch wenn sie es nicht ahnten, sie würden damit helfen, den grauen Nebel für immer zu vertreiben. Die Königin, die immer bestens über alle Vorgänge unterrichtet war, hatte es Aurëus erlaubt, Pyron in die Menschenwelt zu holen. Er hatte sich deshalb auch nicht gewundert, als er ihren Kranz unter Galanthas Schleier entdeckte.

„Nun, wie hat euch Pyron gefallen?", fragte Marc seine Eltern.

Alfons rieb sich die Hände. „Er ist genau so, wie ich ihn mir vorgestellt habe, auch wenn er in anderer Gestalt erschienen ist. Ich habe ihn trotzdem sofort erkannt. Ich betrachte es als große Ehre, ein paar Stunden lang, seine überaus erfreuliche Gesellschaft genossen zu haben."

Martha lachte. „Unter normalen Umständen würde ich ihn als herzensguten Jungen bezeichnen."

Die Elfen stimmten ein. „Die Beschreibung würde auch gut passen. Er ist ein Freund, auf den man sich felsenfest verlassen kann."

„Seine Anwesenheit war das allerschönste Geschenk, das mir Aurëus und die Königin machen konnten", freute sich Galantha.

„Es war ein wundervoller Tag, voller Überraschungen und netter Gäste."

Tina war von Pyron so beeindruckt, dass sie beschloss, eine Drachenkollektion auf den Markt zu bringen.

„Aber vorher musst du für mich etwas machen", warf Marc schnell ein. Er drückte ihr eines der Fotos in die Hand, welches die Elfen mit Pyron vor dem Drachenschatten zeigte. „Graviere dieses Bild bitte in ein richtig großes Silber-Medaillon. Ich möchte es Pyron mit in die Elfenwelt nehmen. Die Bilder werden irgendwann verblassen, das Silber wird ewig bleiben."

„Spare nicht am Material", sagte Luigi. „Ich werde mich an den Kosten beteiligen."

„Ich auch!", rief Alfons.

Thomas hob den Zeigefinger und deutete wortlos auf sich selbst.

„Ich werde euch nicht enttäuschen", rief Tina. „Am Donnerstag kann Marc das Medaillon bei mir abholen."

Galantha stieß Mario an. „Was ist los, du bist so still?"

„Ist denn das ein Wunder?", fragte Mario gequält. „Ich soll morgen früh einen Artikel über diese Märchenhochzeit in der Redaktion abgeben und darf nicht mal schreiben, wie märchenhaft sie wirklich war. Es ist zum Haare raufen!"

„Dann rufe doch zu einem Schreibwettbewerb auf, in dem es um Elfen, Drachen und edle Helden geht. Vielleicht tröstet dich das etwas." Stella streichelte mitleidig seine Hand. „Gib doch einfach vor, dass die Drachen die Guten sein müssen, und lass dich überraschen, was die Menschen für Fantasien entwickeln."

„Eine wirklich brillante Idee. Ich werde auch kundtun, dass sie von dir stammt. Das kurbelt sicher noch mal den Verkaufserfolg eures Spieles an. Ach was sage ich – der erste Preis wird dieses Spiel sein!" Mario schwebte in den Wolken. „Äh, Marc, darf ich mal kurz deinen Internetanschluss nutzen?"

„Aber sicher, du weißt ja, wo der Computer steht. Hast du denn deinen Artikel schon fertig?", fragte Marc.

„Na klar, hier drin." Mario tippte an seine Schläfe.

Um Mitternacht nahm Galantha ihren Kranz ab. Sie blinzelte Stella fröhlich zu, was so viel hieß wie: Ich bewahre ihn gut auf, bis du ihn einmal brauchst. Marc trug ihn in sein Arbeitszimmer, wo er ihn sicher unterbrachte. Tina, Mario und Luigi verabschiedeten sich, Stella und Thomas gingen nach Hause, Martha und Alfons verschwanden im Gästezimmer.

Marc nahm Galantha auf die Arme. „Nun, Frau Wendler, was hältst du von Kuscheln und Schmusen, jetzt, wo wir so ganz allein sind?"

Sie legte ihm die Arme um den Nacken und lachte übermütig. „Ziemlich viel, wenn ich mich nicht irre."

Marc fischte am Morgen die Sonntagszeitung aus dem Kasten. „Ach du lieber Himmel, Mario du übertreibst", murmelte er, als er die Schlagzeile von der Märchenhochzeit und das großformatige Foto auf der ersten Seite entdeckte. Der Chor der Studenten und Professoren, eine wunderschöne Braut und ein gut aussehender Bräutigam waren genau das Richtige für den Sonntagsfrühstückstratsch. Marc war erst zufrieden, als er bemerkte wie gut Mario die Flügel unter dem Schleier wegretuschiert hatte. Nicht mal mit der Lupe waren Spuren zu entdecken. Er reichte Galantha die Zeitung über den Tisch. „Sag mal, hast du ihm von der Spende erzählt?"

„Was?" Sie vertiefte sich in den Text. „Ich war es ganz bestimmt nicht. Aber hat er nicht den Artikel von deinem Computer aus an die Redaktion geschickt?"

„Ja schon …"

„Na siehst du. Der Überweisungsbeleg liegt noch immer auf deinem Schreibtisch, zusammen mit dem Storno für die Brautkrone. Mario ist ein Spitzenredakteur, der locker eins und eins zusammenzählen kann", überlegte Galantha laut.

„Gut kombiniert, Sherlock Holmes", schmunzelte Marc, der wusste, wie gern seine hübsche Frau die Bücher von Conan Doyle las. „Übrigens bin ich gar nicht böse über die Erwähnung der Spende. Soll ruhig jeder wissen, dass mein Schatz nicht nur gut aussieht, sondern auch sozial engagiert ist."

Martha und Alfons betraten die Küche. Natürlich fiel ihnen sofort das Titelbild ins Auge.

„Ach schau an. Mario hat sich aber ganz schön ins Zeug gelegt." Alfons griff sich die Zeitung. Dann schaute er Galantha über den Rand seiner Lesebrille fragend an. „Was hat er denn hier von der Brautkrone und der Spende geschrieben? Du hattest doch einen Kranz, wenn ich mich nicht täusche."

„Das ist eine verrückte Geschichte." Galantha strich mit der Hand über das Bild. Sie erzählte von dem Päckchen, dem Anruf von Frau Rocci, der Überweisung und ihrer Vermutung, auf welchem Weg Mario davon erfahren hatte.

Alfons schmunzelte. „Wenigstens hat er positive Schlagzeile damit gemacht. Kann ja ruhig jeder wissen, dass du sozial engagiert bist."

„Das habe ich auch gleich gesagt", pflichtete Marc bei. „Ist zwar nicht in Ordnung, dass er einfach ohne Absprache Privatsachen zum Besten gibt, aber ich will ihm ausnahmsweise verzeihen. Schließlich hatte der arme Kerl Knebel und Daumenschrauben für seinen Artikel angelegt bekommen."

Die Hintertür klappte. Stella und Thomas wollten keinesfalls das gemeinsame Frühstück verpassen.

„Habt ihr schon angefangen?", fragte Stella besorgt.

„Nein, nein. Wir sind noch bei der Zeitungsschau", beruhigte sie Martha, die gerade Kaffee ausschenkte.

Marc goss den Elfen Nektar ein.

„Dann hat Mario also seinen kleinen Artikel drin?", wollte Thomas wissen.

Marc kicherte. „Kleiner Artikel ist gut. Der hat einen glatten Reißer daraus gemacht." Er schob Thomas das Blatt über den Tisch.

Stella schaute ihm über die Schulter. „Super! Das Bild sollten wir Pyron mitnehmen." Sie las den Text, stutzte, schaute Marc groß an. „Woher weiß er davon?"

„Von meinem Schreibtisch."

Stella schüttelte missbilligend den Kopf. „Das hätte ich ihm nun wirklich nicht zugetraut."

„Darüber haben wir schon diskutiert", erwiderte Marc. „Ich bin ja auch nicht ganz unschuldig. Ich hätte die Papiere gleich wegräumen sollen."

„Trotzdem …", Thomas kam nicht dazu, den Satz weiter zu sprechen, weil sich das Telefon meldete.

Marc sprintete in den Flur.

Als er wiederkam, grinste er von einem Ohr zum anderen. „Das war Mario. Das schlechte Gewissen hat ihm keine Ruhe gelassen. Er hat um Verzeihung gebeten."

„Wenigstens hat er Anstand", sagten die Frauen mit Alfons gleichzeitig.

Damit war das Thema abgetan. Alle widmeten sich dem Frühstück. Thomas hob plötzlich den Kopf, um Stella groß anzuschauen.

„Welche Erleuchtung ist dir denn gerade gekommen?", fragte sie erstaunt.

„Ich frage mich gerade, ob wir Kaffee mitnehmen sollen oder ob du vielleicht so lieb wärst …"

„Du meinst zu Pyron?"

Thomas nickte.

Stella lachte. „Na wenn du ganz lieb bitte sagst, bekommst du ihn von mir. Du wirst ihn doch nicht ernsthaft mitschleppen wollen? Wir sollten wirklich nur das Nötigste mitnehmen. Du weißt doch, Vater ist erfinderisch."

„Wann soll es denn losgehen?", fragte Martha.

„Am Freitag, wenn nichts dazwischen kommt", antwortete Marc.

„Dann sollten wir wohl vorsichtshalber hier bleiben und die Häuser hüten", schlug Alfons vor.

„Wäre nicht übel. Aber was wird bei euch zu Hause?", wollte Marc wissen.

„Da passt der Nachbar schon auf. Er lässt seinen Butch frei durch beide Gärten laufen. Da geht keiner freiwillig hinein", schmunzelte Alfons. „Oder würdest du dich mit einem Mastiff anlegen?"

„Nee du, ganz bestimmt nicht", kicherte Marc. „Schon gar nicht, wenn er so grimmig guckt, wie Butch."

Thomas nickte. „Wir spendieren ihm auch eine große Wurst, wenn wir das nächste Mal zu euch kommen."

Galantha zupfte Marc am Ärmel. „Was ist ein Mastiff?"

„Ein großer kräftiger, gefährlich aussehender Hund, der fast zweiundachtzig Kilo wiegt", erklärte Marc. „Der holt jeden von den Socken, wenn es hart auf hart geht."

Galantha überlegte. „Dann ist der wohl größer als der Schäferhund, den wir mal getroffen haben?"

„Ein Stück größer und fast doppelt so schwer."

Die Elfe schwieg beeindruckt. So einen großen Hund hatte sie weder hier in der Siedlung noch in der Stadt gesehen.

„Wenn wieder mal eine Rassehundeschau ist, dann lade ich euch ein", versprach Thomas. „Dann könnt ihr alle möglichen und unmöglichen Hunde von nahem betrachten."

„Langsam fangen diese Tiere an, mich zu interessieren", murmelte Galantha.

Thomas grinste Marc an. Alfons verkniff sich den Kommentar, aber sein Blick sagte deutlich. „Na da werdet ihr wohl auch bald einen haben."

Marc hob hilflos die Schultern, er würde Galantha diesen Wunsch ganz bestimmt nicht abschlagen.

„Dann will ich aber auch einen", platzte Stella heraus.

Das Gelächter war unbeschreiblich, denn irgendwie hatten alle den gleichen Gedanken gehabt.

„Vielleicht fünfzehn Jahre Verantwortung für ein Tier, das viel Zuwendung braucht, auf das man immer und überall Rücksicht nehmen muss, das man nicht überall mit hinnehmen kann, mit dem man täglich paar Mal bei jedem Wetter spazieren gehen muss, das pünktlich sein Futter braucht und auch sonst feste Zeiten haben sollte ...", zählte Marc emotionslos auf.

Die Elfen sahen sich an und winkten ab.

„Was ist das schon im Vergleich zu fast zwanzig Jahren in einer Höhle sitzen, um auf die Rückkehr des Geliebten zu warten?", sprachen beide im Chor.

Martha lächelte. „Da versuche doch auch nur einer von euch, dieses Argument zu entkräften."

Galantha beendete die Hundediskussion, indem sie sagte: „Jetzt sind wir erst mal für zwei Wochen bei Pyron und dann sehen wir in Ruhe weiter. Ich muss weder heute noch morgen einen Hund haben. Ehe ich mich in so ein Abenteuer stürze, will ich alles über Hunde wissen. Damit beschäftige ich mich aber auch wirklich erst, wenn wir wieder da sind. In den nächsten vier Tagen muss ich noch ein paar Bestellungen bearbeiten, einen Haufen Schriftkram erledigen und so weiter. Mensch sein, ist manchmal recht schwierig."

„Sag Bescheid, wenn du Hilfe brauchst", bot Martha an.

Galantha nickte. „Werde ich machen, wenn es mal gar nicht gehen will. Es ist einfach nur noch ziemlich ungewohnt für mich. Mein ganzes bisheriges Leben habe ich völlig anders verbracht. Außer die Suche nach Nahrung und einem sicheren Schlafplatz war doch alles Spielerei, im Gegensatz zu dem, was ich jetzt mache."

„Bereust du es manchmal, in die Menschenwelt gekommen zu sein?", fragte Alfons besorgt.

„Nein, keineswegs. Ich habe geahnt, auf was ich mich einlasse. Aber das ist mir das Leben mit Marc wert. Ich habe auch keinerlei Grund zur Beschwerde. Er gibt mir so viel Sicherheit und Geborgenheit."

„Und was ist mit dir?", wandte sich Alfons an Stella.

„Mutter hat in allen Punkten Recht. Ich habe ja mein Leben auch selbst so gewählt. Thomas ist immer für mich da. Er hat wegen mir sein Leben ja ebenfalls völlig umgekrempelt. Einen kleinen Vorteil habe ich Mutter gegenüber – mich gibt es ja erst seit neunzehn Jahren. Da ist man ja sogar in der Menschenwelt noch ein halbes Küken." Stella grinste schelmisch. „Ich habe deshalb keinerlei Probleme mit der Eingewöhnung. Außerdem bin ich ja ein halber Mensch. Vaters Erbteil ist hier wie da immer wieder hilfreich."

„Du hast uns noch gar nicht verraten, wie alt du wirklich bist?", sprach Alfons Galantha an.

Die Elfe wurde blass, was bei der fast milchweißen Haut, jedem völlig unmöglich schien. Hilflos sah sie Marc an. Er zog sie in seine Arme. „Du musst es nicht verraten. Ich habe dich schließlich auch nie danach gefragt. Ich erinnere mich nur, dass Stella auf dem Turm eine Bemerkung gemacht hat, wonach du schon viele hundert Jahre lebst."

Galantha barg verstört den Kopf an Marcs Brust. Er streichelte liebevoll ihre rote Löwenmähne. „Für mich bist du so jung, wie du aussiehst. Vergiss nicht, dass ich auch kein richtiger Mensch mehr bin. Was interessiert uns beide schon wie alt wir sind?"

„Tut mir leid. Ich wollte dich nicht in Bedrängnis bringen", murmelte Alfons schuldbewusst.

Galantha schluckte. „Ich habe schon existiert, als die römischen Cäsaren die halbe Menschenwelt beherrschten", flüsterte sie kaum hörbar, sich schutzsuchend an Marc klammernd. „Begonnen hat mein Leben aber erst vor zwanzig Jahren."

Stella streichelte tröstend ihren Arm. „Eigentlich hat dein Leben erst wirklich begonnen, als Vater in die Elfenwelt zurückkam. Dazwischen hast du auch nur vor dich hin existiert. Du gehörst ganz einfach hierher an seine Seite und Alter spielt bei euch ja wirklich keine Rolle."

„Ich bewundere dich", sagte Thomas sehr ernst. „Weil du dein neues Leben so gut im Griff hast, dich so perfekt angepasst hast, wie es manche Menschenfrau nicht schafft und das, wo du doch vor so unendlich langer Zeit, in eine völlig andere Welt hineingeboren wurdest."

Galantha schaute Thomas groß an. „Du hast es auch gewusst?"

Thomas nickte. „Aber wenn eine Frau so gut aussieht wie du, dann ist das Alter wirklich völlige Nebensache für einen Mann." Dann grinste er harmlos. „Außerdem – auf deiner Geburtsurkunde steht Neunzehnhundertneunundachtzig. Alles andere sind Gerüchte."

Galantha stutzte, dann begann sie zu lächeln. „Stimmt. Alles andere sind Gerüchte."

„Alles wieder gut?", fragte Alfons.

„Ich glaube schon. Es ist nur eine erschreckende Vorstellung, in dieser Welt ein Relikt aus längst vergangner Zeit zu sein", versuchte Galantha zu erklären.

Marc nahm sie in den Arm. „Vergiss nicht, dass du selbst dann bei mir genau richtig bist, schließlich erforsche ich alte Völker. Du bist für mich in jeder Weise das ideale Objekt meiner Begierde."

Die Elfe begann herzlich zu lachen. „Darauf habe ich jetzt fast gewartet." Sie legte Marc die Arme um den Nacken, sah ihm tief in die Augen. „Dann sei einfach ganz forsch in deiner Begierde."

Thomas brach in wieherndes Gelächter aus, Stella kicherte amüsiert: „So viel als Beweis der Anpassung. Du beherrschst die Doppeldeutigkeiten jedenfalls auch schon exzellent."

„Thomas, wenn man dich kennt, bleibt das wohl nicht ganz aus", konterte Galantha schmunzelnd, was die allgemeine Heiterkeit wieder etwas anstachelte.

Zwei Stunden später verabschiedeten sich Marcs Eltern. Sie versprachen, pünktlich am Donnerstag wieder zu erscheinen, um während der Abwesenheit der beiden Paare nach dem Rechten zu sehen. Alfons freute sich darauf, in Marcs Sammlung der Elfen- und Drachengeschichten zu stöbern. Martha nahm sich vor, in dieser Zeit nach einem der Fotos ein Bild der Elfen mit Pyron zu sticken.

„Du weißt ja, wo der Computer steht", sagte Marc. „Die Fotos sind im Ordner Pyron. Kannst dir ja eines davon mit dem Scannerprogramm rastern und als Plakat ausdrucken."

Martha lachte. „Na du kennst mich ja. Dem Angebot kann ich nicht widerstehen, zumal man bei deinem Programm die Rasterpunkte zehnerweise umranden kann."

„Nadeln oder anderes Handarbeitszubehör findest du in meinem Nähstübchen", warf Galantha ein.

Den großen Rest des Tages verbrachten die vier im Garten, lagen in der Sonne, lasen und spannten wieder einmal richtig aus. Die Elfen fächelten mit ihren Flügeln, wenn die Hitze gar so groß wurde.

„Ihr seht beide glücklich aus", stellte Thomas nach einer Weile fest.

„Gut beobachtet." Stella stützte sich auf die Ellenbogen. „Es sind so viele Wünsche in Erfüllung gegangen, seit wir hier sind, dass alles andere glatt gelogen wäre. Aber ihr beide seht auch aus, als ob ihr sehr zufrieden wärt."

„Hmm, alles andere wäre glatt gelogen", antwortete Thomas mit Stellas Worten.

Marc streichelte einfach Galanthas Hand. Er liebte seine Traumfrau über alles und wenn sie ihr gut ging, dann fühlte er sich auch wohl.

Galantha hauchte ihm einen Kuss auf die Stirn, ehe sie mit Stella ins Haus schwebte.

Marc blinzelte in die Sonne. „Wenn ich jetzt nicht so faul wäre, würde ich mich ja um das Mittagessen kümmern …"

Thomas antwortete mit einem Seufzer. Dann dösten beide weiter in der Sonne. Das plötzliche Klappern von Tellern und Besteck ließ sie aufhorchen.

„Habt ihr gar keinen Hunger?", fragte Stella aus der blumenumflorten Sitzecke.

„Aber sicher. Was gibt es denn?" Marc hatte den Gedanken an Obstsalat im Hinterkopf, als er sich sein Shirt überstreifte. Von irgendwoher zog der Duft knuspriger Hähnchen heran. Er erinnerte die Männer daran, dass sie eigentlich sehr hungrig waren. Etwas wehmütig schauten sie um die Ecke. Was sich ihren Augen bot, ließ die Herzen sofort höher schlagen. Hähnchenschenkel mit Mischgemüse und Kartoffeln. Damit, dass der Duft aus dem eigenen Haus gekommen war, hatte Marc nicht gerechnet. Schon nach den ersten Bissen ging ein anerkennendes, zufriedenes Lächeln über sein Gesicht. Es schmeckte genau so lecker, wie es duftete. Das Gemüse hatte diesen leichten Hauch Buttergeschmack, den er so mochte.

Galantha und Stella blinzelten sich vergnügt zu, löffelten ihren Apfelmus und freuten sich, wie gut ihnen die Überraschung gelungen war.

Nach dem Essen lehnten sich die Männer wohlig aufseufzend zurück.

„Ihr erstaunt uns immer wieder", stellte Marc lächelnd fest.

Galantha lachte. „Nicht, dass es irgendwann heißt: Da hat er geheiratet und muss sich sein Essen trotzdem selber kochen. Dies würde mich doch sehr an der Ehre kratzen. Ich habe ja oft genug zugesehen, wie du das machst. Außerdem habe ich mir vor nicht allzu langer Zeit ein Kochbuch für Anfänger zugelegt. Die Beschreibungen sind so idiotensicher, dass eigentlich nichts schief gehen kann. Heute war der Zeitpunkt ideal für einen Beweis dieser Theorie. Nur bei Gerichten, die man Stück für Stück abschmecken muss, sähe ich bestimmt älter aus, als ich bin."

Thomas amüsierte sich königlich über Galanthas Wortwahl, besonders die des letzten Satzes. Immer öfter verfiel Galantha in den saloppen Ton, der eigentlich sein Markenzeichen war.

Die letzten vier Tage vor der Abreise in die Elfenwelt steckten auch noch einmal voller Überraschungen.

Galantha traf sich am Dienstag mit ihrem Nähzirkel in der Uni. Sie konnte sich vor guten Wünschen zu ihrer Hochzeit kaum retten. Bevor überhaupt die nötige Ruhe zum Arbeiten einkehrte, klopfte es.

„Herein, wenn es ein Schneider ist!", rief Galantha, den bekannten Spruch auf ihren Zirkel ummünzend.

„Wie man es nimmt", sagte eine Stimme, als die Tür aufschwang. „Ich kann ziemlich gut Filme schneiden." Zwei junge Männer mit Kamera und Mikrofon traten ein. Sie stellten sich als Mitarbeiter einer bekannten Tageszeitung vor.

Galanthas Herz ließ vor Schreck gleich ein paar Schläge aus.

„Der Artikel in der Sonntagszeitung hat uns neugierig gemacht. Wir möchten etwas mehr über Sie erfahren."

Lächelnd gab Galantha Auskunft.

„Wir haben uns natürlich auch hier in der Universität etwas umgehört", erklärte am Ende einer der Männer. „So beinahe jeder erwähnte, als besonderes Erkennungszeichen, Ihre langen Jacken, was hat es damit auf sich?"

Galantha hatte blitzschnell eine geniale Idee. „Wie Sie ja selbst sehen, ist meine Haut kaum pigmentiert. Um mir keinen Sonnenbrand zu holen, trage ich die dünnen Ponchos und weiten Jacken. Dadurch kann ich mit meinem Handicap ziemlich gut leben."

„Dann haben Sie so etwas wie eine Lichtallergie?"

„Keinesfalls", entgegnete Galantha. „Stellen Sie sich es wie bei einem Albino vor. Das kommt der Sache wohl ziemlich nahe."

„Ihre Tochter hat diese helle Haut also von Ihnen geerbt", stellte der Reporter sichtlich zufrieden fest.

„Ja leider", antwortete Galantha, mit exzellent gespielter, bekümmerter Miene.

Als die Zeitungsleute wieder fort waren, atmete sie tief durch. Es hatte ihr ziemliche Mühe bereitet, in der Aufregung die Flügel ruhig zu halten. Offensichtlich hatte aber niemand Verdacht geschöpft, denn die Nähstunde ging unter fröhlichem Gelächter weiter, wo sie vor einer halben Stunde unterbrochen worden war. Die fehlende Zeit hängte Galantha hinten an.

Unruhig schaute Marc auf die Uhr. Er wartete nun schon fast eine Stunde an der Endhaltestelle der Straßenbahn, um Galantha sicher nach Hause zu bringen. Endlich kam die nächste Bahn und mit ihr Galantha. Kaum hatte sie beide Füße auf dem Boden, riss er sie in seine Arme und küsste sie. „Ich hab mir Sorgen gemacht", sagte er ziemlich erleichtert.

„Tut mir leid. Ich habe vor lauter Aufregung vergessen, eine SMS zu schreiben." Galantha erzählte auf dem Heimweg, was sich ereignet hatte.

„Ich hoffe, dass man euch nun in Ruhe lässt." Marc nahm die Sache sehr ernst. „Du hast auf alle Fälle eine plausible Erklärung gefunden, um die Neugier der Zeitungsfritzen möglichst nachhaltig zu befriedigen."

„Ich war schon froh gewesen, keine Fragen zu Pyron beantworten zu müssen", seufzte Galantha. „Dann hätte ich etwas von sensiblem Künstler mit extravagantem Geschmack von mir gegeben."

Marc lachte. „Das ist ja genau so genial wie das, was dir zu deiner eigenen Person eingefallen ist."

„Ich werde gleich Stella warnen. Sie sollte möglichst die gleiche Erklärung abgeben, falls wieder einer neugierig fragt." Galantha eilte zu ihr hinüber.

Als sie wieder kam, trug sie ein lustiges Grinsen zur Schau. „Bei Stella haben sie es schon heute früh versucht, sich aber an Thomas gleich die Zähne ausgebissen, der sie freundlich aber sehr bestimmt abgewimmelt hat."

Marc nickte. „Ja, wenn es um Stella geht, kämpft er mit allen Mitteln. Ich staune immer wieder, wie er sein Leben so radikal geändert hat und sich gut dabei fühlt. Er wollte nie ein Haus haben, nie Verantwortung für eine Partnerin. Jetzt lebt er genau das, was er immer belächelt hat."

Für den letzten Abend vor dem Urlaub reservierte Marc einen großen Tisch bei Luigi. Es wurde ein schönes Treffen, bei angeregter Unterhaltung. Aurëus, Martha, Alfons, Tina und Mario gaben den beiden Paaren die unmöglichsten Ratschläge, was sie mitnehmen sollten, wie zum Beispiel Streichhölzer oder Feuerzeug.

Stella konnte es sich nicht verkneifen. „Meint ihr so was?" Sie schnippte mit den Fingern, worauf ein kleines Flämmchen in ihrer Handfläche erschien.

„Zeig mal." Aurëus nahm ihr das Flämmchen ab, tat so, als ob er es betrachten würde, und reichte es an Galantha weiter.

„Das arme Kleine", sagte sie mitleidig. „Das bekommt doch Angst, wenn alle so gucken. Na, geh schon." Die kleine Flamme schwebte zu einer der Kerzen, setzte sich auf den Docht und brannte gleichmäßig weiter.

Die verblüfften Blicke von den Nebentischen quittierte Alfons mit einem unschuldigen Schulterzucken. Amüsiert schaute er zu, wie sich die beiden Elfen die Obstschale über den Tisch zuschoben, ohne einen Finger zu rühren. Das geschah mit so einer Selbstverständlichkeit, die völlig natürlich wirkte und auch kaum auffiel – außer natürlich wieder den Gästen am Nebentisch, die verstohlen die ganze Zeit über die lustige Gesellschaft beobachteten. Schließlich sprachen sie Luigi an.

„Kein Grund zur Sorge. Das ist Mister Goldman aus der Zaubershow mit seinen Assistentinnen. Was Sie zu sehen glauben, ist nur Illusion", erklärte der Wirt mit fester Stimme, sich mühsam das Lachen verkneifend.

Aurëus verließ als Erster die Runde. Marc versprach ihm, pünktlich neun Uhr mit den Seinen auf der Matte zu stehen. „Dann bis morgen." Der Zauberer zog die Tür hinter sich ins Schloss. Tina und Mario folgten ihm bald.

Als sich Marc zum Aufbruch bereit machte, drückte ihm Luigi einen großen Beutel in die Hand. „Vergesst ihn bitte nicht. Der Inhalt ist für Pyron. Grüßt ihn ganz lieb von mir und passt alle gut auf euch auf."

„Wir versprechen es", beruhigte ihn Thomas.

Als der Taxi-Bus abfuhr sah ihm Luigi noch lange hinterher. Welche Abenteuer würden seine Freunde diesmal in der anderen Welt erwarten?

Begegnungen

Mit zwei großen Taschen und dem Beutel von Luigi machten sich die Urlauber auf den Weg zu Aurëus. Alfons Wendler brachte sie mit dem Auto bis vor das Haus des Zauberers.

„Viel Spaß und passt gut auf euch auf." Alfons drückte sie noch einmal an sich, ehe er den Rückweg antrat.

„Ab ins Abenteuer!", rief Thomas, als er den anderen die Haustür aufhielt.

„Lassen wir uns überraschen", antwortete Marc zuversichtlich, dann folgte er den Frauen die Treppe hinauf.

Stella klopfte mit dem geheimen Zeichen, worauf Aurëus sofort öffnete.

„Pünktlich wie immer", lobte er. „Das Portal wartet schon." Er deutete in Richtung des großen, wundervollen Spiegels, dessen wolkige Fläche geheimnisvoll schimmerte. Auch Aurëus wünschte den vieren viel Spaß im Urlaub, bevor er den Weg freigab.

Galantha reichte Marc die Hand, dann stiegen sie nacheinander durch den Rahmen. Stella und Thomas folgten ihnen sofort. Der Sog erfasste sie, trug sie sanft durch die Schwärze voran, um sie am Ziel mit Schwung durch anderen Spiegel zu hinaus zu katapultieren. Die Elfen schwebten in die andere Welt, die Männer hatten Mühe auf den Beinen zu bleiben, weil ihnen die großen Taschen etwas hinderlich waren.

„Keiner zu Hause", stellte Galantha nach wenigen Sekunden fest.

„Aber alles für uns vorbereitet", erklärte Stella, nachdem sie einen Blick in die kleinen Seitenkammern geworfen hatte.

Pyron hatte frisches Heu geholt und einen riesigen Haufen Holz aufgeschichtet. Marc sah sich in der Hauptgrotte um. Auf einem Steinsims in etwa vier Metern Höhe entdeckte er die Fotos, welche er ihm mitgegeben hatte. Der Drache hatte sie hinter flache Steine geklemmt, um sie jederzeit in Augenhöhe betrachten zu können. Darunter stand der Tisch mit den Stühlen, den er vom Wandelnden Turm geholt hatte. Etwas weiter vorn entdeckte

Thomas eine Feuerstelle aus Steinen, neben der der Blechdeckel stand, auf dem sie einst die Eier gebraten hatten. Ganz offensichtlich bereitete der Drache hin und wieder seine Mahlzeiten zu, wie er es bei Marc gesehen hatte.

Dem Stand der Sonne nach, musste es in dieser Welt kurz vor der Mittagsstunde sein. Die vier beschlossen, in der Sonne vor der Grotte auf Pyron zu warten. Interessiert betrachteten sie die Rüstungen zu beiden Seiten des Ganges. Pyron hatte sich wirklich alle Mühe gegeben die passenden Einzelteile zusammenzusuchen. Es war eine ansehnliche Sammlung aus allen Epochen. Die Urlauber hatten den Ausgang noch nicht einmal erreicht, als er sich verdunkelte. Der Herr der Höhle sog geräuschvoll die Luft ein, kaum dass er gelandet war. Fremde und doch irgendwie vertraute Gerüche strömten ihm entgegen. Vorsichtig betrat er den Gang mit den Rüstungen.

Als er nahe bei ihnen war, sprangen seine Freunde hervor. „Überraschung!", riefen sie fröhlich.

Mit einem vor Freude erstickten Laut schloss Pyron alle in die Schwingen. Täglich hatte er auf ihr Erscheinen gewartet und war nun trotzdem von ihrer Anwesenheit überrascht worden. Schnell folgte er ihnen in die Grotte.

„Wie geht es dir?", fragten alle durcheinander.

Pyron lachte. „Jetzt gerade besonders gut und sonst nicht schlecht." Er schaute alle der der Reihe nach an. „Ihr seht jedenfalls alle glücklich aus."

„Das sind wir auch." Stella zupfte sanft an seiner Schwinge.

„Erzählt schon, was machen die anderen?", bat Pyron neugierig.

„Erst einmal sollen wir dich von allen ganz lieb grüßen. Der große, düstere Fremde hat überall tiefen Eindruck hinterlassen", sagte Marc. „Tina ist so hin und weg von dir, dass sie eine Schmuckkollektion mit Drachen begonnen hat. Aber vorher", Marc öffnete das Seitenfach der Reisetasche, „hat sie unsere Bitte erfüllt." Er legte das fast tellergroße Medaillon vor Pyron auf den Tisch. „Es ist ein Geschenk an dich von uns, Luigi und meinen Eltern."

„Aber das ist ja ein richtiger Schatz." Pyron betrachtete andächtig das silberne Kunstwerk. „Es ist wundervoll." Behutsam nahm er es zwischen die Krallen, um es auf dem Steinsims im Zentrum seiner Bilder zu deponieren.

„Das ist wie in den Geschichten der Menschen, wo beinahe jeder Drache einen geheimen Schatz hütet", schmunzelte Galantha.

„Tatsächlich?", fragte Pyron interessiert. „Erzählt ihr mir irgendwann davon?"

„Versprochen." Marc öffnete Luigis Beutel. „Hmm! Ich glaube, das wird dir auch gefallen. Schau mal, was dir Luigi schickt."

Der Drache machte einen regelrechten Giraffenhals, um über den Tisch hinweg in den Beutel zu schauen. „Aber das ist ja … davon habe ich schon einmal gekostet … ist das alles für mich?" Pyrons Schweif bewegte sich hektisch. „Jeden Tag ein oder zwei Scheibchen Schinken … herrlich!"

„Alles für dich." Marc reichte ihm den Beutel.

Der Drache betrachtete neugierig die dünne, glatte Plastikfolie. Er erinnerte sich an das, was er auf Galanthas Hochzeit gehört und gesehen hatte. „Ihr müsst mir aber beim Auspacken helfen, ich glaube, das außen herum ist unverdaulich."

„Du hast es dir gemerkt?", fragte Galantha verwundert.

Pyron nickte. „Dieses ungewöhnliche Zeug vergisst man nicht so schnell, vor allem nicht, weil es hier so etwas nicht gibt."

„Wie hast du dich eigentlich als Mensch gefühlt?", wollte Thomas wissen.

„Darüber denke ich heute noch nach", antwortete Pyron. „Ich kann es dir einfach nicht sagen. Es war wie in einem Traum. Ich weiß nur, dass ich erst an jenem Tag begriffen habe, wie wunderschön diese beiden Schmetterlinge wirklich sind." Er deutete mit dem Kopf auf die Elfen.

„Tatsächlich?", fragte Thomas erstaunt.

„Ich habe sie von einer völlig anderen Warte aus sehen dürfen, als heute oder je zuvor", erklärte der Drache. Dann lachte er plötzlich. „Wären sie Drachenweibchen, wüsste ich genau, was ich tun würde. So bleibt mir nur, die beiden von Ferne anzubeten und euch etwas zu beneiden."

„Sieh an, sieh an", schmunzelte Marc.

Pyrons Augen funkelten schelmisch. Dann fiel ihm ein, dass er seinen Gästen ja noch nicht einmal Obst angeboten hatte.

„Eigentlich haben wir gerade das Frühstück hinter uns …", erklärte Stella.

Pyron winkte ab. „Ich habe etwas gefunden, wo du sicher schwach wirst – Melonen."

„Hast gewonnen. Da kann ich wirklich nicht nein sagen."

„Kommt ihr mit? Oder soll ich ein paar holen?", kicherte Pyron.

„Wir kommen mit", legte Marc fest. Er steckte vorsichtshalber sein großes Taschenmesser ein. Alle trugen kurze Jeans. Pyron betrachtete interessiert die ungewohnte Kleidung der Elfen, stellte fest, dass sie selbst damit sehr gut aussahen, dann holte er den langen Lederriemen hervor, der seinen Reitern etwas Halt geben sollte. Marc legte ihm den Gurt um den Hals.

„Wie in alten Zeiten", kommentierte das Pyron.

Marc ließ seine Hände über den glänzenden schwarzen Schuppenpanzer gleiten. „Unbestritten waren wir ein tolles Team. Trotzdem ziehe ich solche Flüge, wie wir jetzt vorhaben, hundert mal vor."

„Na frag mal wer noch." Pyron lief zum Ausgang der Grotte, wohin ihm die vier folgten.

Thomas setzte sich direkt an den Gurt, die Elfen dahinter und Marc machte den Schlussmann.

„Wird es so gehen?", fragte Pyron.

„Ich denke schon. Kriegst du uns denn alle gleichzeitig fort?"

Der Drache lachte. „Die beiden Fliegengewichte in der Mitte zählen ja gar nicht und ihr beide seid nicht schwerer als mein Kampfpanzer." Dann hob er mit kräftigen Schlägen seiner riesigen Schwingen ab. Unter ihnen glitten die blumenübersäten satten Wiesen dahin, die Marc immer wieder beeindruckten. Sie überquerten das Sumpfgebiet, wo sie den Kampf gegen die Zwerge geführt hatten, um auf einem flachen Hügel zu landen, der damals noch vom Nebel des Vergessens bedeckt gewesen war. Kürbisse, Melonen und Gurken wuchsen hier in großer Zahl. Thomas begann die Melonen abzuklopfen.

Pyron sah erstaunt zu. „Was tust du?"

„Ich suche eine Melone die reif, aber noch nicht matschig ist. Ach, da haben wir ja schon eine." Thomas drehte sie ein paar Mal um ihre Achse, bis der Stiel an der Ranke abriss. Marc schnitt sie in Stücke, von denen er eins Pyron reichte.

„Fest, saftig, lecker." Der Drache ließ sich von Thomas genau erklären, worauf es ankam. Gemeinsam suchten sie die nächste Melone aus. „Ich glaube, ich habe es begriffen.", sprach der Drache nach einer Weile sehr zufrieden.

Der süße Geruch lockte unzählige Schmetterlinge an, die ihre Saugrüssel eilig in die Reste an den herumliegenden Schalen senkten. Die fünf Freunde lagen im Gras, dösten in der Sonne und unterhielten sich leise. Marc setzte sich plötzlich auf.

„Was ist passiert?", flüsterte Galantha erschrocken.

„Nichts. Ich höre nur leise Stimmen", erklärte Marc. „Irgendwo müssen Elfen sein." Suchend sah er sich um. Auf dem größten Kürbis, ganz in ihrer Nähe, entdeckte er die zarten Geschöpfe. Sie tuschelten miteinander, warfen sehnsüchtige Blicke auf die angeschnittene Melone und trauten sich einfach nicht näher heran.

„Na kommt schon. Wir beißen nicht", rief Marc zu ihnen hinüber. Er schnitt ein paar Scheiben in winzigkleine Würfelchen, welche er in eine leere Schale häufte, die er den Elfen auf die Wiese stellte. Überaus vorsichtig schwebten die sieben Elfen heran, immer wieder nach Pyron schauend, der mit halb geschlossenen Augen in der Sonne lag.

„Ihr kennt euch offensichtlich nicht", bemerkte Marc.

Pyron hob den Kopf. „Nein, diese Elfen haben mich noch nie zum Tee besucht. Den Flügeln nach gehören sie auch einem anderen Volk an als Galantha und Stella."

„Stimmt. Ihre Flügel sind runder, kompakter und nicht so verspielt filigran, wie die der mir bekannten Elfen", stellte Marc fest.

Galantha und Stella richteten sich neugierig auf. Bei ihren Anblick prallten die kleinen Elfen überrascht zurück.

„Was ist denn nun los." Thomas beobachtete die Szene verständnislos.

Da hatten sich die Kleinen schon wieder beruhigt. Endlich kamen sie ohne Scheu heran, um die Melonenstückchen dankend anzunehmen.

„Na, es geht doch." Pyron ließ zufrieden den Kopf wieder sinken.

Stella betrachtete die Gäste interessiert. „Wenn ich mich nicht irre, dann seid ihr Baumelfen von jenseits des großen Flusses. Wie seid ihr denn hierher geraten?"

„Die Neugier hat uns hergebracht", erklärte eine Elfe mit lustigen blonden Ringellocken. „Als der Nebel verschwand, wollten wir wissen, wie es diesseits des Flusses aussieht. Wir haben uns einen Baumstamm gesucht und die Wasserelfen und Nixen gebeten, uns über das Wasser zu ziehen. Zum Fliegen war die Strecke einfach zu weit. Jetzt sind wir schon seit ein paar Wochen hier. Das Problem ist, dass wir nicht mehr nach Hause kommen. Die Nixen lassen sich einfach nicht mehr blicken."

Marc tauschte einen schnellen Blick mit Pyron.

„Ich glaube, da kann ich helfen", sagte der Drache. „Wenn ihr wollt, bringe ich euch zurück."

„Was willst du dafür haben?", fragte eine der Elfen.

„Nichts. Ich will einfach nur helfen."

„Dann bist du Pyron", riefen alle durcheinander.

„Wie kommst du denn darauf?", wollte der Drache wissen.

„Der einzige Drache, der Elfen hilft, ist Pyron. Da du keine Gegenleistung verlangst, musst du einfach Pyron sein. Außerdem heißt es, dass Pyron mit zwei menschengroßen Elfen befreundet ist. Wenn ich deine Freunde hier so anschaue, dann sind ja wohl die Flügel der beiden Frauen nicht zu übersehen. Weiter sagt man, dass die beiden Elfen nun in der Menschenwelt leben. Diese beiden tragen Kleidung, wie sie hier nicht üblich, der der beiden Menschenmänner aber sehr ähnlich ist. Also gehe ich davon aus, dass diese beiden Elfen Galantha und Stella sind, die beiden Menschen Marc und Thomas. Und wenn das alles stimmt, da seid ihr fünf diejenigen, von denen man sich überall erzählt, dass sie diese Welt vor dem Untergang bewahrt haben. Richtig?"

„Richtig." Pyron konnte nicht anders, als die logische Erklärung der Elfe zu bestätigen.

Die Feststellung der Elfe brach das Eis. Ohne Scheu näherten sich nun alle dem Drachen, der ihnen einladend die Schwinge als Hängematte präsentierte.

„Bleibt ihr nun für immer hier oder kehrt ihr in die Menschenwelt zurück?", fragten die kleinen Elfen Stella neugierig.

„Wir sind nur zu Besuch hier", antwortete Stella.

„Erzählt ihr uns von der anderen Welt?", baten die Elfen.

Stella schaute nach dem Stand der Sonne, dann begann sie die Stadt zu beschreiben, in der sie nun lebten. Atemlos lauschten die neuen Freunde. Hin und wieder warf jemand eine Frage ein, die die großen Elfen bereitwillig beantworteten.

„Du bist so still", sagte Thomas leise zu Pyron.

Der Drache schaute wehmütig in die Ferne. „Es ist eine seltsame Sehnsucht in mir, seit ich eure Welt gesehen habe. Ich weiß auch nicht warum."

Obwohl die beiden fast geflüstert hatten, waren ihre Worte den Elfen nicht entgangen. Mit großen Augen betrachteten sie den wohl ungewöhnlichsten Drachen.

„Du kennst die Welt hinter dem Tor?"

Pyron nickte stumm. Stella streichelte mitfühlend seine schuppige Klaue.

„Ich werde es überleben", seufzte er.

Sayana, die kleine Elfe mit den lustigen Locken, zupfte an Pyron Flughaut. „Du", sie dehnte das Wort fragend. „Würdest du uns bitte jetzt nach Hause bringen? Es wird bald dunkel und der Weg ist noch weit."

„Aber natürlich. Meine Freunde werden euch gut festhalten, damit ihr sicher über den Fluss kommt." Pyron wartete bis alle aufsaßen. Marc und Thomas überlegten nicht lange, die ließen die winzigen Wesen in ihre Hemden schlüpfen. Die kleinen Köpfe schauten heraus und betrachteten die Startvorbereitungen Pyrons. Der schwarze Drache stieß sich ab, schlug kraftvoll mit den Flügeln, stieg hoch in den Himmel, um lautlos über das grüne Land zu gleiten. Nach wenigen Augenblicken kam das Ufer des breiten Stromes in Sicht.

„Da hinten, wo der Wald beginnt, leben wir", jubelte Lilly. „Gleich sind wir wieder zu Hause."

Pyron ging langsam tiefer. Sanft landete er in der Nähe der ersten Bäume. Schnell schlüpften die Elfen hervor und gaukelten fröhlich durch die Luft. „Ihr habt uns gerettet. Danke."

„Übertreibt ihr nicht?", schmunzelte Pyron.

„Nur ein bisschen", kicherte Sayana.

„Dann lebt wohl, wir fliegen nun auch nach Hause."

Lilly drückte Pyron einen schallenden Kuss auf die Nasenspitze. „Vergesst uns nicht und kommt uns mal besuchen", riefen die kleinen Elfen durcheinander. Lange schauten sie dem davonfliegenden Pyron hinter.

„Was haltet ihr von dem Ganzen?", fragte der Drache seine Freunde.

Galantha schaute noch einmal zurück. „Wie es aussieht, können sich alle Elfen wieder frei bewegen. Ich wundere mich nur, weshalb unsere Elfen die Fremden nicht entdeckt haben. Im Grunde genommen haben alle Völker bisher sehr freundschaftlich miteinander verkehrt. Möglicherweise sitzt die Angst vor den Zwergen noch zu tief. Immerhin haben sie seit mehreren Jahrhunderten die Nächte hier zur Hölle gemacht. Früher haben wir manchmal bei Mondlicht um Mitternacht auf den Wiesen getanzt und gesungen. Große Leuchtkäfer saßen im Gras, hin und wieder kamen ein paar Einhörner vorbei …"

„Das erklärt aber noch nicht, weshalb sie sich bei Tage nicht getroffen haben", warf Thomas ein.

„Wer weiß. Ich kann mich auch nicht daran erinnern, je zwischen Melonen, Gurken und Kürbissen herumgeschwirrt zu sein. Vielleicht liegt es daran, dass Elfen normalerweise nicht an den Inhalt dieser Früchte herankommen, also fliegen sie auch nicht hierher", sinnierte Galantha.

„Klingt wahrscheinlich", nickte Marc.

Pyron flog eine Schleife. „Jetzt hätte ich fast vergessen, für euch noch eine Melone und ein paar Gurken mitzunehmen."

Das Versäumnis ließ sich schnell nachholen. Schwer beladen zogen sie eine viertel Stunde später heimwärts. Im letzten Licht des Tages erreichte Pyron seine Grotte. Bei Feuerschein und heißem Tee ließen sie gemeinsam den Tag ausklingen.

„Das hat mir gefallen", seufzte der Drache zufrieden, als er sich zum Schlafen zusammenrollte. „Ich hätte nie gedacht, dass mir Elfen und Menschen einmal so ans Herz wachsen könnten."

Noch vor dem Morgengrauen machte sich Pyron auf die Pirsch. Seine feine Nase führte ihn zielsicher in das Hinterland des Gebirges, wo unzählige Wildschweine auf seinen Besuch warteten. Ohne Vorwarnung brach das Chaos über sie herein. Pyron griff im Sturzflug an, krallte sich zwei Schweine, das dritte schnappte er mit seinen scharfen Zähnen. Etwas abseits hockte er sich auf den Boden, um das Tier, welches zwischen seinen Kiefern klemmte, mit Haut und Haar zu verspeisen. Die beiden anderen trug er zum Plateau, um sofort noch einmal zu verschwinden.

Marc kroch als Erster aus dem Heu, auf der Suche nach einem Schluck Wasser. Erstaunt betrachtete er die beiden großen Vogeleier neben der Feuerstelle. Pyron scheute wirklich keine Mühe, seinen Freunden den Urlaub so angenehm wie möglich zu machen. Marc traf den schwarzen Drachen vor seiner Grotte, wo er gerade riesige Steine für einen Grill aufschichtete. Der entsprechende Spieß, in Form einer alten Lanze, lag auch schon bereit, ebenso ein großer Berg Bruchholz.

„Für heute Abend", erklärte Pyron fröhlich. „Die beiden Prachtexemplare werde ich erst mal in die Höhle bringen, sonst machen sich die Raben darüber her." Er zog seine Beute in Sicherheit. „Brauchst du Speck für die Eier?"

Marc winkte ab. „Nicht unbedingt. Wir haben vorsichtshalber eine Flasche Öl zum Braten mitgebracht. Wobei – mit Speck schmeckt es besser."

Pyron zog das größere Wildschwein wieder auf das Plateau. „Na, dann los! Auf an den Speck!"

„Nicht übel das Tierchen." Marc wetzte sein Messer an einem der Felsblöcke.

„Schlachttag?", fragte eine Stimme aus der Grotte.

„Guten Morgen!", rief Pyron. „Ich glaube, du kommst gerade recht, um Marc etwas zur Hand zu gehen."

„Für Ei mit Speck immer", schmunzelte Thomas. „Galantha hat schon ein Feuerchen entfacht und die große Pfanne vorgewärmt. Wir braten die beiden großen Dinger am besten nacheinander."

„Dein Wort ist mir Befehl", witzelte Marc. Er reichte Thomas einen Streifen Speck. „Wir kommen gleich nach."

Pyron beseitigte schnell alle Schlachtabfälle, indem er sie einfach verspeiste, zog das Schwein wieder in die Grotte, wo er zusätzlich als Schutz einen großen Schild darüber legte. Schließlich saßen alle am schmausend am Tisch. Stella zauberte Kaffee für die Männer. Pyron naschte von seinem Schinkenvorrat.

„Sind hier die Seen sicher? Oder gibt es gefährliche Tiere im Wasser?", fragte Marc.

„Ein paar Hechte und neuerdings wieder Nixen, die ziemlich viel Schabernack treiben", entgegnete Pyron. „Andere Störenfriede habe ich noch nicht entdeckt. Warum fragst du?"

„Weil ich heute gern mal wieder richtig schwimmen gehen möchte. Ganz ohne Chlorwasser oder eklige Algen, wie es bei uns leider normal ist", sagte Marc.

Thomas machte mit dem Zeigefinger eine zustimmende Geste. Galantha und Stella, die in den letzten Monaten ihre Scheu vor dem Wasser abgelegt hatten, freuten sich auch schon darauf, im flachen Wasser durch den weißen Sand zu waten.

Pyron brachte sie nach dem Frühstück zu einem der kleinen Seen, mit breitem Sandufer. Das kristallklare, erstaunliche warme Wasser wurde nach wenigen Metern tief genug zum Schwimmen.

Ganze Schwärme winziger, bunter Fische bevölkerten die Pflanzendickichte der Uferregion. Die beiden Elfen standen im Wasser, um die Tiere genau beobachten zu können. Marc und Thomas schwammen weit hinaus. Immer wieder tauchten sie, weil es in der Unterwasserwelt ständig neue Dinge zu bestaunen gab. Mal waren es große Muscheln, die in dem sauberen Wasser prächtig gediehen, dann ein vorwitziger Hecht, der ungeniert neugierig um die Schwimmer herumstrich. Endlich machte Thomas Stella ein Zeichen, dass sie nun zurückschwimmen wollten. Die beiden Frauen verließen das Wasser, standen am Ufer und schauten dem Wettschwimmen der Männer zu. In Rufweite zum Ufer geschah etwas Seltsames. Marc schien auf der Stelle zu schwimmen. Plötzlich riss ihn eine Kraft unter Wasser. Wie von einer Stahlfeder getrieben stieß sich Galantha vom Ufer ab und flog zu der Stelle, an der sie soeben Marcs Kopf kurz wieder auftauchen sah, bevor er erneut verschwand. Marc wehrte sich unter Wasser gegen irgendetwas oder irgendjemanden, der offensichtlich im Wasser zu Hause und eindeutig im Vorteil war. Eine große Schwanzflosse tauchte auf. Galantha packte zu. Ohne überlegen zu müssen, ließ sie ihre Hände unerträgliche Hitze ausstrahlen. Der Fischschwanz zuckte, ein leises Jammern ertönte und Marc konnte sich endlich befreien. Schwer atmend hing er an der Oberfläche.

„Danke. Das war knapp", keuchte er.

Galantha fasste seine Hände. So schnell sie konnte, zog sie ihn zum Ufer, bis er endlich Boden unter den Füßen spürte.

„Mit wem hast du dich denn herumgeprügelt?", fragte Thomas besorgt.

Marc ließ sich in den Sand fallen. Er hustete und spuckte Wasser aus. „Weiß ich nicht. Das Ding hat mich von hinten gepackt. Ich habe nur zwei lange Flossen gesehen. Muss wohl ein riesiger Fisch gesehen sein. Ohne Galantha wäre es mit mir aus gewesen."

„Da!" Stella zeigte auf den See hinaus, wo soeben drei Köpfe auftauchten. „Das sind Nixen. Pyron hatte Recht. Die haben tatsächlich nur Unsinn im Kopf. Ich werde mal ein ernsthaftes Wörtchen mit ihnen reden."

Marc fasste nach Galanthas Hand. „Sei bitte vorsichtig."

„Keine Sorge. Ich weiß mich zu wehren." Galantha flog auf den See hinaus.

„Spielverderberin", rief eine der Nixen der Elfe entgegen. „Fast hätte der Mensch zu uns gehört."

Galantha ließ sich nicht beirren. Mit flirrenden Flügeln stand sie über den Nixen in der Luft. „Passt genau auf, ihr drei Witzbolde. Ich sage es nur einmal. Diejenige von euch, die es wagt, auch nur einen der Männer anzurühren, koche ich bei lebendigem Leibe." Sie verlieh ihren Worten Gewicht, indem sie sich wieder einmal in eine lebende Feuerlohe verwandelte, einen Fuß in das Wasser tauchte und die Stelle sofort zum Kochen brachte. Entsetzt fuhren die Nixen auseinander. „Merkt euch meine Worte. Mein Feuer reicht weit." Galantha schickte eine Lohe senkrecht in den Himmel.

„Aber wir wohnen doch in diesem See", jammerten die Nixen.

„Dagegen habe ich auch nichts", sagte Galantha und löschte ihr Feuer. „Auch gegen eine vernünftige Unterhaltung habe weder ich noch die anderen etwas. Ihr solltet euch nur meine Worte immer wieder ins Gedächtnis rufen. Ich bin furchtbar in meinem Zorn, die Zwerge können ein Liedchen davon singen." Die Elfe flog zum Ufer zurück.

„Du hast dich verwandelt. Gab es Ärger?", fragte Marc besorgt.

Galantha schüttelte ihre rote Mähne. „Nein. Das ist nur die einzige Sprache, die die Nixen auf Anhieb verstehen. Es dürfte ihnen erst einmal vergangen sein, einen von euch in ihr Reich holen zu wollen."

Marc nahm sie dankbar in die Arme, was auch den drei Nixen nicht entgangen sein dürfte. Thomas und Stella häuften süße, saftige Beeren auf ein großes Blatt. Marc und Galantha setzten sich zu ihnen in den warmen Sand. Immer wieder huschten ihre Blicke hinaus aufs Wasser, wo hin und wieder die Köpfe der Nixen auftauchten.

„Neugierig sind sie schon", stellte Stella lachend fest.

„Ist denn das ein Wunder?", schmunzelte Galantha. „Wann hat denen schon mal eine Riesenelfe damit gedroht, sie in ihrem See zu kochen?"

Thomas verschluckte sich fast vor Lachen. „Das hast du gemacht?"

„Ja sicher. Und es ist mir verdammt ernst damit. Schon bei dem Versuch, Marc anzufassen, würde ich ihnen einheizen."

Stella und Marc tauschten ein zufriedenes Nicken. Galantha konnte nicht nur die Krallen ausfahren, sie würde auch erbarmungslos zuschlagen. Das fröhliche Gelächter der vier war weithin zu hören. Der Nachmittag verlief ohne Zwischenfälle. Trotzdem blieben die Elfen auf der Hut, wenn sich die Männer im Wasser aufhielten. Stella beschattete die Augen mit der Hand. Ein dunkler Punkt am Himmel erregte ihre Aufmerksamkeit.

„Das wird wohl Pyron sein", mutmaßte Thomas.

„Jetzt schon? Glaube ich nicht", murmelte Stella, während sie sich erfolglos bemühte herauszubekommen, was da oben flog.

„Ein anderer Drache?"

„Unwahrscheinlich." Stella setzte sich wieder. „Ansonsten gibt es nur noch Greife und Sphingen. Die sind aber viel kleiner, als das da. Vielleicht war es doch Pyron."

Als der Drache sie schließlich abholen kam, hatten sie den dunklen Punkt am Himmel schon vergessen. Sie widmeten sich voll und ganz der Zubereitung des Wildschweins, welches am Spieß vor sich hin brutzelte. Pyron bewachte den Grill, die Männer trugen Tisch und Stühle auf das Plateau. Stella packte Teller und Besteck aus. Als die ersten Sterne am Himmel funkelten, ließen sich Pyron und die Männer den Braten schmecken, die Elfen naschten Melonenstückchen. Pyron amüsierte sich über das, was Galantha von den Nixen erzählte.

„Das geschieht ihnen recht. Sie haben mich vor ein paar Wochen mit Wasser bespritzt als ich aus dem See trinken wollte", berichtete er. „Dann …", er kam nicht dazu, den Satz zu beenden, weil er klagender Schrei durch die Nacht heranwehte. Der Drache sprang auf und lauschte.

„Was war das?", fragte Thomas.

„Ein Drachenschrei", flüsterte Galantha.

„Von einem Weibchen", hauchte Stella, die Pyrons Interesse richtig deutete.

„Der dunkle Fleck", antwortete Galantha.

„Hmm."

„Was für ein dunkler Fleck?" Pyron wandte sich Galantha zu.

„Wir haben wahrscheinlich den anderen Drachen gesehen. Er flog über die Seen. Ziemlich hoch", entgegnete Marc.

„Interessant. In welche Richtung ist sie denn geflogen?", Pyron scharrte verlegen mit der Kralle auf dem Boden.

„Dahin wo dein Wasserfall sein müsste", deutete Stella die ungefähre Richtung an. „Wirst du hinfliegen?"

„Eines Tages." Pyron war auf einmal die Ruhe selbst.

„Warum nicht morgen?", wollte Thomas wissen.

„Sie soll sich erst mal eingewöhnen, dann werde ich ihr meine Aufwartung machen. Sie ist heute zum zweiten Mal in meinem Revier aufgetaucht. Einmal haben mir die Elfen von ihr erzählt. Wenn sie zum Wasserfall geflogen ist, hat sie offensichtlich eine der kleinen Höhlen bezogen, wird eine Weile hierbleiben und da ich der einzige männliche Drache diesseits des Meeres bin …" In Pyrons Augen tanzten vor Freude kleine Fünkchen. Da ertönte noch einmal der Schrei. Pyron antwortete. Er blieb auch die ganze Nacht im Eingang seiner Grotte liegen.

Trotzdem schaffte er es, am nächsten Morgen pünktlich ein paar Vogeleier für das gemeinsame Frühstück zu beschaffen. Gut gelaunt saß er neben dem Tisch.

„Was habt ihr heute vor?", fragte er.

„Wir wollen durch den Wald wandern, Pilze suchen und hoffen auf dem Rückweg die Einhörner zu finden."

„Was wollt ihr denn mit Pilzen?", staunte Pyron.

„Essen kochen – ein riesiges Omelett mit Pilzen."

„Ein Ome was?"

„Ein Rührei mit Pilzen, Kräutern und Gewürzen. Du wirst es mögen", versprach Marc. „Schade, dass wir hier noch keine Kartoffeln gefunden haben."

Pyron stutzte. „Ach ich erinnere mich. Das sind diese gelblichen runden Dinger, die ich bei Luigi gegessen habe. Wachsen die auf Bäumen?"

„Im Gegenteil. Die wachsen unter der Erde an den Wurzeln der Kartoffelpflanze.", sagte Thomas.

„Na, dort hätte ich sie wirklich nicht gesucht", seufzte Pyron.

Der Drache brachte die vier in die Nähe des Wäldchens, bevor er ganz eindeutig den Weg zum Wasserfall einschlug.

„Ah ja, eines Tages", kicherte Thomas.

„Ich kann ihn verstehen. So eine Chance kommt in den nächsten zwei- bis dreihundert Jahren nicht wieder", sagte Galantha. „Es gibt nicht mehr viele Drachen in unserer Welt und er wartet schon seit ewigen Zeiten auf eine Gefährtin. Als Wächter des Wandelnden Turmes darf er sein Revier auch nicht einfach verlassen, um auf Suche zu gehen."

„War auch nicht böse gemeint", erklärte Thomas. „Ich hätte es an seiner Stelle auch nicht anders gemacht."

„Ja. Kann ich bestätigen", schmunzelte Stella.

Lachend und scherzend zogen sie weiter. Marc suchte die besten Passagen zwischen den Bäumen, damit die Elfen nicht mit den Flügeln hängen blieben. Ab und zu huschte ein Eichhörnchen vorbei, raschelte es im Unterholz oder summten dicke Käfer zwischen den Sträuchern umher. Thomas blieb stehen, sah sich um und ging kopfschüttelnd weiter.

„Was ist?", fragte Stella.

Er brummte: „Ich fühle mich irgendwie beobachtet."

„Wundern würde es mich nicht. Die Waldelfen sind zwischen den Blättern kaum zu entdecken. In ihren grünen Röcken und Umhängen sind sie bestens getarnt. Wenn sie sich nicht freiwillig zeigen, wirst du sie nicht zu Gesicht bekommen", lachte Stella.

„Stimmt", wisperte ein Stimmchen über ihnen. Ein glockenhelles Lachen erklang genau vor ihnen. „Dabei weiß ich ganz genau, dass uns Galantha und Stella schon lange entdeckt hätten, wenn sie es wirklich gewollt hätten." Ein Elfchen mit durchsichtigen Libellenflügeln löste sich von einem dichtbelaubten Zweig. „Schön, dass ihr uns mal besuchen kommt."

„Danke für die nette Begrüßung." Marc lächelte das kleine Wesen freundlich an. „Wie geht es euch und eurem Wald?"

„Gut. Sehr gut sogar." Die Elfe breitete die Arme aus. „Alles wächst und gedeiht. Jetzt, wo die Zwerge weg sind, tanzen wir bei Vollmond wieder auf unserer kleinen Lichtung, singen die alten Lieder und freuen uns, wenn der Tau morgens in den Netzen der Spinnen glitzert."

Marc schaute sich um. Überall zwischen den Bäumen blitzten schwirrende Flügel im Sonnenlicht auf. Bald waren sie von einer ganzen Schar Elfen umringt. Die kleinen Herren des Waldes führten die Gäste zur Lichtung, an deren Rand ein klares Bächlein murmelte. Alle setzten sich ins Gras. Stella nahm die Kunststoffdose mit den Melonenscheiben, die sie als Wegzehrung mitgenommen hatte, aus Thomas' Rucksack. Marc schnitt eine davon in winzige Stückchen. Die Elfen ließen sich nicht zweimal bitten. Der süße Geruch zog sie magisch an. Zwischendurch mussten die Gäste aus der Menschenwelt erzählen. Neugierig fragten die Waldelfen, ob es dort auch Sonne, Mond und Sterne gäbe, Regen und Wind und ob es denn so riesige Blätter gäbe, unter denen sich Stella und Galantha zur Ruhe legen könnten. Mucksmäuschenstill lauschten sie den Worten der Elfen und Menschen.

Erst am Nachmittag brachen die Wanderer wieder auf. Beim Abschied fragte Thomas, ob die Elfen wüssten, wo Pilze wüchsen.

„Aber ja!", riefen alle, flogen voran und halfen in weniger als einer halben Stunde den Rucksack zu füllen.

„Grüßt Pyron, den freundlichen Drachen, von uns", baten sie, als Stella, Galantha, Thomas und Marc den Wald verließen.

Stella blieb stehen. Sie stieß den trillernden Pfiff aus, der die Einhörner locken sollte. Ein Wiehern erklang, dann kündigte das

Trommeln der Hufe die Ankunft der wundervollen Tiere an. Ohne jegliche Scheu näherten sich die stolzen Geschöpfe.

„Wir haben euch bereits erwartet", sprach der Hengst.

„Was?" Thomas staunte.

Galantha lächelte fröhlich. „Sie können in die Zukunft schauen."

„Tatsächlich?" Thomas streichelte das fast silbern glänzende Fell eines der Einhörner. Er ließ die seidenweiche Mähne durch seine Finger gleiten. „Sag, wenn es dich nervt", murmelte er verlegen. „Ich kann einfach nicht anders, ich muss euch einfach immer wieder berühren."

„Ich weiß." Das Einhorn sah ihn amüsiert an. „Na steig schon auf!"

Stella nickte aufmunternd. „Sie bringen uns zurück zum Drachenberg."

Gemächlich trabten die Tiere mit ihren Reitern dahin. Auch sie fragten, wie es den Elfen in der neuen Welt erginge. Immer wieder nickten sie wissend.

„Kannst du dich an meine Worte erinnern, als wir dich und Marc das allererste Mal zum Drachenberg trugen?", fragte der Hengst Galantha.

„Sehr genau. Du sagtest: Deine kleine Elfe wird es erst in ein paar Tagen wirklich begreifen, welches Glück sie hatte, dir begegnet zu sein. Und du hattest Recht, wie immer", strahlte Galantha. Dann beugte sie sich weit über den Hals des Tieres und flüsterte ihm ins Ohr. „Wird Pyron mit dem fremden Weibchen glücklich werden?"

Missbilligend schüttelte das Einhorn den Kopf. „Du weißt doch, dass ich es dir nicht sagen darf."

„Schon gut. Man macht sich eben Gedanken, ob es einem guten Freund auch wohl ergeht", seufzte die Elfe.

Thomas streichelte liebevoll den Hals seines Reittieres. Er hatte es sofort wieder erkannt. Es war dasselbe Einhorn, welches ihn damals durch die Berührung mit seinem Horn geheilt und damit für immer von jeglicher Krankheit bewahrt hatte.

„Endlich kann ich dir danken", flüsterte er.

"Wofür?", fragte das Einhorn.

"Ich denke, das weißt du ganz genau", sagte Thomas. "Ich habe es erst in der Menschenwelt erfahren, welch wertvolles Geschenk du mir gemacht hast."

"Von den Elfen?", wollte das Einhorn wissen.

"Nein, von einem Menschen. Marcs Vater hat es mir gesagt." Thomas erzählte die ganze Geschichte.

"Er ist ein sehr kluger Mann", murmelte das Einhorn. "Aber wie der Vater so der Sohn."

"Zweifellos", bestätigte Thomas.

Inzwischen erreichten sie das Vorland des Drachenberges.

"Ich wünsche dir, dass dein sehnlichster Wunsch in Erfüllung geht", sagte das Einhorn beim Abschied zu Thomas.

"Welchen Wunsch hat es gemeint?", fragte Stella, als die Einhörner in der Ferne verschwanden.

Thomas schaute sie nachdenklich an. "Ich weiß nicht. Ich glaube, ich habe drei sehnliche Wünsche."

"Zähle auf", bat Stella.

Thomas wurde verlegen. "Willst du es wirklich wissen?"

Stella lachte. "Na klar. Jetzt erst recht."

"Na gut. Du gibst ja sonst doch keine Ruhe." Er räusperte sich. "Zum Beispiel hoffe ich, dass wir so ein Andenken mit nach Hause nehmen können, wie Marc Galantha hier gelassen hatte. Außerdem wünsche ich mir inständig, dass du mein ganzes Leben lang an meiner Seite bleibst und zuletzt, dass dies irgendwie vielleicht ewig sein könnte."

Stella legte ihm lächelnd die Arme um den Nacken. "Dann weiß ich, wovon das Einhorn gesprochen hat", flüsterte sie. "Denn die Erfüllung zweier deiner Wünsche ist nicht völlig unmöglich."

"Thomas der Familienmensch. Dass ich das noch erleben darf", witzelte Marc. "Hast du nicht früher immer gesagt, du wärst beziehungsuntauglich?"

Thomas hob die Hände. "Mit der richtigen Frau …"

"Und ganz ohne Zauberei", warf Stella schnell ein.

„Mal abgesehen von dem Zauber, der Elfen wohl immer umgibt", schmunzelte Thomas.

Ein großer Schatten huschte über ihre Köpfe hinweg. Im nächsten Moment landete Pyron mit rauschenden Schwingen. Im Sonnenlicht funkelte sein Schuppenkleid in ungewöhnlichen Farben fast metallisch. Selbst Stella wurde aufmerksam.

„Du siehst glücklich aus", stellte sie zufrieden fest.

„Steigt auf, wir reden in der Grotte." Pyron legte sich auf den Boden, um den Männern das Aufsitzen zu erleichtern. Kraftvoll schwang er sich in die Lüfte. Fast senkrecht stieg er vor der Steilwand empor. Auf dem Plateau setzte er seine Freunde ab, witterte noch einmal in alle Himmelsrichtungen, ehe er ihnen in die Höhle folgte.

Neugierig sahen ihn alle an. In Pyrons Augen flackerten wieder diese Fünkchen, die immer erschienen, wenn er besonders gut gelaunt war. Ohne Umschweife begann er zu erzählen: „Es ist ein junges Weibchen, das erst vor kurzem flügge geworden ist. Ich werde natürlich alles daran setzen, sie für immer in diesem Revier zu halten. Wenn das klappt, gibt es vielleicht eines Tages endlich wieder Drachennachwuchs."

„Na wenn das keine guten Nachrichten sind, dann weiß ich nicht, was gute Nachrichten sind", rief Marc.

Pyron fuhr fort: „Jetzt verwöhne ich sie erst einmal ein bisschen. Kein Drache sonst kann ihr so leckere Mahlzeiten bieten wie ich. Liebe geht ja auch bei Drachen durch den Magen."

„Dann werden wir jetzt gemeinsam das Omelett bereiten, damit du deiner Angebeteten ein paar ganz exzellente Gaumenfreuden präsentieren kannst." Marc schüttete vorsichtig die Pilze auf den Tisch, ein paar Lauchzwiebeln vom Rande des Elfenwaldes und zwei rote Paprikafrüchte, die sie ebenfalls gefunden hatten. Pyron und Thomas schauten interessiert zu, wie Marc mit den Elfen Pilze und Gemüse putzen. Thomas holte den restlichen Wildschweinspeck, um ihn in kleine Würfelchen zu schneiden. Eine halbe Stunde später duftete es bereits lecker. Pyron lief das

Wasser im Maul zusammen. Während des Essens schielte er immer wieder nach der Pfanne. Galantha begann zu lachen.

„Möchtest du es hinbringen oder holst du sie her?"

„Hinbringen? Herholen?", stotterte Pyron.

Nun lachten alle. „Im Normalfall hättest du schon lange die Pfanne blitzblank geleckt."

„Ich – ich – ich weiß nicht, ob sie mitkommen würde", murmelte Pyron.

Galantha streichelte seine Klaue. „Wenn sie dir vertraut, kommt sie auch mit. Sag ihr doch, dass wir uns auf sie freuen."

Im nächsten Moment war Pyrons Platz leer.

Zephyra

Eine viertel Stunde später raschelte es am Eingang der Grotte. Pyron schob mit der Schwinge seine kleine Freundin sanft vor sich her. Das Weibchen war nur etwa halb so groß wie Pyron. Scheu betrachtete es die vier fremden Wesen, die sie noch nie gesehen hatte. Ihr Schuppenkleid glänzte rötlich, die Augen genau so grün wie die von Pyron. Der große Drache stellte ihr seine Freunde vor.

Ein Zug des Begreifens huschte über ihr Gesicht. „Ich habe von euch gehört." Dann schaute sie ihren großen Verehrer verunsichert an. „Aber das heißt ja, dass du Pyron bist!"

„Hmm, der bin ich wirklich."

„Du hast es ihr nicht gesagt?", fragte Marc erstaunt.

Pyron wiegte verneinend den Kopf. „Sie hat mich nicht gefragt. Du kennst ja die Regeln."

Fast ehrfürchtig neigte das kleine Weibchen den Hals.

„Du wirst hungrig sein." Pyron schob ihr die Pfanne hin, die Marc inzwischen warm gehalten hatte.

Dankbar machte sich die Kleine über den Inhalt her.

„So wie es aussieht, hattest du keinen Jagderfolg", stellte Pyron mit Kennerblick fest.

Zephyra nickte verschämt. Sie war noch zu jung, um alle Tricks einer guten Jägerin zu beherrschen. Marc tauschte einen Blick mit Pyron.

„Ich weiß, was du sagen willst", erklärte der Drache mit fester Stimme. „Ich werde sie ein wenig unter meine Fittiche nehmen. Es sollte mich wundern, wenn sie nicht in wenigen Tagen die hilfreichsten Tricks beherrscht."

„Dann solltest du sie gleich hierbehalten", schlug Marc vor.

Zephyra zuckte zusammen. Einfach so hierbleiben? Bei Pyron, dem berühmten, großen Drachen?

„Möchtest du?", fragte Pyron.

Die Antwort des Weibchens war eine Mischung aus Nicken und Kopfschütteln.

„Nicht??" Pyron fragte vorsichtshalber noch einmal nach.

„Ich möchte doch hierbleiben", murmelte Zephyra kaum hörbar.

„Sehr gut." Pyron wirkte zufrieden. „Ich werde dir alles beibringen, was du diesseits des Meeres wissen musst. Ein paar Tage sind auch noch meine Freunde hier. Von ihnen kannst du alles über die Menschenwelt erfahren."

„Dann ist es also wahr, dass nun auch die beiden Elfen in der anderen Welt leben."

„Ja. Warum?"

Zephyra suchte nach Worten. „Es klang wie eine Legende. Bis vorhin habe ich nicht einmal geglaubt, dass es euch wirklich gibt. Aber alle haben mir erzählt, dass zwei ungewöhnlich große Elfen, zwei Menschen und der Drache Pyron diese Welt gerettet haben. Jetzt sitzt ihr vor mir. Es ist wie ein Traum." Sie machte eine Pause. „Und ich darf wirklich hierbleiben?"

„Aber ja. Es gibt genug jagdbares Wild für uns beide", erklärte Pyron. „Du kannst mir auch helfen, den Wandelnden Turm zu bewachen. Vier fliegende Augen sehen mehr als zwei."

Zephyra bewegte aufgeregt ihren Schweif. „Ich werde euch nicht enttäuschen", versprach sie den fünf Freunden.

Spät in der Nacht ließ Marc das Feuer herunterbrennen. Pyron zeigte Zephyra einen geeigneten Schlafplatz, auf dem sie sich zusammenrollte und sofort einschlief. Elfen und Menschen krochen ins Heu. Pyron lag noch eine Weile wach. Er lauschte den ruhigen Atemzügen des jungen Weibchens, dachte über sich und die Zukunft nach, bis er sanft in einen angenehmen Traum hinüber glitt.

Noch vor dem Morgengrauen war er wieder auf den Beinen. Unbemerkt verließ er die Höhle, um auf Jagd zu gehen. Lautlos huschte er über Wipfel der Bäume. Wie ein Phantom tauchte er über der Rotte der Wildschweine auf, riss zwei Tiere, verschwand wieder, legte die Beute ab, zog eine Schleife und erlegte auf die gleiche Weise noch ein Reh. Schwer beladen steuerte er seine Höhle an. Die anderen schliefen noch. Pyron dachte kurz nach, ließ sich in die Tiefe fallen, um die Brutkolonie der Seidenhühner, um ein paar frisch gelegte Eier zu erleichtern.

Marc erwartete ihn bereits auf dem Plateau. „Du bist ein erfolgreicher Jäger."

„Eierdieb", schmunzelte Pyron und drückte Marc seine letzte Beute in die Hände. „Taufrisch und garantiert nicht angebrütet."

„Du verwöhnst uns."

Pyron wurde ernst. „Ihr seid schließlich nur noch drei Tage hier. Ich wünschte, wir hätten mehr Zeit."

Marc nickte. „Ich hoffe dass wir …"

Ein schriller Schrei aus Richtung der Seen ließ ihn verstummen.

„Was war das?" Pyron und Marc lauschten in das Morgengrauen. Der Schrei wiederholte sich. Marc legte die Eier weg, sprang auf Pyrons Rücken, der sich, ohne zu zögern, in die Tiefe stürzte. Pfeilschnell glitt der schwarze Drache dahin. Was sich ihren Augen bot, ließ ihnen das Blut in den Adern gefrieren. Im flachen Wasser in Ufernähe stand ein riesiger Bär. Er hatte seine Zähne und seine Krallen in den Körper einer Nixe gegraben, die mehr tot als lebendig wimmernd in seinem Maul hing. Pyron packte mit der Klaue den Nacken des Bären, der widerwillig seine Beute losließ. Marc war schon abgesprungen. Er fing die übel zugerichtete Nixe auf. Pyron schleuderte den Bären weit von sich. Mit fliegenden Tatzen flüchtete das Tier.

Marc bettete die Verletzte ins weiche Gras. „Was machen wir jetzt mit ihr. Wenn wir nicht sofort die Blutungen stoppen, stirbt sie."

„Nehmen wir sie mit", entschied Pyron. „Stella weiß sicher einen Rat."

Vorsichtig griff er zu, während Marc wieder auf seinen Rücken stieg. Ein paar Minuten später weckten sie unsanft ihre Freunde. Zephyra hielt sich erschreckt im Hintergrund. Galantha und Stella legten sofort ihre Hände auf den zerschundenen Körper, um die Wunden zu schließen. Eine gnädige Ohnmacht hielt dabei ihre Patientin umfangen und ersparte ihr die schlimmsten Schmerzen.

„Wird sie durchkommen?", fragte Thomas.

„Vielleicht, vielleicht auch nicht", flüsterte Stella. „Es steht auf Messers Schneide."

Galantha schaute besorgt auf die stumpfen, glanzlosen Schuppen des Fischschwanzes. „Holt bitte schnell Wasser. Sie trocknet aus."

Pyron schleppte den vollen Zuber herbei, die Männer ließen die Ohnmächtige vorsichtig hineingleiten. Immer wieder schöpften sie mit den Händen Wasser, welches sie über den Körper der Nixe laufen ließen. Fast hatten sie die Hoffnung aufgegeben, als die Seejungfrau die Augen aufschlug. Das Erste, was sie in ihr Blickfeld kam, war Pyrons riesiger Kopf. Voller Entsetzen schlug sie die Hände vor das Gesicht und fast sah es aus, als würde sie wieder ohnmächtig werden.

„Keine Angst, du bist in Sicherheit", sprach der Drache mit seiner tiefen Stimme.

Die Nixe spähte durch die Finger. „Wie fühlst du dich?", fragte Pyron weiter.

„Der Bär …", hauchte die Nixe, ohne auf Pyrons Frage einzugehen.

„Ich weiß", sagte Pyron. „Er ist weg und wird dir nichts mehr tun."

„Hast du Schmerzen?" Stella beugte sie über den Zuber.

Die Nixe schüttelte den Kopf. Erst jetzt begriff sie, dass sie nicht mehr am See, sondern irgendwo in einer Grotte auf dem Trockenen war und dass mehrere verschiedene Wesen um sie herum standen und ziemlich erleichtert aussahen. Vorsichtig betastete sie ihren Fischschwanz.

„Ihr habt mich geheilt?", fragte sie fassungslos.

„Ja natürlich", entgegnete Galantha lächelnd.

„Aber warum?"

„Hätten wir dich sterben lassen sollen?", stellte Stella die Gegenfrage.

Verständnislos schaute die Nixe in die Runde. „Aber …"

„Vergiss es", schnitt ihr Marc das Wort ab. „Ihr habt nur das getan, was ihr seit Anbeginn der Zeit getan habt und wir haben getan, was wir tun mussten."

„Dann seid ihr nicht mehr böse, weil wir ihn", sie deutete auf Marc, „in unser Reich holen wollten?"

„Vergeben und vergessen. Aber tut es nie wieder, sonst mache ich meine Drohung war", erklärte Galantha.

„Ich verspreche es." Die Nixe legte die Hand auf ihr Herz. „Und ich werde auch nie wieder einen Drachen mit kaltem Wasser vollspritzen."

„Na das höre ich doch gern." Pyrons Augen funkelten fröhlich. Dann wandte er sich an Zephyra und seine Freunde. „So, nun frühstücken wir erst einmal und dann bringen wir die kleine Nixe zu ihrem See zurück."

Pyron winkte Zephyra, ihm zu folgen. Marc holte die Eier, und bekam von Pyron noch ein Stück Speck. Der Drache hatte das Wildschwein einfach aufgebrochen, da er es ja sowieso gleich mit Haut und Haar gemeinsam mit dem Drachenweibchen vor der Grotte verspeisen wollte.

Ängstlich starrte die Nixe in die Flammen der kleinen Kochstelle. Das Feuer faszinierte sie und stieß sie gleichzeitig ab. Neugierig schaute sie Galantha beim Teeaufbrühen und Marc beim Eierkochen zu.

„Das duftet." Sie deutete auf Galanthas Tee-Becher.

„Möchtest du kosten?"

„Gern."

Die Elfe reichte ihr den Becher. „Sei vorsichtig es ist noch sehr heiß."

„Es schmeckt gut. Wie nennt man das?"

„Kräuter-Tee", entgegnete Thomas. „Und wir haben Kaffee." Er zeigte der Nixe seinen Becher.

„Ach du großer Wasserstrudel! So was kann man trinken?", rief sie erstaunt.

Stella lachte. „Nur die Menschen."

Die Nixe überlegte kurz. „Aber ihr seid auch so groß wie die Menschen. Erklärt ihr es mir?"

„Da kommen wir ja gerade zur rechten Zeit. Die Geschichte wird Zephyra auch gern hören." Pyron ließ sich neben dem Drachenweibchen bei der Nixe nieder.

Galantha begann zu erzählen.

Am Ende des Berichtes seufzte die Nixe. „Das ist ja so romantisch."

Zephyra hatte gar nicht gemerkt, dass sie ihren Kopf an Pyrons Schulter gelehnt und mit offenen Augen geträumt hatte. „Wie schön", flüsterte sie versonnen.

„So und jetzt werden wir dich wieder nach Hause bringen", versprach Marc der Nixe. „Kommt alle mit!" Er hob sie aus dem Wasserbottich, trug sie vor die Grotte und legte sie vorsichtig Pyron in die Klauen. „Schön stillhalten, damit du nicht herunter fällst."

Nach kurzer Diskussion, wer mit wem fliegen sollte, saßen die beiden Elfen bei Zephyra auf, die Männer bei Pyron, der sich nur auf den Hinterbeinen stehend, kräftig abstieß.

Am See trafen sie auf die anderen Nixen, die am Ufer auf und nieder schwammen und ein Klagelied sangen. Erschreckt tauchten sie ab, als gleich zwei Drachen über dem See kreisten. Doch wie immer siegte die Neugier. So konnten sie gerade noch sehen, dass sich ihre Schwester aus den geöffneten Klauen Pyrons mit einem Salto in den See katapultierte. Sofort tauchte die Nixe wieder auf, winkte ihren neuen Freunden und rief: „Vielen Dank für eure Hilfe. Kommt mich bitte besuchen, bevor ihr in die Menschenwelt zurückkehrt."

Im Davonfliegen hörten die Drachenreiter noch, dass das Lied der Nixen nun ein fröhliches war.

„Wieder ein Stückchen mehr Verständnis füreinander", freute sich Pyron. „Wohin soll ich euch heute bringen?", wandte er sich dann an seine Freunde.

„Zeigst du uns deinen Wasserfall?", fragte Marc.

„Und die großen Vögel, denen du immer die Eier stibitzt", bat Thomas.

„Und wo möchten die Damen hin?", wollte Pyron wissen.

Die Elfen lachten. „Egal, es ist überall schön in diesem zauberhaften Land."

Pyron zwinkerte Zephyra mit einem Auge zu. Er wusste, dass sie ihm überall hin folgen würde. Das junge Weibchen war glücklich.

Das Schicksal hatte es gut mit ihr gemeint. Als Eindringling im Revier eines älteren Weibchens wäre sie erbarmungslos attackiert und vertrieben worden. Sie hätte nicht die geringste Chance gegen eine ausgewachsene, erfahrene Rivalin gehabt. Pyron hingegen duldete sie nicht nur, er beschützte sie und teilte sogar seine Beute mit ihr.

Thomas deutete in Flugrichtung. „Ein herrlicher Anblick!"

Sie hatten soeben das Gebirge umflogen. Pyron steuerte geradenwegs auf eine Felswand zu, von der ein breites Silberband in die Tiefe stürzte. Ein wundervoller Regenbogen stand über dem tosenden Kessel. Der leichte Wind trug die winzigen Tröpfchen des Gischtes bis zu ihnen herüber. Die Drachen stiegen höher, kreisten ein paar Mal über dem See, dann folgten sie dem Flüsschen nach Süden. Am Rande des Savannenlandes verloren sich die letzten Spuren seines Wassers im Sand.

„Er fließt unterirdisch weiter, um in einigen hundert Kilometern wieder an die Oberfläche zu dringen", erklärte Pyron.

„Du warst schon dort? Fließt er ins Meer?", fragte Marc.

Pyron brummte zustimmend. „Ich war zweimal dort, bevor man mir die Wache über den Wandelnden Turm übertrug. Es sind mehrere Tagesflüge."

„Und hinter dem Meer warst du auch schon?" wollte Thomas wissen.

„Dort bin ich vor langer, langer Zeit geschlüpft. Genau wie Zephyra", antwortete Pyron. „Es schaffen nur wenige, das große Wasser zu überqueren. Sie ist eine davon."

„Ach du großer Gott!", rief Thomas plötzlich. „Schaut mal da runter! Das ist alles Mögliche, nur keine Strauße!"

„Entsetzlich." Galantha krallte sich an Zephyra fest.

„Das sind Brontornis." Marc betrachtete interessiert die drei Meter großen Riesenvögel, die einst auch die Menschenwelt bevölkert hatten. „Man nennt sie auch Terrorvögel."

„Ich möchte bitte weg hier", flüsterte Galantha ängstlich.

Die Drachen drehten sofort ab.

„Denen klaust du die Eier?" Stella konnte es kaum glauben. „Du bist verrückt."

„Würden die Viecher besser schmecken, würde ich mir ganze Vögel holen", lachte Pyron. „Die Biester liegen so schwer im Magen, dass anschließend das Fliegen keinen Spaß mehr macht."

„Kein Wunder. Die sollen angeblich bis fünfhundert Kilo wiegen", schmunzelte Marc.

„Ich stehe nicht so auf Federvieh. Wildschwein ist zarter, leichter verdaulich …"

„Hör auf. Ich krieg ja gleich Appetit", unterbrach Thomas Pyron mitten im Satz.

„Kein Problem. Ich habe heute früh ein Reh in meine Grotte getragen. Das ist noch viel besser", verriet Pyron. „Kehren wir zurück und lassen uns das Tierchen auf der Zunge zergehen."

Niemand widersprach.

Marc ließ wieder einmal seine Kochkünste brillieren. Ihm gelang es tatsächlich wieder, zu improvisieren und vier superdicke Scheiben in der Pfanne zu schmoren. „Richtiger gespickter Rehrücken geht zwar anders, aber was soll es. Zumindest stimmen die Zutaten."

„Und es duftet." Zephyra hob schnuppernd die Nase.

Pyron begann zu kichern.

„Noch ein Feinschmecker", amüsierte sich auch Thomas. „Bitte viermal Rehrücken, Herr Ober."

„Fünfmal, wenn es erlaubt ist", wehte eine leise Stimme durch die Grotte.

„Aurëus?" Alle drehten sich zum Spiegelportal um.

„Wer denn sonst?", antwortete er lachend, während sich seine Umrisse auf der matten Fläche hervorschälten. Schließlich trat der Zauberer aus dem Rahmen. Er trug wieder seinen violetten Mantel, den Spitzhut und die Schnabelschuhe.

„Gerade noch rechtzeitig." Zufrieden strich Aurëus seinen langen weißen Bart. Mit strahlenden Augen schaute er in die Runde. Sein Blick traf das Drachenweibchen, das, wie gebannt durch sein plötzliches Auftauchen, neben Pyron hockte. „Wen haben wir denn da?"

„Zephyra", hauchte sie tonlos.

„Erstaunlich, erstaunlich. Herzlich willkommen, diesseits des Meeres." Aurëus streichelte ihren Kopf zwischen den Hörnern.

Galantha teilte das Fleisch aus. Eines der Stücke schnitt sie für die Männer auf. Alles was sonst noch in der Pfanne war, legte sie den höchst erfreuten Drachen vor.

„Sprechen wir ein kleines Tischgebet", brummelte Aurëus verschmitzt lächelnd in seinen Bart. Er hob beide Hände. „Mögen alle ausreichend Kartoffeln und Gemüse haben."

Sofort häuften sich die gewünschten Gaben auf allen Tellern und vor den Drachen.

„Oh", seufzte Pyron mit selig verdrehten Augen. „Heißen Dank."

Aurëus tippte die Becher der Elfen an. „Ihr sollt auch nicht leer ausgehen." Der Duft von Pfirsich-Nektar stieg auf, kleine Teller erschienen samt zwei Portionen Eis mit Früchten.

Der Zauberer rieb sich vergnügt die Hände. „Na dann liebe Festgäste, esst feste." Diese Aufforderung musste er nicht zweimal aussprechen.

„Welcher Wind treibt dich ins Elfenland?", fragte Pyron den Zauberer.

„Bratenduft", antwortete Aurëus im Brustton der Überzeugung.

Marc schaute Aurëus etwas spöttisch von der Seite an. „Luigi hat wohl heute geschlossen?"

Aurëus antwortete mit breitem Grinsen. Dann wandte er sich wieder seinem Rehbraten zu.

„Erwischt", kicherte Stella. „Du hast gefühlt, dass etwas Ungewöhnliches geschehen ist, wusstest aber nicht was. Nun hast du Zephyra gesehen und denkst, dass das schon alles war."

Der Zauberer schaute überrascht auf. „Wie meinst du das?"

„Wörtlich."

„Gibt es Schöneres, als ein Drachenweibchen diesseits des Meeres begrüßen zu dürfen?", fragte Aurëus irritiert.

„Schön, zu sehen, dass du doch nicht allwissend bist", schmunzelte Marc.

„Dann lasst mich wenigstens nicht im Dunkel tappen!", rief Aurëus.

„Wir haben heute im Morgengrauen eine Nixe hier zu Besuch gehabt", erklärte Marc.

Aurëus fuhr von seinem Stuhl auf. „Wie kommt die denn hierher??"

„Geflogen, aber nicht freiwillig", warf Pyron ein. Dann erzählte er Aurëus, was sich am See zugetragen hatte.

„Nixenblut ist ein besonderer Saft", murmelte Aurëus und Thomas schien es, als sähe ihn der Zauberer dabei seltsam an.

Aurëus blieb auch über Nacht in der Drachenhöhle. Er häufte sich ein wenig Heu auf und schlief so gut und fest wie schon lange nicht mehr. Erst Stellas duftender Morgenkaffee weckte ihn. Das kräftige Frühstück, welches die Elfen bereiteten, lockte ihn schließlich an den Tisch.

„Eier mit Speck und frischen Kräutern", freute er sich.

„Das gibt genug Kraft für den ganzen Tag. Zwischendurch gibt es ja nur Obst und Gemüse." Marc reichte Aurëus das Salz. „Ab und zu muss auch ein großer Fisch dran glauben. Pyron ist ein exzellenter Gastgeber."

„Apropos Fisch – kommt ihr heute mit zum See? Ich möchte sehen, wie es eurer Nixe geht."

„Gern. Wir haben ihr sowieso versprochen, sie vor unserer Abreise noch einmal zu besuchen. Morgen ist ja leider schon der Urlaub zu Ende." Stella bereitete noch einmal Kaffee für die Männer.

„Besucht ihr uns bitte auch irgendwann wieder?", fragte Zephyra leise.

Marc nickte. „Das haben wir uns eigentlich vorgenommen. Gern möchten wir in jedem Jahr für zwei Wochen ins Elfenland kommen. Ob uns das gelingt, werden wir sehen."

Eine halbe Stunde später brachen alle zum See auf. Aurëus gab einen Beweis seiner unglaublichen Zauberkraft. Als gleißender

Lichtball begleitete er die Drachenreiter. Weißer feiner Sand wirbelte auf, als die Drachen direkt am Wassersaum landeten. Auch Aurëus gesellte sich zu ihnen. Fröhliches Lachen schallte über den See herüber. Pfeilschnell schwammen die Nixen auf das Ufer zu. Doch nur eine von ihnen wagte sich ins flache Wasser. Die großen Narben ließen keinen Zweifel daran, dass es ihr Gast vom Vortag war. Neugierig erklommen die anderen Nixen einen flachen Stein, der aus dem Wasser ragte.

Die erste Nixe streckte den Freunden ihre Arme entgegen. Thomas watete ins Wasser. Er trug sie an den Strand. Aurëus zauberte eine Wanne, die er mit Seewasser füllte.

„So gefällt sie uns viel besser, als gestern im Morgengrauen, stimmt's?" Marc klopfte Pyron die Schulter.

„Ohne euch hätte nur der Bär Gefallen an mir gefunden. Oder vielmehr an meinem Geschmack. Ich bin wohl die einzige Nixe die weiß, wie sich Sterben anfühlt." Sie schüttelte sich bei diesem Gedanken. Dann hellte sich ihre Miene auf. Fröhlich erzählte sie von ihrer Rückkehr in den See, von der Begrüßung durch ihre Schwestern und die Wassermänner.

„Und ganz offensichtlich bist du auch die Einzige, die keine Angst vor Drachen hat", stellte Pyron lachend fest, weil die anderen noch immer auf ihrem Felsblock hockten.

„Irgendwann verstehen auch sie es, dass du uns nicht fressen willst." Die Nixe streichelte Pyrons Nasenspitze.

„Hast du noch Schmerzen?", fragten die Elfen.

Die Nixe schüttelte den Kopf, dass die Wassertropfen aus den nassen Haaren sprühten. „Dank euch geht es mir wirklich wieder gut. Die Narben werden mich immer daran erinnern, dass unsereins nicht ins flache Wasser gehört und schon gar nicht in der Dunkelheit, wo sich Feinde unbemerkt anschleichen können."

Dann bat sie Marc, sie wieder in den See zurückzutragen. Noch einmal winkte sie ihnen zu, um in der Tiefe zu verschwinden und mit ihr die Schwestern. Aurëus ließ die Wanne wieder verschwinden.

„So, ihr Lieben. Ich muss zurück." Aurëus schaute nach dem Stand der Sonne. „Ihr wisst ja: The show must go on." Im nächsten Augenblick war der Platz leer, an dem er eben noch gestanden hatte.

Marc schüttelte den Kopf. „Würde mich nicht wundern, wenn er gerade jetzt, in dieser Sekunde, im Varieté auf der Bühne erscheint, wo er Abend für Abend sein Publikum in den Bann zieht."

„Schade, dass wir morgen auch schon wieder in der Menschenwelt erscheinen müssen", brummte Thomas.

„Dann haben wir aber wieder fast ein ganzes Jahr, um uns auf den nächsten Besuch in der Elfenwelt zu freuen", tröstete ihn Marc. „Ich schlage vor, dass wir zu Fuß zurück zum Drachenberg gehen. Ich möchte noch einmal diese wundervollen Wiesen genießen."

Sogar die Drachen blieben auf dem Boden. Links und rechts flankierten sie die kleine Gruppe. Hin und wieder schlossen sich ihnen kleine Elfen an, folgten ihnen ein Stück, um endlich am Rande ihrer Reviere umzukehren. Unterwegs stillten die Wanderer ihren Durst aus den unzähligen kristallklaren Bächen. Im Licht der untergehenden Sonne erreichten sie den Fuß des Drachenberges. Die Drachen trugen ihre Freunde hinauf zum Eingang der Grotte. Noch einmal betrachteten Elfen und Menschen im Vorbeigehen die Rüstungen der glücklosen Ritter.

„Es war einmal", sagte Stella.

„Ja, vor langer, langer Zeit", setzte Galantha hinzu.

Thomas seufzte.

Pyron hätte ihm gern etwas Tröstendes gesagt, allein ihm fehlten die rechten Worte, war ihm doch selber nach Schluchzen zumute.

Den Abend verbrachten die sechs Freunde am Feuer. Pyron flog noch einmal zum See. Mit mehreren großen Fischen kehrte er zurück. Kaum steckten die Tiere an ihren Grillspießen, erinnerte sich Marc an sein Versprechen vom ersten Tag, er erzählte Märchen und Sagen in denen Drachen vorkamen. Atemlos lauschten Zephyra und Pyron.

„Jetzt kapiere ich endlich, warum mir alle Menschen immer an den Kragen wollten", sagte Pyron ziemlich ernst. „Umso erstaunlicher ist, was ihr mir von Tina erzählt habt."

„Nicht nur in der Schmuckindustrie sind Drachen der Renner. Immer mehr Buchautoren kommen zu der Überzeugung, dass Drachen eigentlich die Guten, aber eben auch Verkannten sind. Schweinehunde gibt es aber überall", erklärte Marc. „Es gibt gute und schlechte Menschen und es gab wohl auch bei uns gute und böse Drachen. Blöd, dass wegen zwei, drei bösen alle Drachen verteufelt wurden."

„Schon gut. Mein Besuch in eurer Welt hat mein Weltbild wieder gerade gerückt. Man hat mich so herzlich aufgenommen, obwohl einige wussten, dass ich ein Drache bin." Pyron warf einen dankbaren Blick auf den Sims mit dem Medaillon und den Bildern. „Dann gibt es auch noch dich und Thomas. Ihr habt mir überhaupt erst den Glauben an gute Menschen wiedergegeben."

Für Zephyra war jedes Wort eine Offenbarung. Sie kam zu der Überzeugung, dass Pyrons Grotte in jeder Weise ein Hort geheimer Magie war. Umsonst tauchte nicht plötzlich ein Zauberer auf, der sich hier wie zu Hause fühlte und überdies mit dem Herrn der Grotte, den Riesenelfen und Menschen eng befreundet war.

Als die Elfen und Menschen zur Ruhe gingen, legte sich das Drachenweibchen mitten in den Gang um ihren Schlaf zu beschützen. Pyron hockte, wie schon so oft, am Eingang seiner Grotte, schaute in den Sternenhimmel und bat das Schicksal seinen Freunden hilfreich zu sein.

Endlich schlief der schwarze Drache ein. Die kleine Sternschnuppe, die bei seinem Wunsch erglühte, hatte er gar nicht mehr gesehen.

Wunder gibt es immer wieder

Die Menschenwelt hatte die vier Urlauber wieder. Nach einem wirklich ergreifenden Abschied von den beiden Drachen waren sie durch den Spiegel in die andere Welt zurückgekehrt. Aurëus saß in seinem Ohrensessel und erwartete sie bereits.

„Ich schätze, es war ein ziemlich feuchter Abschied", schmunzelte der Zauberer, als er die Kleidung der Reisenden sah.

„Das kannst du aber laut sagen." Marc stellte die Tasche ab. „Pyron hätte seinem Wasserfall bald Konkurrenz gemacht."

Stella zog noch immer die Nase hoch. „Ich hätte nie gedacht, dass ein Drache wie Pyron so herzzerreißend weinen kann."

Aurëus nickte. „Na er wird sich schon wieder beruhigen. Seine kleine Freundin wird ihn sicher auf andere Gedanken bringen."

„Ist sie nicht noch etwas jung?", fragte Thomas.

Aurëus kicherte. „Das meinte ich nun wirklich nicht. Dafür wird er wohl noch um die fünfzig Jahre müssen."

Marc schaute zum Telefon hinüber.

„Schon erledigt. Alfons wird gleich hier sein." Und auf Marcs fragenden Blick. „Wir haben bei Luigi miteinander Brüderschaft getrunken. Deine Eltern sind wirklich erstaunliche Menschen. Ich habe selten so angenehme Unterhaltung gehabt in den letzten hundert Jahren."

Es klingelte.

„Ach da ist er ja schon." Aurëus brachte sie noch an die Tür. „Wir sehen uns doch sicher morgen bei Luigi?"

„Ganz sicher", bestätigte Marc.

„Ihr seht gut erholt aus", stellte Alfons bei der Begrüßung fest.

„Sind wir auch." Stella nickte heftig. „Es war wundervoll bei Pyron. Die drei Männer haben uns mit allem verwöhnt, was man im Urlaub genießen kann." Dann flog ein Lächeln über ihr Gesicht. „Weißt du Großvater, worauf ich mich am meisten freue?"

„Keine Ahnung."

„Auf mein Bett und die Daunendecke."

Galantha nickte. „Ich auch. Es ist erstaunlich, wie sehr man sich an gewisse Dinge gewöhnen kann."

Martha kam ihnen vor der Garage entgegen. „Schön, dass ihr wieder da seid. Gibt es Neuigkeiten?"

„Gibt es", rief Stella. „Aber darüber sprechen wir im Haus. Viele herzliche Grüße von Pyron kann ich euch aber gleich bestellen."

Im Haus duftete es herrlich nach frischem Obstkuchen. Martha deckte schnell den großen Tisch. Galantha setzte Kaffee an. Stella schnitt den Kuchen, während die Männer bereits behaglich die Beine unter den Tisch steckten. Martha stemmte die Hände in die Seiten. Bevor sie schimpfen konnte, sagte Galantha: „Lass sie nur. Sie haben es sich verdient."

Erstaunt nahmen Wendlers zur Kenntnis, dass sich ein zweiter Drache in Pyrons Höhle eingefunden hatte, der noch dazu ein junges Weibchen war.

„Hier würde man sagen, es ist ein ganz patentes Mädel", brachte es Thomas auf den Punkt. „Pyron genießt natürlich seine Rolle als großer Beschützer. Die Kleine hat noch eine Menge zu lernen, und das tut sie unter seiner Anleitung auch mit ganzer Hingabe."

„Ich hoffe, dass er sie in seiner Grotte halten kann oder wenigstens in seinem Revier", wünschte sich Marc. „Sie hat uns auf vielen Abenteuern begleitet."

„Ihr hättet sehen sollen, wem Pyron die riesigen Eier klaut!", platzte Stella heraus.

„Hör bloß auf." Galantha schüttelte sich. „Solche Vögel hätte ich in unserem Elfenland nie vermutet. Schrecklich."

„Brontornis, wenn dir das was sagt", warf Marc ein.

„Ehrlich? Richtige lebende Terrorvögel?" Alfons war sofort Feuer und Flamme. „Mit solchen Schnäbeln?" Er deutete mit beiden Armen das Riesenausmaß an.

„Wenn nicht noch mehr." Galantha packte jedes Mal das Entsetzen, wenn sie an die ungewöhnlichen Tiere dachte.

„Und Pyron holt nur die Eier?", fragte Alfons weiter.

Thomas lachte. „Ja. Er sagt, die Vögel schmecken nicht und liegen zu schwer im Magen. Der Verrückte."

„Was willst du? Er ist ein Drache." Alfons zuckte mit den Schultern. „Ist Zephyra eigentlich auch so groß wie Pyron?"

„Gegen ihn ist sie nur ein halbes Hähnchen. Richtig zierlich wirkt sie, wenn sie so neben ihm hockt", meinte Thomas.

„Nichtsdestotrotz könnte sie dir gewaltig in den Hintern beißen", kicherte Marc. „Ich stelle mir das bildlich vor, wie sich dich am Hosenboden hat und durch die Gegend trägt. Im Übrigen könnte ich mir sogar vorstellen, dass sie sich in Bälde auch mit den Brontornis befasst. Ich hab sie beim Fischfang beobachtet. Blitzschnell und wendig ist die Kleine. Pyron muss ihr nur noch beibringen größere Tier zu erlegen. Er erdrückt ihm Notfall seine Beute, ihr fehlt dazu das nötige Gewicht."

Martha nickte. „Ja, fressen und gefressen werden, das ist wohl überall der Lauf der Dinge."

„Kommt darauf an, was die Beute ist", sagte Marc leise. „Ich habe gesehen, wie ein riesiger Bär, mindestens so groß wie ein Grizzly, seine Krallen und Zähne in den Körper einer Nixe schlug. Ihre gellenden Schreie höre ich jetzt noch manchmal im Schlaf. Unter der heiteren Oberfläche des Elfenlandes lauern Gefahren, von denen wir uns alle kein Bild machen können. Die Drachen haben von jenseits des Meeres erzählt, dort wo sie geschlüpft sind. Da soll es von den unwahrscheinlichsten Wesen nur so wimmeln.

Dass Greife und Sphingen den Turm bewachen, wenn er Pyrons Revier verlässt, wissen wir ja. Sie beschrieben uns Wesen, von denen ich glaube, dass es Basilisken sind. In anderen wiederum glaube ich, Harpyen erkannt zu haben, wie sie die alten Griechen gesehen haben wollen. Der Landflecken, wo Pyron lebt, ist wohl mit Abstand der idyllischste."

Alfons lächelte. „Mich wundert gar nichts mehr. Irgendwo müssen die vielen Märchen und Sagen ja ihren Anfang genommen haben. Aurëus hat in mir eine Erinnerung geweckt. Es ist, als wäre ich mit ihm schon einmal zusammen getroffen, in einer alten, alten Zeit, in einem ganz anderen Leben."

„Das ist sogar mir aufgefallen", warf Martha ein. „Die beiden haben sich plötzlich über Dinge unterhalten, die Alfons in diesem

Leben niemals gesehen oder davon gelesen haben kann. Dabei hat er sogar Aureus mit Details verblüfft, die nur ein Augenzeuge wissen kann."

„Ihr habt also die letzten Tage auch sehr genossen", stellte Marc zufrieden fest. „Das beruhigt mich."

„Habt ihr irgendwelche Andenken mitgebracht?", fragte Martha, obwohl sie wusste, dass das eigentlich nicht möglich war.

Stella schüttelte den Kopf. Den Blick, den sie dabei Thomas zuwarf, konnten nur Galantha und Marc deuten.

Am nächsten Morgen zog der Alltag wieder ein. Wendlers fuhren nach Hause und jeder ging seinem gewohnten Tagewerk nach.

Galantha las ihre Emails. Sie erschrak. Mit so vielen Bestellungen hatte sie nicht gerechnet. Diesmal würde ihr wohl nur noch Elfenkraft helfen. Mit der Straßenbahn fuhr sie in die Stadt, um die nötigen Stoffe zu kaufen.

„Hallo Frau Wendler, lange nicht gesehen", sagte der nette Verkäufer.

„Kein Wunder, wir waren im Urlaub", erwiderte die Elfe fröhlich.

„Am Meer?"

„Nein, in den Bergen. Dort ist mehr Ruhe."

„Ich habe neue Stoffe bekommen, alle in zarten Pastellfarben." Der Inhaber führte Galantha zu den Regalen. „Bei diesen Farbtönen träume ich von Elfen, Einhörnern und Meerjungfrauen", schwärmte er.

„Ach wirklich?" Galantha sah ihn erstaunt an. „Ich wusste gar nicht, dass Sie so eine romantische Ader haben."

Er seufzte. „Irgendwie wird man angesteckt, wenn alle Welt auf der Elfenwelle schwimmt."

„Und Sie meinen, da sollte ich mich anschließen?", fragte sie spöttisch.

„Unbedingt. Das würde Ihnen ausgezeichnet stehen. Für mich wären Sie glatt der Inbegriff einer Elfe."

Galantha lachte. „Vielen Dank für das Kompliment. Kommen wir lieber zum geschäftlichen Teil." Sie kaufte, dem guten Rat folgend, tatsächlich mehrere Meter der bonbonfarbenen Stoffe, nebst Garn und Aufbügelvlies für ihre Patchwork-Träume. Schwer beladen verließ sie das Geschäft.

Der stolze Besitzer des Geschäftes sah ihr lange hinterher. Wie er es auch immer betrachtete, diese Frau hatte tatsächlich etwas Elfenhaftes an sich.

Thomas und Stella erwartete in der Firma eine satte Überraschung. Ihre Software hatte tatsächliche alle Spielecharts gestürmt und stand unangefochten auf Nummer Eins der Rollenspiele. Diesmal konnten sie sich nicht so einfach vor den Interviews drücken.

Stella nahm es gelassen. „Denen werden wir ordentlich einheizen. Komm! Mutter ist die beste Schneiderin. Wir treten rollengerecht im Kostüm auf, Elfenflügel inklusive."

Stella griff zum Telefon. Sie wechselte ein paar Sätze mit Tina. Thomas stand kopfschüttelnd daneben. Am Ende fand er Stellas Idee grandios.

Drei Tage später fanden die Interviews statt. Stella hatte im Vorzimmer alles vorbereitet. Die riesigen Zimmerpflanzen schufen einen Hauch von Dschungelatmosphäre. Mittendrin Stella als Elfe mit einer zarten Tiara, die Tina gefertigt hatte, und Thomas als Zauberer. Die Blätter überschlugen sich mit ihren Schlagzeilen. Die Verkaufszahlen stiegen noch einmal deutlich.

Stella, Thomas und ihr Mitarbeiter Peter stürzten sich in die Arbeit, um neue Welten und neue Charaktere zu kreieren.

Marcs Vorlesungen zum Thema Mystik und Magie platzten aus allen Nähten. Er hatte selten so ein engagiertes Publikum gehabt. Seinen Kollegen zufolge würde er die Welten beschreiben, als hätte er sie selbst erlebt. Kein Wunder, dass die jungen Menschen so mitgerissen würden.

„Gute Vorbereitung ist alles", pflegte Marc dann zu sagen.

Pyron und Zephyra spürten die Auswirkungen bis ins Elfenreich. Der Nebel des Vergessens löste sich endgültig auf. Und nach langer, langer Zeit erblickte endlich wieder ein Einhorn-Fohlen das Licht der Welt.

Die regelmäßigen Treffen bei Luigi ließen sich die Freunde trotz allem niemals entgehen. Das Lokal wurde langsam aber sicher zum Geheimtipp für Künstler.

Heute warteten Tina und Mario bereits am Tisch auf ihre Freunde. Bei Thomas Anblick huschte ein breites Grinsen über Tinas Gesicht. „Hab was Lustiges erlebt", schmunzelte sie.

„Schieß los!", Thomas setzte sich mit Stella ihr gegenüber.

„Milena ist aus Übersee zurück. Es hat sie wohl irritiert, dass bei dir komplette Funkstille herrschte. Na jedenfalls ist sie zu deiner Ex-Wohnung gefahren, um sich mit dir auszusprechen. Da traf sie fast der Schock, als ein anderer Name an der Klingel stand. Von der wandelnden Hauszeitung hat sie dann erfahren, dass du irgendwo ein Haus gebaut hast und die Wohnung als Nebeneinnahme vermietest. Kurz darauf rief sie mich an. Ich konnte mir nicht verkneifen, zu sagen, dass du die Frau fürs Leben gefunden hast und demnächst heiraten wirst."

Thomas lachte aus vollem Halse. „Dann muss ich wohl dafür sorgen, dass du nicht als Lügnerin dastehst." Er stand auf, kniete vor Stella nieder. „Willst du meine Frau werden?"

Stella fiel ihm um den Hals. „Ja, ich will." Sie strahlte vor Glück.

„Flitterwochen bei Pyron?", fragte Aurëus.

„Ja sicher, wo sonst", schmunzelte Thomas. „Schließlich ist es schon fast ein Jahr her, seit wir ihn zuletzt gesehen haben."

Der Abend wurde feucht fröhlich. Luigi rieb sich die Hände. In ungefähr drei Monaten würde schon die nächste Märchenhochzeit stattfinden.

Martha und Alfons Wendler wunderten sich wirklich über gar nichts mehr. Nicht einmal über Thomas, der seit er Stella kannte, ein völlig anderer Mensch geworden war. Die Elfe war sein Sonnenschein und so behandelte er sie auch. Er trug sie nicht weniger auf Händen wie Marc seine Galantha.

Stella brauchte nicht lange überlegen. Sie bat Galantha, ihr ein himmelblaues Seidenkleid zu nähen. Statt eines Schleiers wollte sie aus etwas dunklerem Blau eine Organza-Schleppe haben, unter der sie ihre Flügel verbergen konnte. Auch hierfür fehlten Galantha nicht die richtigen Ideen. Der leichte Silberglanz des dunklen Stoffes passte hervorragend zum Schneeglöckchen-Kranz der Elfenkönigin.

Tina übertraf sich wieder einmal selbst. Die Ringe, die sich Stella und Thomas gewünscht hatten, zierten winzige Drachen, Elfen und Nixen.

Und wie bei Marcs Hochzeit war Alfons Wendler aufgeregter als die Braut selbst.

Es klingelte.

„Das sind die Taxis", sagte Thomas, nachdem er aus dem Fenster geschaut hatte. Er führte Stella hinaus.

„Sind die süß!", rief die Elfe.

Thomas lachte. Offenbar hatte er genau die richtigen Fahrzeuge angemietet – drei Oldtimer-Cabrios. Die Fahrer stilecht mit Knickerbockerhosen, Lederkappen und runden Brillen. Die halbe Nachbarschaft stand Spalier und winkte. Irgendwie musste etwas von der Hochzeit durchgesickert sein, vielleicht hatte Mario sogar nachgeholfen. Vor dem Rathaus standen Unmengen Fans des Elfenspieles und jubelten ihnen zu.

Als Stella ihr Ja-Wort hauchte, tupften sich Galantha und Martha ein paar Tränen weg. Martha flüsterte Alfons ins Ohr: „Wenn das Thomas' Eltern hätten erleben können …"

Er tätschelte ihre Hand. „Sie hätten es nicht verstanden, glaube es mir."

Luigi begrüßte seine Gäste mit einer dreistöckigen Hochzeitstorte. Die Krönung bildete die Marzipannachbildung der beiden Elfen mit dem Drachen. Am Tisch blieb ein eingedeckter Platz frei.

„Für Pyron", hatte Stella gesagt. „Dann habe ich wenigstens das Gefühl, dass er bei uns ist."

Von allen unbemerkt öffnete sich die Tür. „Ich habe gehört, hier wird gefeiert", sagte eine ungewöhnlich tiefe Stimme.

Stella fuhr erstaunt herum. „Pyron!!!" Jubelnd stürzte sie auf den Mann im Ledermantel zu.

„Langsam, langsam, du erdrückst mich ja", lachte Pyron. „Warte, ich habe eine kleine Überraschung mitgebracht." Er öffnete die Tür und winkte hinaus. Ein Mädchen mit rotem Irokesenschnitt und rotem langem Ledermantel, gleich dem von Pyron, trat hinter einem Baum hervor.

Stella, Galantha, Thomas und Marc liefen ihr entgegen. „Zephyra!"

Alfons war ihnen an die Tür gefolgt. Martha schüttelte lächelnd den Kopf. Sie konnte verstehen, dass sich ihr Gatte die Ankunft der Drachen-Lady nicht entgehen ließ. Luigi rannte sofort in die Küche, orderte extragroße Portionen und stellte ausreichend Wasser für die ungewöhnlichen Gäste zur Verfügung.

Zephyra gab einen interessanten Kontrast zu ihrem großen Begleiter. Zwei Köpfe kleiner als er, wirkte sie fast zerbrechlich. Aus ungewöhnlich großen grünen Augen schaute sie erstaunt in die Runde. Das war also die Menschenwelt, von der Pyron so oft erzählt hatte. Diese Menschen hier waren wirklich genau so freundlich, wie Marc und Thomas. Alfons schenkte ihr neues Wasser ein.

„Du musst Marcs Vater sein", sagte sie leise. „Eure Energie ist ähnlich."

„Der bin ich wirklich. Ich freue mich, dich kennenzulernen, Zephyra."

Luigi erschien. Eigentlich war er ja Gast auf dieser Hochzeit, das hielt ihn aber nicht davon ab, seine ungewöhnlichsten Gäste im Lokal selbst zu bedienen. „Zweimal Rehrücken für wunderschöne Drachen, mit extra vielen Kartoffeln."

Zephyra hatte bei Marc und Thomas oft genug zugesehen, wie man mit Messer und Gabel isst. Sie meisterte die Herausforderung souverän. Pyron nickte zufrieden. Noch vor einer Stunde hatte sein Weibchen riesiges Lampenfieber vor dem Auftritt in dieser Welt gehabt. Jetzt kostete sie sogar vom Eis. Erschreckt legte sie den Löffel weg. Aber die Neugier siegte und außerdem schmeckte es so – ungewöhnlich. Immer wieder nahm sie ein Häppchen. Luigi sah es mir Freude.

Diesmal schaute Pyron nicht den Tanzenden zu. Er führte Zephyra auf die Tanzfläche und folgte ganz einfach der Drachennatur. Die geschmeidigen Bewegungen der beiden Körper faszinierten die Zuschauer.

„Das nenne ich wirklich Tanz", sagte Mario, während er mit seinem Handy ein Bild nach dem anderen machte.

Selbstvergessen bewegten sich die beiden Drachen zum Rhythmus der Musik.

Der Abend klang im Haus des frisch gebackenen Ehepaares Berger aus. Die beiden Drachen saßen inmitten ihrer Freunde, erzählten oder hörten zu. Diesmal bat Pyron, sich die Küche ansehen zu dürfen, über die sogar die beiden Elfen wahre Wunder berichtet hatten. Zephyra war nicht minder neugierig.

„Erstaunlich", sagte Pyron nach einer Weile. „Für beinahe jedes Gericht einen eigenen Topf oder eine Pfanne, mal groß, mal klein, mal hoch, mal flach. Nun kann ich Thomas verstehen, weshalb er Marc wegen seiner Kochkünste am offenen Feuer so bewundert. Marc genügen eine ordentliche Flamme und Blechdeckel, um die leckersten Sachen zu zaubern."

„Er ist eben viel praktischer veranlagt als ich", kicherte Thomas. „Wenn ich noch überlege, ob es überhaupt ohne Hilfsmittel geht, hat er schon das fertige Ergebnis in der Hand."

„Dafür ist Thomas, bei allem, was mit Computern zu tun hat, nicht zu schlagen", sagte Marc zu Thomas' Ehrenrettung. „Ich wundere mich dann nur immer, dass so was überhaupt geht."

Stella zeigte den beiden Drachen auf ihren Laptop eine Kurzdemo des Elfenspieles.

„Ist das so etwas wie das Spiegeltor, durch das wir zu euch gekommen sind?", fragte Zephyra.

„Nein, nein, das ist nur, als ob wir euch in Bildern etwas erzählen", erklärte Thomas. „Und ihr dürft dabei bestimmen, was wir erzählen."

„Aber es gibt Menschen, die steigern sich so in diese Bilder hinein, dass sie am Ende nicht mehr wissen, ob unsere Welt oder die Bilderwelt real ist", fügte Stella hinzu.

Die Drachen schüttelten verständnislos die Köpfe.

Eine halbe Stunde vor Mitternacht mussten die beiden ungewöhnlichen Gäste die Feier verlassen. Auräus brachte sie sicher zurück zum Spiegelportal.

Und wieder einmal fragte Mario, ob er den Internetanschluss nutzen dürfe.

„Sicher", schmunzelte Thomas. „Aber keine krummen Aktionen."

„Ihr schwöre es", sagte Mario im Brustton der Überzeugung.

Am nächsten Morgen zierten Stella und Thomas die Titelbilder mehrerer Zeitungen. Die Geschichte um die *unglaubliche Performance der Drachentänzer vom Elfenspiel-Fanclub* war reich bebildert. Marc schüttelte belustigt den Kopf. „Mario ist und bleibt ein verrückter Hund. Wenn der mit dem Handy auftaucht, sollte man schon gewarnt sein."

Die neuerliche unvermutete Werbung hatte zur Folge, dass Stella und Thomas ihre Flitterwochen immer wieder verschieben mussten. Irgendwann Ende Oktober konnten sie ihren wohlverdienten Urlaub nehmen. Wie Marc es geschafft hatte, in dieser Zeit ebenfalls zwei Wochen frei zu bekommen, blieb sein Geheimnis. Eingedenk der Tatsache, dass im Elfenreich ewiger Sommer herrsche, nahmen die beiden Paare nur luftige Kleidung mit. Marc packte die Zeitung mit ein, in der die vielen Bilder von Zephyra und Pyron erschienen waren. Alfons und Martha fungierten wieder als Hüter der beiden Häuser. Sie freuten sich auf Neuigkeiten aus dem Land der Drachen.

Neue Abenteuer im Reich des Schwarzen Drachen

Aurëus verabschiedete die vier Urlauber. Galantha wollte mit Marc soeben durch den Spiegel steigen, als der Zauber: „Stopp!", rief. „Jetzt hätte ich beinahe das Wichtigste vergessen! Luigi hat gestern Abend extra noch ein Schinkenpaket für die Drachen vorbei gebracht." Schnell reichte er Galantha den Beutel. „Und nun viel Spaß!"

Als Marc mit Kraft auf der anderen Seite durch den Spiegel katapultiert wurde, ließ er seine Tasche los, die sich überschlagend drei Meter weiter vorn landete.

„Ach du lieber Himmel, wer wirft denn hier nach mir", murmelte eine erschreckte Stimme. Worauf der rot geschuppte Kopf Zephyras neugierig im Hauptraum der Grotte auftauchte. Sie war soeben vom Fischfang zurückgekommen, hatte zwei fette Karpfen zwischen den Zähnen klemmen. Als sie ihre Freunde erkannte ließ sie achtlos die Fische fallen. Mit den Worten: „Ist das schön, dass ihr endlich da seid", stupste sie jeden einzeln mit der Nase an. „Ich muss sofort Pyron holen", rief sie ganz aufgeregt.

„Wo steckt er denn?", fragte Marc.

Zephyra lachte. „Keine Ahnung. Ich schätze, er prügelt sich wieder mit den großen hässlichen Vögeln. Die haben jetzt nämlich immer zwei Wachposten bei den Nestern. Pyron macht es Spaß, ihnen unter tausend Tricks die Eier zu stehlen. Dabei muss er mir doch gar nichts beweisen. Ich weiß doch auch so, dass er der beste Jäger diesseits und jenseits des Meeres ist."

Ein dunkler Schatten huschte am Eingang der Grotte vorbei. Ein lautes, schleifende Geräusch ertönte und die Worte: „Es riecht nach Menschen und Riesenelfen." Mit freudig strahlenden Augen betrat Pyron den Hauptraum. „Schön, euch endlich wieder hier zu haben."

„War der Eierraub erfolgreich?", fragte Stella.

Pyron schnaubte. „Für Eierdiebe wird es immer schwerer, ich hab mich deshalb als Vogelfänger betätigt. Die Biester können übrigens ganz schön zwicken." Er hielt ihr den blutigen Flügel hin.

„Lass mal sehen." Stella begutachtete die Wunde. „Ist nur oberflächlich. Der Knochen ist heil." Sie strich zweimal mit dem Finger über die Wunde, die sich augenblicklich schloss. „So, nun bist du wieder wie neu."

„Danke, das tut gut." Pyron betrachtete seine Schwinge. „Der hat sich von hinten angeschlichen, sich in mich verbissen und auch nicht losgelassen, als ich davon fliegen wollte. Ich musste ihn erst an einen Felsen schmettern."

Zephyra sah ihn vorwurfsvoll an. „Du wirst noch so lange machen, bis sie dich mal richtig erwischen."

„Vielleicht solltest du auf sie hören", riet Thomas.

„Ganz sicher sogar", gab Pyron kleinlaut zu. „Ich kann es sowieso nicht ertragen, wenn sie traurig ist."

„Dann schnell zu etwas anderem", schmunzelte Galantha. Sie öffnete den Beutel von Luigi. Sofort ging die Sonne auf den Gesichtern beider Drachen auf.

„Da knurrt mir gleich der Magen noch mehr", stellte Pyron fest. „Frühstück?"

„Uns reichen Kaffee und Nektar", erklärte Stella. „Lasst euch nicht stören."

„Will sich noch mal jemand den Piepmatz ansehen, ehe er verspeist wird?", wollte Pyron wissen.

„Piepmatz ist gut! Du hast doch nicht etwa wirklich so ein schweres Vieh hergeschleppt?", fragte Thomas völlig verblüfft.

„Es blieb mir ja nichts weiter übrig", kicherte der Drache. „So anhänglich, wie das Tierchen war."

„Und du konntest wirklich noch fliegen, mit dem Monster am Flügel?"

„Mühsam flattern, trifft es eher. Zumindest bis ich den passenden Felsen gefunden hatte."

Alle drängten zum Eingang, um den flugunfähigen Terror-Vogel in Ruhe zu betrachten. Galantha wagte sich, obwohl das Tier wirklich mausetot war, nicht ganz heran.

„Ein richtiges Ungeheuer", flüsterte Marc beeindruckt.

Zephyra und Pyron sahen sich an und begannen schallend zu lachend.

Marc grinste breit. „Sagt jetzt bloß nichts! Ich weiß genau, was ihr denkt. Mit dem hier", er stieß den Vogel mit dem Fuß an, „hätten wir bestimmt keine gepflegte Unterhaltung führen können. Der hätte uns zwar zum Essen eingeladen, aber auf seine Weise."

Pyron lachte noch immer. „Wenigstens weiß ich seit heute, wie sich eine Mahlzeit fühlt. Dabei hab ich mich nicht mal mit einem von meiner Sorte angelegt."

Er fing sich einen strafenden Blick von Zephyra ein, die den Schnabel des Riesenvogels genau untersucht hatte, an dem sogar noch Pyrons Blut klebte.

„Warum hast du deine Flamme nicht eingesetzt, um ihn loszuwerden?", fragte Stella schließlich.

„Dann wäre er vielleicht nicht mehr genießbar gewesen. Für ein Maul voller angesengter Federn hätte sich doch der ganze Aufwand nicht gelohnt", antwortete Pyron. „Es ist schon schlimm genug, dass nur die Keulen bisschen Fleisch haben. Schaut ihn euch an, da sind fast nur überdimensionale Knochen dran. Den Schnabel und die Krallen ganz zu vergessen, die esse nicht mal ich."

Eine halbe Stunde später waren tatsächlich nur jene Stücke vom ganzen Vogel übrig, die nicht einmal die Drachen verdauen konnten. Pyron warf sie in eine Schlucht. Mochte sich daran den Magen verderben, wer wollte. Die Urlauber hatten inzwischen ihre Quartiere bezogen. Nun saßen alle am Tisch, hatten die Zeitung mit Marios Artikeln aufgeschlagen. Interessiert betrachteten die Drachen die Bilder. Galantha las ihnen die Texte vor.

„Das also hat den Nebel restlos vertrieben", strahlte Pyron. „Mario hat es wirklich geschickt angestellt, dass diese Bilder mit Drachen in Verbindung gebracht werden. Niemand wäre auf den Gedanken gekommen in uns Drachen zu sehen. Außer Marcs Vater, dem kann man nichts vormachen."

„Hmm", brummte Zephyra zustimmend. „Marcs Eltern und alle eure Freunde sind beeindruckende Menschen. Ich bin so dankbar, dass ich mit in die andere Welt kommen durfte, dass ich es mit Worten gar nicht ausdrücken kann. Außer euch kannte ich Menschen nur aus den Erzählungen meiner Eltern, die selbst schon seit Jahrhunderten keine Menschen mehr getroffen haben. Das ist genau so wie in den Sagen, die uns Marc beim letzten Besuch über Drachen erzählt hat. In eurer Welt ändert sich alles so rasend schnell. Hier hingegen bleibt fast alles gleich."

Pyron nickte. „Da hast du völlig Recht. Erst seit Marc zum ersten Mal hier war weiß ich, welche Bedeutung Zeit für die andere Welt hat. Ich hatte nie zuvor einen Menschen vollkommen ohne Rüstung gesehen. Irgendeine Art Panzer trugen sie alle. Manche von Kopf bis Fuß, andere wiederum nur einen Brustharnisch. Außerdem war ich immer davon überzeugt, dass sich Menschen nur mittels Pferden schnell vorwärts bewegen können. Dann habe ich mit eigenen Augen gesehen, wie sehr sich alles gewandelt hat – man fährt Auto, fliegt in Flugzeugen, reist auf dem Wasser mit Schiffen. Keiner geht mehr gemächlich zu Fuß, brät sein Fleisch unterwegs am Feuer, es sei denn, er hätte eine nostalgische Ader. Das alles haben die Menschen gegen Unrast und Zeitnot eingetauscht. Ich wundere mich deshalb auch keineswegs, dass unsere vier die Ruhe in unserer Welt so genießen."

„Dem gibt es nichts hinzuzusetzen", lachte Thomas. „Seit ich das erste Mal in eurer Welt war und von Marc gelernt habe, wie man auch ohne die gewohnte Technik klarkommt, träume ich immer wieder von der Unberührtheit dieses herrlichen Landes. Zu Hause ist Stella mein Ruhepol, der mich immer wieder daran erinnert, dass es doch so unendlich viel mehr gibt, als Hektik und Stress." Liebevoll streichelte er dabei Stellas Hand. „Ich kann es mir manchmal schon gar nicht mehr vorstellen, dass es einst ein Leben ohne sie gegeben hat."

Zephyra seufzte. „Klingt ganz nach Liebeserklärung."

Thomas strahlte: „Ist auch eine."

Das Drachenweibchen legte ihren Kopf an Pyrons Schulter. „Ich habe auch eine wundervolle Liebeserklärung bekommen."

Der schwarze Drache legte ihre eine Schwinge über den Rücken. „Als menschenähnliches Wesen hat man wirklich einen ganz anderen Blickwinkel auf alles, was geschieht. Es war mir wichtig, ihr zu sagen, was ich fühlte, bevor wir durch den Spiegel in unsere Welt zurückkehrten." Dann nahmen seine Augen einen milden Glanz an. „Dabei würde ich heute und hier genau das Gleiche sagen." Er wandte sich Zephyra zu. „Ich möchte nicht mehr ohne dich leben."

„Dann könnte es also in etwa fünfzig Jahren endlich wieder Drachennachwuchs im Elfenland geben", freute sich Galantha.

Über Thomas' Blick legte sich ein Schatten, während Stella tröstend seine Hand drückte.

Zephyra schaute ihn irritiert und fragend an.

Er lächelte etwas gequält. „Ich werde das vielleicht nicht mehr erleben. Ich wäre dann fünfundneunzig, falls ich überhaupt so alt werde."

„Ich vergaß …", murmelte Zephyra schuldbewusst.

Thomas streichelte ihre Nase. „Ich gedenke, die Zeit bis dahin gut zu nutzen, ändern kann ich es ja doch nicht. Was hältst du davon, wenn wir beide einmal einen richtigen Angelausflug machen? Die anderen haben dafür einfach keine Geduld."

„Dann könnt ihr gleich für heute Abend einen Korb voll Forellen fangen", schlug Marc vor. „Dann setzen wir uns gemütlich ans Feuer, grillen Fisch und erzählen, was es Neues aus der Menschenwelt gibt."

Thomas und Zephyra nickten sich erfreut zu. „Wir sind schon weg."

Mit einem großen Weidenkorb und einem Netz bewaffnet, brachen sie gemeinsam auf, um Forellen zu fangen. Am Seeufer sprang Thomas vom Rücken des Drachenweibchens. Irgendwo in der Mitte des Sees spielten die Nixen. Weit genug weg, nicht die Fische zu verscheuchen.

„Pass gut auf dich auf, ich bin sofort wieder zurück", rief der Drache, bevor er die andere Seite des Sees anflog, wo die großen Hechte zu finden waren.

Thomas watete ins Wasser. Er wollte ganz in Ruhe sein Netz aufstellen.

„Pfui Teufel, was ist denn das?", brummte er plötzlich. Im flachen Wasser zog eine große Schlange ihre Bahn. Missmutig wechselte er seinen Standort. „Dämliches Vieh. Jetzt sind die schönen Fische weg. Hätte nur noch gefehlt, dass du mich beißt", schnaufte er ungehalten.

„Ich hab noch nie so ein komisches Tier gesehen", sagte plötzlich eine helle Stimme hinter ihm. „Das hat ja gar keine Beine."

Plötzlich spritzte Wasser auf. „Au! Lass los! Lass doch los! Dieser dicke Wurm beißt ja wirklich!"

Thomas fuhr herum. Im flachen Wasser saß eine Nixe und hielt mit schmerzverzerrtem Gesicht ihren Arm. Er konnte gerade noch sehen, wie die Schlange aus dem Wasser kroch und im Gebüsch verschwand.

„Auch das noch", stöhnte Thomas. „Was der Bär nicht geschafft hat, beendet wohl nun eine Schlange."

Thomas trug die jammernde Nixe an Land.

„Kann es sein, dass du ein ziemlicher Tollpatsch bist? Überall wo Ärger lauert, bist du zu finden", schimpfte er. „Die Schlange war giftig. Jetzt muss ich sehen, dass ich das Gift schnell aus deinem Arm bekomme." Er beute sich über die verstörte Nixe und sog mit dem Mund das Gift aus der Wunde. Ein paar Mal spuckte er aus. Zuletzt kam unverseuchtes Blut. Ganz ließ es sich nicht verhindern, dass er ein oder zwei Tropfen davon herunterschluckte, obwohl er sich sorgfältig die Lippen abwusch.

Zephyra kam zurück an den See.

„Was macht die Nixe auf dem Trockenen?", fragte sie verwundert.

Thomas erzählte, was sich zugetragen hatte.

Das Drachenweibchen zuckte zusammen. Mit sorgenvollem Blick schaute sie Thomas an. „Ja weißt du denn gar nicht, dass das Herunterschlucken von Nixenblut verheerende Folgen haben kann?"

Thomas schüttelte den Kopf. „Sollte ich sie etwa sterben lassen?", fragt er scharf.

Zephyra rieb ihren Kopf an seiner Schulter. „Ach Thomas. Sie wäre nicht gestorben. Ihr wäre ein paar Tage lang übel gewesen und der Arm hätte geschmerzt, aber gestorben wäre sie nicht. Ich weiß ja, dass du es gut gemeint hast, doch nun bist du in Gefahr."

„Wirklich?", fragten Thomas und die Nixe gleichzeitig. Dann schluchzte die kleine Seejungfer: „Aber ich wollte ihm doch nicht schaden. Es tut mir leid."

„Mein Pech." Thomas trug sie vorsichtig ins Wasser zurück. „Pass bitte das nächste Mal besser auf dich auf."

Ans Ufer zurückgekehrt schaute er Zephyra tief in die Augen. „Ist es wirklich so schlimm? Erzähle mir bitte alles, was du weißt." Er setzte sich zu ihr ins Gras.

„Ich fange in der Mitte an", sagte der Drache leise. „Wir haben genau vierundzwanzig Stunden, bis wir sicher wissen, was mit dir wird."

„Tröstlich", murmelte Thomas. „Eine Wahl zwischen irgendwas habe ich wohl nicht?"

Zephyra schaute ihn mitfühlend an. „Du hast schon gewählt. Vor langer Zeit."

„Wie ist denn das nun wieder zu verstehen?", Thomas schüttelte unwillig den Kopf.

„Lass mich ausreden", bat der Drache. „Wenn du ein verdorbenes, böses Herz hast, dann wird dich das Blut in ein Monster verwandeln und dich Stück für Stück in den Wahnsinn treiben. Bist du aber ein guter Mensch, schenkt es dir die Unsterblichkeit."

Das Drachenweibchen legte Thomas eine Schwinge um die Schultern, um ihn tröstend an sich zu ziehen. „Für mich bist du ein guter Mensch, für deine Freunde und die kleine Nixe auch. Ich kann nur hoffen, dass es die Magie dieses Landes genau so sieht. Komm, ich bringe dich in die Grotte zurück."

Die gedrückte Stimmung der beiden fiel den Freunden sofort auf. Thomas setzte sich wortlos an den Tisch und ließ den Kopf hängen. Stumm schüttelte er den Kopf, als Marc fragte, was passiert sei. Schließlich erklärte Zephyra, was sich am See zugetragen hatte. Schweigend lauschten alle. Am Ende des Berichtes hob Thomas den Kopf.

„Ich habe einen letzten Wunsch, wenn es das Schicksal nicht gut mit mir meint. Jeder Verurteilte hat einen letzten Wunsch."

Fragende Blicke trafen ihn.

Thomas nickte bekümmert. „Ich möchte euch bitten, mich nicht leiden zu lassen, wenn es so weit ist. Dreht mir den Hals um oder schlitzt mir den Bauch auf, aber lasst mich nicht als Monster schlimme Dinge tun. Versprecht es mir?"

Marc nahm seine Hand. „Ich verspreche es dir."

„Danke", flüsterte Thomas. Dann stand er auf und schlurfte in die kleine Schlafkammer.

Zurück blieben die zutiefst erschütterte Stella und seine Freunde.

„Kann man denn gar nichts tun?", hauchte die Elfe.

Zephyra schüttelte den Kopf.

Am nächsten Morgen erschien Thomas nicht zum Frühstück. Stella kam ohne ihn, sie sah übernächtig aus und hatte rot geweinte Augen. Hilflos hob sie die Schultern. „Ich weiß nicht, was passiert. Er liegt in einem unnatürlichen Schlaf. Dabei scheinen ihn furchtbare Albträume zu plagen. Ich nehme meinen Tee mit hinüber. Ich will ihn jetzt auf gar keinen Fall allein lassen."

„Offensichtlich hat sie die ganze Nacht bei ihm gewacht", sagte Marc, als sie gegangen war.

Pyron räusperte sich. „Wir Drachen bleiben heute auch in der Grotte. Wer weiß, vielleicht brauchen die beiden unsere Hilfe?"

Der Tag verging quälend langsam. Immer wieder schauten Galantha und Marc nach Thomas und Stella. Galantha brachte ihrer Tochter Früchte und einen Becher Nektar.

„Tut mir leid", flüsterte Stella. „Mir fehlt heute die Kraft, für Vater Kaffee zu machen."

„Wir haben heute alle andere Sorgen, als uns um fehlenden Kaffee zu kümmern", entgegnete Galantha leise.

„Wie geht es ihm?", fragte Marc, als Galantha zurückkam.

„Unverändert."

„Ist das nun ein gutes oder ein schlechtes Zeichen?" Marc schaute Zephyra an.

„Ich", sie betonte das Wort, „halte es für ein gutes Zeichen. Es wird ja nicht plötzlich nach Ablauf der Frist *Puff* machen und er steht als Monster da."

Marc seufzte. „Deine Worte in den Gehörgang aller guten Geister. Es gibt so viele Menschen, die eigentlich Monster sind, obwohl man es ihnen nicht ansieht."

Galantha legte ihm die Hand auf den Arm. „Thomas nicht. Je mehr Zeit verstreicht, umso sicherer bin auch ich, dass alles wieder gut wird."

„Ja, du hast sicher Recht. Aber Sorgen mache ich mir trotzdem", murmelte Marc.

Die letzte Stunde verbrachten Galantha und Marc gemeinsam mit Stella an Thomas' Lager. Die beiden Drachen lagen am Eingang des Seitenstollens, um sofort zur Stelle zu sein. Thomas warf sich noch immer schweißgebadet hin und her. Plötzlich entspannten sich seine Gesichtszüge, er atmete ruhiger. Stella nahm vorsichtig seine Hand. Ein paar Minuten später schlug er die Augen auf, sah seine Freunde und fragte erstaunt: „Wartet ihr schon lange? Ich hab es wohl wieder mal verschlafen?"

Warum sich auf einmal alle jubelnd um ihn drängten, konnte er gar nicht verstehen. Es dauerte eine Zeit, ehe die Erinnerung wiederkam.

„Ein Monster bin ich, wie es scheint, nicht", sagte er vorsichtig. „Aber was ist dann?"

Stella drückte ihm lachend einen Kuss auf die Wange. „Dann wirst du mich wohl bis in alle Ewigkeit ertragen müssen. Raus aus dem Nest! Du hast in den nächsten Jahrhunderten genug Zeit zum Ausruhen."

Thomas' Freudenschrei brachte die Höhle zum Beben. Er war mit einem Satz auf den Beinen, lachte und weinte zugleich, umarmte einen nach dem anderen. Zephyra konnte endlich wieder aufatmen. Hatte sie sich doch die ganze Schuld dafür gegeben, dass die Sache mit der Nixe überhaupt passiert war. Wäre Thomas etwas zugestoßen, hätte sie es sich niemals verzeihen können. Nun genoss sie die Streicheleinheiten von ihm.

„Ich glaube, nun kann ich doch irgendwann Drachennachwuchs bewundern", schmunzelte Thomas. „Und wir können auch noch ziemlich oft miteinander fischen gehen."

„Ich bin ja so glücklich", seufzte Zephyra erleichtert.

Alle lachten herzlich. „Na dann herzlich willkommen im Club, uns geht es genau so."

Pyron wandte sich um. „So, zur Feier des Tages besorge ich uns erst einmal ein ordentliches Frühstück."

„Du willst doch nicht etwa zu den Brontornis?", fragte Zephyra besorgt.

Pyron nickte wie ein ertappter Sünder. „Vor dir kann man wirklich nichts verheimlichen."

Sie überlegte nicht lange. „Warte, ich komme mit. Einer lockt die Biester weg, der andere plündert die Nester. Zur Feier des Tages ist das Beste gerade gut genug."

Pyron kam nicht dazu, sich zu wundern. Zephyra schob ihn einfach zum Ausgang der Grotte.

Zehn Minuten später stießen sie im Sturzflug auf die völlig überraschten Riesenvögel nieder. Mit zwei Angreifern hatten die Tiere nicht gerechnet. In Panik stoben sie davon und überließen den beiden Drachen kampflos den Brutplatz. Zephyra raffte schnell die frischen Eier zusammen und schon war sie wieder bei Pyron in der Luft.

„Bring sie bitte schon nach Hause, ich hole noch ein oder zwei Wildschweine", sagte Pyron, während er nach Osten abdrehte. Er musste eine Weile suchen, ehe er gefunden hatte, wonach ihn gelüstete. Die beste Zeit für schnelle Beute war schon lange vorüber. Mit seinem Gewicht knickte er Baumstämme wie Streichhölzer, als er mit vollem Körpereinsatz in den Wald eindrang. Am Ende bekam er doch noch, was er wollte. Zwei große Bachen rannten in die falsche Richtung und damit direkt dem großen Drachen in die Klauen.

„Wer sagt´s denn", murmelte Pyron zufrieden, als er sich auf den Rückweg machte.

Auf dem Plateau vor der Grotte herrschte schon ausgelassene Stimmung. Die Männer hatten Tisch und Stühle hinausgetragen, ein Feuer brannte zwischen ein paar großen Steinen, Zephyra kam soeben mit den beiden Elfen vom Berg herunter. Sie trug den vollen Obstkorb. Ein paar Minuten später brutzelten die Speckwürfel auf dem großen Metalldeckel. Marc schlug gleich zwei der Rieseneier auf, würzte sie und streute noch ein paar frische Kräuter darüber, die die Elfen unter den Beerensträuchern gefunden hatten. Stella zauberte den begehrten Kaffee.

Galantha drehte zwei reife Pfirsiche in den Händen. Schließlich schnitt sie die Steine heraus, steckte die Hälften in einen Becher, schloss die Augen und konzentrierte sich. Ein süßer Duft stieg auf, während sich die Früchte verflüssigten. Die Elfe begutachtete ihr Werk. „Geht doch!" Sie schob Stella den vollen Becher über den Tisch.

„Gar nicht übel", staunte Stella, nachdem sie den ersten Schluck gekostet hatte.

Galantha freute sich. „Wäre ja auch zu komisch, wenn es mit Wasser zu Kaffee funktioniert und mit Pfirsichen zu Pfirsichsaft nicht."

„Jetzt musst du nur noch Vanilleeis machen." Stella zwinkerte Galantha zu.

„Vanilleeis." Galantha nahm einen Becher Wasser.

Neugierig beobachteten sie die anderen. Sollte es ihr tatsächlich gelingen?

„Vanilleeis. Warum eigentlich nicht?" Galantha tauchte einen Finger in das Wasser. Sie begann zu kichern. „Okay. Erzeugen wir also durch Wärme Kälte." Sie zog den Finger wieder aus dem Becher. Eine winzige Flamme erschien an ihrer Fingerspitze. Plötzlich änderte das Flämmchen seine Farbe zu völlig unnatürlichem Lila. Galantha tippte die Wasseroberfläche an, die sofort einen milchigen Ton annahm, zusehends erstarrte und intensiv nach Vanille roch.

„Wie jetzt??" Marc schüttelte ungläubig den Kopf.

Thomas bekam große Augen. „Fantastisch und völlig unglaublich."

„Bitte noch mehr!", rief Zephyra erfreut.

Galantha lachte übermütig. „Moment, Moment. Ich muss erst einen großen Teller holen."

Augenblicke später kippte sie das Eis auf den Teller, bewegte ihre Hände ein paar Zentimeter darüber hin und her. Wie ein Luftballon wuchs das Eisklümpchen von innen her, bis es groß wie ein Handball war. „Reicht das erst einmal?", kicherte die Elfe, während sie gerecht an alle austeilte.

Thomas summte eine Melodie vor sich hin. Marc sah ihn fragend an. „Himbeereis zum Frühstück, auf den Fahrstuhl kann ich aber verzichten", erklärte Thomas, wobei er glücklich über das ganze Gesicht strahlte.

Pyron strich sich behaglich den Bauch. „So macht das Leben richtig Spaß. Nur fröhliche Gesichter um mich her, alle sind glücklich, zufrieden und auch satt."

Trotzdem zog sich das, was als üppiges Frühstück gedacht war, bis zum frühen Nachmittag hin. Die vier Gäste aus der Menschenwelt erzählten, was sich in den letzten Monaten ereignet hatte, Zephyra berichtete über das Land jenseits des Meeres, von den Ungeheuern, die dort in Seen und Sümpfen leben und dass sie sich deshalb auf den gefahrvollen Weg über das große Wasser gemacht hatte. Atemlos hörten die Freunde zu.

Hin und wieder nickte Pyron. Ihm war es vor vielen, vielen Jahrhunderten ebenso ergangen. „Nur die Klügsten und Zähesten kommen durch, die den größten Überlebenswillen haben. Es hat mancher großmäulige Kraftprotz am Grunde des Meeres als Futter für die riesigen Seeschlangen geendet, die übrigens nicht mit uns Drachen verwandt sind, auch wenn es die Menschen immer wieder behaupten." Dann schmunzelte er. „Na, wie ich euch kenne, werdet ihr sicher eines Tages auf große Expedition durch diese Welt gehen."

Marc hob überrascht den Kopf. „Du, daran habe ich nicht mal im Traum gedacht! Aber es wäre nicht übel. Nein, sogar überhaupt nicht übel."

„In den Drachen auf der anderen Seite hättet ihr starke Verbündete, außerdem seid ihr eine schlagkräftige Truppe. Feuer und Eis. Wenn sich Galantha und Stella energetisch zusammentun, dann schaffen sie es, die Oberfläche eines ganzen Meeres einzufrieren oder zum Kochen zu bringen.", erklärte der schwarze Drache. „Wer ein Zwergenheer in die Knie zwingt, der schafft es auch, die andere Seite zu erreichen."

„Heh, heh, vergiss nicht, dass du unsere stärkste Waffe warst", dämpfte Marc Pyrons Optimismus.

Pyron winkte ab. „Unsinn. Ihr hättet es irgendwie auch ohne mich geschafft, ich kenne euch zu gut."

„Streitet nicht", bat Zephyra. „Noch ist es nicht soweit und dann werden wir sehen, wie es weitergeht."

„Sie hat gesprochen, howgh", grinste Thomas.

„Bitte was??", fragte Zephyra.

Thomas erklärte ihr denn Sinn des Wortes, was zur Folge hatte, dass er von einer Indianergeschichte zur nächsten kam, bis langsam die Sonne unterging.

Die Drachen reckten sich.

„So, nun holt *fliegendes Auge* Pyron Holz, *roter Blitz* Zephyra zieht die Schweine vor die Grotte und die beiden Kriegshäuptlinge nehmen die Leckerbissen schon mal aus", witzelte Pyron. Dann ließ er sich vom Plateau fallen, um majestätisch zum Wald zu segeln.

Die Elfen begannen zu lachen. „Da hat Thomas ja was Schönes angerichtet."

Zephyra warf amüsiert ein. „Nicht, dass Pyron noch versucht, die Einhörner als Mustangs einzufangen und sich die Federn der Terrorvögel um den Hals hängt."

Da war der große Drache auch schon wieder da. Er lud das Holz ab. Einen Stamm stellte er senkrecht. „Ist das nicht ein herrlicher

Marterpfahl? Da haben alle Raben, die hier immer Fleisch klauen, auf einmal dran Platz."

Das nachfolgende Gelächter war bis zu den Seen zu hören, wo die Nixen und Wassermänner erschreckt die Köpfe hoben. Als alle um das Feuer saßen, über dem eines der Wildschweine am Spieß steckte, blies Pyron kleine Rauchringe in die Luft. Dabei blitzte der Schalk in seinen Augen.

„Häuptling *Fliegendes Auge* raucht die Friedenspfeife um die Krieger vom Stamme der Riesenschnäbel zu besänftigen", erklärte Zephyra im Brustton der Überzeugung, worauf die noch immer Feiernden wieder in Lachsalven ausbrachen.

„Weißt du was? Morgen basteln wir dir einen ganz wundervollen indianischen Traumfänger", versprach Galantha.

„Was brauchst du denn dafür?", fragte Pyron neugierig.

„Mehrere gleichmäßige lange Weidenruten, ganz schmale Lederschnüre, wunderschöne Vogelfedern und Perlen."

„Perlen?"

„Hmm, oder runde große Samen, die wir durchbohren können, Hauptsache, sie sehen schön aus", sagte die Elfe.

„Woher nimmst du das Leder?", wollte Thomas wissen.

Galantha zuckte mit den Schultern. „Ich dachte an einen Hirsch und Marcs großes Taschenmesser. Vielleicht taugen wir sogar als Nachwuchsindianer. Man könnte ja versuchen mit dem Gehirn des Hirsches das Leder zu gerben. Ich glaube, davon etwas gelesen zu haben. Oder hat jemand eine andere Idee, wie wir zu Schnüren kommen?"

„Vielleicht könnten wir feste lange Blattfasern verdrillen? Das werden dünnere Bänder als solche aus Leder", schlug Marc vor. „Mit dem Leder können wir die Ringe umwickeln, damit alles gut hält. Die inneren Netze knüpfen wir aus Faserschnüren, damit es schön filigran aussieht und auch kleine schöne Träume für Pyron und Zephyra im Netz hängen bleiben."

Am nächsten Tag flogen alle sechs gemeinsam ins Sumpfland, um gerade dünne Ruten zu suchen. Hinterher besuchten sie die Waldelfen. Die kleinen Verwandten zeigten Galantha etwas viel

Besseres, als sie gesucht hatte. Mit mehreren dicken Bündeln Bast, einem vollen Beutel bunt schillernder Vogelfedern und einem Säckchen verschiedenster runder Samen zogen sie schließlich heimwärts. Mit Spannung beobachteten die Drachen ihre Freunde bei der Arbeit. Galantha war glücklich, dass der Hirsch am Leben bleiben konnte, denn der Bast eignete sich genau so gut zum Umwickeln der Ringe. Die beiden Männer bändigten die widerspenstigen Ruten, die Frauen sortierten derweil die Federn nach Farben, Größen und Qualität. Einzig für die Löcher in den Samen setzte Stella Elfenkraft ein, alles andere war echte Handarbeit.

Ein paar Stunden später hing ein großer, wunderschöner Traumfänger unter dem Steinsims, auf welchem Pyron die Bilder und das Medaillon aufbewahrte. Andächtig hockten die beiden Drachen davor und bewunderten das gelungene Werk. Ein großer Ring mit filigranen Knüpfmaschen, in deren Zentrum eine braune, wunderschön gemaserte Nussfrucht saß. Unter dem großen Ring nacheinander zwei kleiner werdende, rechts und links je ein Ring, so klein wie der unterste. Jeder einzelne geschmückt mit einer Nussperle inmitten wundervoller Netze. Immer drei verschiedenfarbige Daunenfederchen zusammengefasst in einer Perle an kurzen Schnüren links, rechts und unten an den einzelnen kleinen Ringen. Einfach wundervoll.

„Damit ist der Drachenschatz wieder um eine Rarität reicher", sagte Marc zufrieden. „Ich glaube nicht, dass irgendein anderer Drache in diesem Land im Besitz eines Traumfängers ist."

Pyron nickte. „Darauf kannst du wetten."

Abends flogen die Drachen zum See, um ein paar große Fische zu fangen.

„Wirst du ihnen sagen, was in unserer Welt mit den Indianern geschehen ist und zum Teil noch geschieht?", fragte Thomas leise.

Marc schüttelte den Kopf. „Nicht heute. Vielleicht irgendwann einmal. Ich möchte den beiden nicht schon wieder den Glauben an das Gute im Menschen nehmen, den sie so mühsam zurückgewonnen haben."

„Marc hat Recht. Lass den beiden die Freude an den wunderschönen Legenden aus alter Zeit", riet Galantha. „Oft ist eine Legende alles, was bleibt."

Die Drachen kehrten zurück. „Ein Gewitter zieht auf! Schnell, tragt alles in die Höhle!", rief Pyron schon von weitem.

Tatsächlich, die Schuppen der Drachenpanzer glänzten feucht. Die ersten heftigen Windstöße fegten heran, die Temperatur sank merklich. Dank dem Holzvorrat der Drachen konnte das kleine Feuer bis tief in die Nacht unterhalten werden. Die sechs Freunde saßen davor, wärmten sich und Marc erzählte Märchen und Legenden verschiedener Völker.

Pyron dachte lange über das Gehörte nach. „Ich bin froh, dass wir bisher immer gut davon gekommen sind. Besser als viele der Helden in euren Geschichten, die wie ich sicher bin, die Wahrheit widerspiegeln."

„Da kann ich dir nur beipflichten. Einige unserer Abenteuer hätten gründlich ins Auge gehen können", bestätigte Marc. „Aber wer nicht wagt, der nicht gewinnt – sagt ein altes Sprichwort. Manches muss man sich mit Mut zum Risiko erkämpfen und manchmal tut man instinktiv das Richtige, obwohl man die tatsächliche Tragweite gar nicht einschätzen kann."

Irgendwann gingen alle schlafen, obwohl der Hall des Donners immer wieder die Höhle erzittern ließ.

Seltsame Geräusche weckten am nächsten Morgen die Schläfer. Ein Wispern und Schwirren lag in der Luft. Marc kroch gähnend aus dem Heu. Auf den noch warmen Steinen der Feuerstelle im Hauptraum der Grotte saßen mehrere kleine Elfen und flüsterten leise miteinander. Neugierig schauten sie ihm entgegen.

„Guten Morgen, ihr Lieben", sagte er lächelnd. „Ich glaube, wir sollten ganz schnell heißen Tee bereiten, damit ihr euch etwas schneller aufwärmen könnt."

„Oh, ja, bitte. Der Sturm hat unseren Blätterschutz weggeweht und wir frieren ganz schrecklich", riefen die kleinen Wesen.

Galantha entzündete schnell ein neues Feuer, Thomas holte Wasser, während Marc die Kräuter auswählte. Stella zauberte unter den wissbegierigen Blicken der kleinen Elfen in der Zwischenzeit den Kaffee für die Männer.

„Oh, volles Haus", staunte Zephyra, als sie mit Pyron vom morgendlichen Jagdzug zurückkehrte. Sie legte vier kleine Vogeleier und eine Melone auf den Tisch. „Mehr war leider nicht zu haben", sagte sie fast entschuldigend.

„Mach dir deshalb keine Sorgen." Thomas schnitt die Melone an. Sofort wandten sich ihm die kleinen Elfen zu. „Wie das duftet!"

Schnell war ein Scheibchen in winzige Würfel zerlegt, die Thomas auf einen Teller legte. „Greift zu, es ist genug für alle da."

„Wie war das mit dem Feinschmecker-Club?", kicherte Pyron.

„Den gründen wir eines Tages. Du wirst es sehen", entgegnete Marc.

Die nächsten Tage vergingen damit, Gegenbesuche zu machen. Die Blumen- und Waldelfen diesseits und jenseits des Flusses waren hoch erfreut, die ungewöhnlichen Freunde wieder zu sehen, wie auch die Nixen in dem großen klaren See. Endlich stoben sie nicht mehr in wilder Flucht davon, wenn die Drachen über dem See kreisten. Manchmal trieben sie ihnen sogar besonders große Fische zu, um sich für das zu bedanken, was die Drachen und ihre Freunde für ihre Schwester getan hatten.

Dann kam für die Gäste aus der Menschenwelt die Stunde des Abschieds.

„Ich hoffe doch sehr, dass wir uns im nächsten Jahr wieder sehen", sagte Pyron.

„Das ist auch unser Wunsch." Die Freunde winkten den Drachen noch einmal zum Abschied, dann stiegen sie durch das Portal.

Galantha trat auf der anderen Seite aus dem Spiegel. Irritiert schaute sie sich um. Aurëus, der sie stets willkommen hieß, saß nicht in seinem Ohrensessel. Auch die anderen vermissten ihn.

„Das ist aber ungewöhnlich", murmelte Marc besorgt. „Wo kann er nur stecken?"

„Da!" Stella zeigte auf den Tisch. Unter einem Schlüsselbund lag ein Blatt Papier, welches offensichtlich für die Ankömmlinge bestimmt war.

Marc zog es hervor und begann laut vorzulesen.

„Liebe Freunde, herzlich willkommen zurück in der Menschenwelt. Leider konnte ich nicht auf euch warten. Dringende Geschäfte zwingen mich, für einige Zeit die Stadt zu verlassen. Seid so gut und schließt die Wohnung hinter euch ab. Behaltet den Schlüssel, bis ich mich wieder bei euch melde. In tiefer Freundschaft Aurëus."

Von der Telefonzelle gleich um die Ecke rief Marc seinen Vater an, der wenig später die vier Urlauber mit dem Auto abholte.

„Ihr habt es sicher schon erfahren, Aurëus musste plötzlich verreisen", sagte Alfons bei der Begrüßung.

„Hat er dir gesagt, wohin?"

Alfons schüttelte den Kopf. „Wenn ihr mich fragt, dann glaube ich, dass es irgendwo in einer anderen Dimension etwas gibt, das seine Anwesenheit dringend erfordert – eine Zusammenkunft von Magiern oder so was."

Marc schaute seinen Vater verblüfft an. „Das Gleiche habe ich auch gedacht, als ich die Zeilen las, die er uns hinterlassen hat. Wünschen wir ihm also viel Glück für alles, was er tut."

Martha kam ihnen, wie immer, schon vor dem Haus entgegen. „Alle heil und gesund zurück. Da bin ich aber froh. Alfons hatte gleich an eurem ersten Urlaubstag einen furchtbaren Albtraum."

„Ehrlich?", fragte Stella, wobei sie ein paar Blicke mit Thomas und ihren Eltern tauschte.

„Ja, ja", fuhr Martha fort, „er hatte dauernd das Gefühl, dass mit Thomas etwas Schlimmes geschehen wäre."

Nach dem Abendbrot rückten die vier mit der Geschichte um Thomas und die Nixe heraus. Martha schlug die Hände vor das Gesicht, als Stella von Thomas' innerem Kampf mit dem Nixenblut erzählte.

Alfons schüttelte immer wieder höchst erstaunt den Kopf. „Ihr beide macht wohl buchstäblich alles gemeinsam. Jetzt teilt ihr euch auch noch die Unsterblichkeit. Das nenne ich wahre Freundschaft und ich könnte mir vorstellen, dass unsere beiden Elfen darüber nicht unglücklich sind."

„Du weißt, was Nixenblut für eine Wirkung hat?" Stella konnte es kaum glauben, denn sie hatte das Ende ja noch gar nicht erzählt. Dann lächelte sie. „Ach, was wundere ich mich überhaupt. Großvater weiß einfach immer alles. Ist ja auch mein Großvater." Sie lehnte sich an seine Schulter.

„Ohne Zweifel hast du das Beste aus dieser und der anderen Welt bekommen", freute sich Thomas für seine ungewöhnliche Frau.

„Dich eingeschlossen", erinnerte ihn Stella. „Sonst hättest du das Nixenblut nicht heil überstanden."

„Ein schönes, wenn auch ungewöhnliches Kompliment", schmunzelte Martha.

Es klingelte.

Thomas, der der Tür am nächsten saß, ging öffnen. „Marc, komm mal kurz her!", rief er plötzlich.

Vor der Tür stand ein Transporter. Zwei Möbelträger drückten Marc die Kopie eines Auftrags in die Hand. „Eillieferung für Herrn Marc Wendler und nur persönlich gegen Unterschrift zu übergeben."

„Was ist es denn?", fragte Marc, denn er hatte nichts bestellt.

„Keine Ahnung", sagte der Fahrer. „Den Frachtpapieren nach sind es wertvolle Antiquitäten und ziemlich schwer."

Marc gab die Tür frei. Aus dem Laderaum des Fahrzeugs kam ein mehrfach verpacktes und in eine Kiste genageltes Frachtstück von der Größe eines zweitürigen Kleiderschrankes zum Vorschein. Marc und Thomas warfen sich ungläubige Blicke zu. Er ließ es in die Diele tragen, unterzeichnete die Papiere und beäugte argwöhnisch die Kiste aus Fichtenholz. Auch die anderen fanden sich ein. Ratlos standen sie beisammen. Marc raffte sich auf. „Wenn wir hier nur herumstehen, kriegen wir auch nicht raus, was drin ist. Dann auf die Kiste mit Gebrüll."

„Sei bloß vorsichtig", mahnte Galantha.

„Wird schon schief gehen." Marc zog die ersten Nägel aus dem Holz.

Thomas nahm ihm die losen Bretter ab. Ein fester Pappkarton war das nächste Hindernis. Marc löste eine Krampe nach der anderen. Thomas und Alfons öffneten die Verpackung. Darunter kam etwas riesiges Ovales hervor, das mehrfach mit dicker Noppenfolie umwickelt und akribisch mit Klebestreifen gesichert war.

„Ich glaube es nicht!", rief Marc beeindruckt.

„Was ist das?", fragte Stella, die ohne Erfolg versuchte eine Lücke in der Folie zu finden.

Marc drehte sich langsam zu den anderen um. „Leute, das ist der Spiegel von Aurëus", flüsterte er, als hätte er Angst, dass ungebetene Ohren zuhören könnten.

„Ach du Scheiße", murmelte Thomas.

„Du sagst es." Marc ging langsam um das Paket herum. „Bringen wir ihn in mein Arbeitszimmer."

Die drei Männer packten gemeinsam an, Stella dirigierte sie durch die Wohnung. Mit einem Teppichmesser schnitt Marc behutsam die Folie auf.

„Er ist es wirklich", hauchte Galantha.

Martha und Alfons hatten sich in die beiden Sessel neben Marcs Schreibtisch gesetzt. Ehrfurchtsvoll betrachteten sie das Meisterwerk, welches unsichtbar das Dimensionstor zur Elfenwelt beherbergte.

„Was ist das da unten?" Stella zeigte auf den Drachen am unteren Ende des Ovals. Unter dem Kopf der Figur klemmte ein mehrfach gefaltetes Blatt Papier.

Galantha löste es geschickt heraus. „Liebe Freunde, meine Reise wird wohl doch etwas länger dauern als geplant. Bei euch ist das Tor in guten Händen. Ihr wisst ja, wie man es benutzt. Ich habe es mehrfach abgesichert, was heißen soll, dass nur daraus hervorkommen kann, was ihr vier gemeinsam für richtig haltet. Ich freue mich auf unser Wiedersehen in dieser oder einer anderen Welt. In ewiger Freundschaft. Aurëus. P. S. Dann kann ich auch persönlich Thomas zur Unsterblichkeit gratulieren." Galantha hielt Marc den Brief hin. Noch ehe er zufassen konnte, rieselte das Papier als feiner weißer Staub zu Boden. Schnell öffnete Marc die Schublade seines Wandschrankes. Statt des deponierten Schlüsselbundes fand er nur ein Häufchen grauen Staubes. Aurëus hatte die letzten Spuren seiner irdischen Existenz getilgt, als hätte es ihn nie gegeben.

wird fortgesetzt

**Weitere mehrbändige Romanreihen von
Sina Blackwood:**

Die Nebelwald-Trilogie:

Band 1: Der Nebelwald
Band 2: Die Schlacht um Wildforest
Band 3: Unter dem Banner des Gefleckten Drachen

Die Magier von Tarronn:

Bände 1– 4: Die Magier von Tarronn
Band 5: Leon – Der Schlangenmagier von Tarronn